平安使者

—浙里保安守护平安纪实

徐亚明 / 著

作家出版社

小人物大情怀

——徐亚明报告文学《平安使者》序

浙江省的保安服务业伴随改革开放浪潮不断发展壮大。30多年来，在各级党委、政府和公安机关高度重视、大力支持下，保安服务业面向市场、深化改革、转型升级、创新发展，形成集门卫、守护、巡逻、随身护卫、押运、安检、技防、安全风险评估、安全培训等于一体的现代新兴安全服务产业。如果说30多年前保安服务业是一棵刚刚破土的"幼苗"，那么今天的"浙里保安、守护平安"已茁壮为一棵参天"大树"，成为保障人民安居乐业、维护社会和谐稳定、促进经济社会发展的一支不可或缺的重要力量。

保安员经历不同、岗位不同，却具有一个共同特点：忠于职守、服务社会，无怨无悔、无私奉献，在平凡岗位做出不平凡业绩。他们虽然都是小人物，但却拥有大情怀。

他们的情怀在于履行社会责任，体现人民保安保人民的优秀品格。有的保安员在抗击新冠疫情中，义无反顾冲在第一线，守护第一门，成为最美"坚守者"；有的保安员在G20杭州峰会安保任务中，一切以大局为重，全力以赴服务峰会，成为最美"护航者"；有的保安员在推进共建"一带一路"重大倡议任务中，克服家庭和自身困难，为海外华人提供安全保障，成为最美"守望者"；有的保安员在日常工作中，任劳任怨、爱岗敬业、恪尽职守，成为最美"守护者"……

他们的情怀在于保护人民群众生命财产安全，使之成为安身立命之本。有的保安员面对丧尽天良、穷凶极恶的暴徒，不退缩，不逃避，挺身而出与之斗争，最终倒在血泊中，甚至献出宝贵生命；有的保安员参与制止暴力恐怖犯罪团伙，用联网报警、蹲点守候等方式，协助公安破获大案；有的保安员守护大型公共场所安全，甘于清贫和寂寞，一辈子默默无闻；有的保安员配合公安开展社会面治安管控，千方百计为群众做好事、办实事、解难事……

他们的情怀在于干一行、爱一行、钻一行，显现职业精神和良好素养。有的保安公司在大型活动安保方面创造样本，有的保安公司在武装守押方面自成模式，有的保安公司在走出国门方面走在前列，有的保安公司在引进培养人才方面不遗余力，等等。有的保安员发明创造，获得国家级软件著作权、专利等证书；有的保安员提升文化素质，晋升大学文凭，考取各类资质等；有的保安员善于总结经验教训，工作富有成效；有的保安员多才多艺，赢得客户和服务对象尊重……

他们的情怀在于心有大爱、乐于助人，弘扬中华民族传统美德和社会主义核心价值观。有的保安员见义勇为：面对落水群众奋不顾身救，面对跳楼者奋不顾身托，面对熊熊大火奋不顾身冲，有的献出生命、有的终身残疾；有的保安员争做雷锋传人，工资虽低却扶贫济困；有的保安员助人为乐，拾金不昧照顾困难群众；有的保安员热心公益事业，义务献血献爱心；有的保安员做好事不留名，始终默默无闻……

作家徐亚明关注这群小人物。他跑遍全省，跑遍浙江比较先进的保安公司，与保安员广交朋友，了解他们的工作状况，了解他们的喜怒哀乐，终于创作出报告文学《平安使者》一书。

写保安群体的文学作品少之又少，愿广大作者多关心、多关注这个群体，让老百姓读得懂他们的所思所想，读得懂他们的所作所为，读得懂他们的所忧所虑。他们虽说位卑，但未敢忘了大家的平安啊！

是为序。

何建军

作于辛丑年夏日

（何建军　浙江省保安协会会长）

目录

第一章 古老行业新开端

　　深圳特区成立之初,大量资本和劳动力涌入特区,给治安带来严峻挑战。1983年年底,蛇口工业区贸易公司与一家港商合资购物中心仓库被盗,时任深圳市公安局特警支队副支队长张中方在现场勘查时,购物中心老板娘提议:"能不能派几位民警到购物中心仓库执勤?"张中方笑着解释道:"案件我们尽力侦破,但公安民警不允许兼职呀!"张中方用半年时间走访蛇口工业区外资企业,结合香港经验及深圳特区实际情况,创造性提议成立一家由公安机关开办、保安员不隶属警察编制的保安服务公司,为外企提供有偿服务,新中国第一家保安服务公司经批准成立。事隔34天,在1985年1月21日召开的全国政法工作会议上,时任中央政法委书记陈丕显报告中指出:"借鉴国外经验,在大中城市创办'保安服务公司'。"不久,国务院批准下发公安部《关于组建保安服务公司的报告》,保安公司如雨后春笋般创办起来。其实,警卫、保安古已有之。早在周朝,负责天子警卫的官员叫"宫正",贴身值班叫"宗伯",天子宫殿叫"禁地",随身护卫叫"禁卫",外围部队叫"禁军"。秦始皇专门设置郎中令、卫尉、中尉三道保险机关,郎中令率一套人马,贴身侍卫皇帝绝对安全,卫尉和中尉各带一套人马,负责皇宫、皇城守护任务。随着时代变迁，保镖由皇宫逐步走入民间，南朝刘宋开国皇帝派勇士沐谦刺杀司马楚之，沐谦在司马楚之之感召下，自愿为其当保镖。保镖可追溯到 1400 年前的北魏时期，神州大地出现替客商和官宦在旅途中提供人身和财物安全的镖师。据史料考证，保安服务始于宋朝，经元、明时期发展，鼎盛于清朝，360 行中，保镖排在第 357 行。清王朝推翻后，中国镖局失去生存环境和条件，1921 年深秋，随着中国最大镖局——会友镖局的关门，保镖在中国大地彻底退出历史舞台。新中国成立后，内部保卫工作一直由公安机关和保卫部门承担，直到 1984 年 12 月 18 日蛇口保安服务公司成立，古老行业枯木逢春。1994 年 6 月中国保安协会成立（浙江保安协会于 1990 年 1 月成立）；2000 年首届全国先进保安服务公司和优秀保安员表彰大会在北京人民大会堂举行，至今已连续召开 4 届；2001 年全国保安人员换发统一服装；2007 年全国保安员职业技能竞赛决赛在成都举行，从 300 多万保安员中脱颖而出 372 名精英参加决赛；2009 年 9 月 28 日国务院第 82 次常务会议通过《保安服务管理条例》，自 2010 年 1 月 1 日施行，标志保安市场全面放开；2019 年 7 月 24 日公安部首次将这一天作为"保安主题宣传日"，"7·24" 寓意每周 7 天、每天 24 小时坚守工作岗位，这是上级公安机关和民众对保安业的认可呀！

　　浙江保安业起步较早，目前全省有 750 家保安公司，46 万余名注册保安员。本章节主要分国内和国外两方面表述。

大型活动安保的杭州样本

　　1985 年 6 月 11 日，浙江省第一家保安公司——杭州市保安服务公司注册成立，也是国内最早建立的保安公司之一，当年有 4 名保安员。

第二年设立一室三部（办公室、保安部、器材供应部、爆破安全部），员工21名，其中保安员11名，参与汽车展销等5个全市性大型展览、展销活动，为主办方提供保安服务，由此进入人防领域；1988年公司通过《浙江省技术防范行业资信等级一级》认证，全省首家区域性无线防盗报警系统——杭州湖滨地区报警系统联网运营，由此进入技防领域；1989年公司自主研制生产的安全防盗门通过市级技术鉴定，填补省内空白，由此进入物防领域；2015年公司与杭州市刑侦支队合作，联建警犬基地，由此进入犬防领域，形成"四防一体"安保产业服务体系。

公司于1996年更名为杭州市保安服务总公司，2015年更名为杭州市安保服务集团公司，先后获得第三、第四届"全国先进保安服务公司""全国抗击疫情表现突出保安集体""浙江省十佳保安服务公司""浙江省工人先锋号""首届杭州服务品牌20强企业""杭州市先进基层党组织""杭州市青年文明号"等荣誉。

若要总结"三十而立、四十不惑"间的经历和经验，我归纳为大型活动安保的杭州样本——每年参与大型活动达三四百场（其中2020年受疫情影响，参与有所减少）。所谓大型活动指500—3500人由县级公安局批，3500—10000人由市级公安局批。10000人以上为一类活动，杭州市安保集团大多承担一类活动安保任务，在全省几乎没有竞争对手。

2014年，对公司而言可谓大事连连，其一与杭州市公安局正式脱钩，整体移交给杭州商贸旅游集团公司，实行管办分离；其二前瞻性地布局大型活动安保工作，承接首届世界互联网大会安保业务，并一发而不可收，为世界互联网大会提供"七连冠"服务。其一证实通过行政手段支撑业务的垄断局面已画上句号，其二证明谁抢占市场先机谁就赢得一片蓝海。据杭州城调队统计，杭州市安保集团占全市大型活动安保业务量的90%，形成一种具有独创性并得到公安机关认可的大型活动安保样本。

国家网信办在征求2014年工作要点意见时，许多专家和中国互联网企业建议：中国作为世界网民最多的国家，应该举办一次世界互联网大会，体现负责任大国担当。国家网信办高度认可，组织专家组在全国寻找会议地址。专家组提议：第一要在互联网经济比较发达的省份，第二要找一个像达沃斯那样的小镇，第三要体现中国几千年传统文化。上有天堂，下有苏杭。乌镇是苏杭之间一颗璀璨明珠，集悠久历史文化与江南优美水乡于一身。经反复比较，专家组认为乌镇是举办世界互联网大会最佳之地——会在景中开，人在画中行。

领受任务后，桐乡市公安局分管领导到宁波市取经。因为宁波刚刚举办过亚太经合组织（APEC）第一次高官会议，这是浙江省承办规模最大、影响最广的国际会议，首届世界互联网大会至少应与APEC宁波高官会议同等安保级别吧！

事实上，应浙江省警卫局推荐、宁波市警卫局邀请，经大会组委会同意，杭州市保安总公司圆满完成亚太经合组织（APEC）第一次高官会议安检任务。鉴于公司派出的团队听从指挥、忠于职守、连续作战、文明执勤，表现出良好风貌和职业素养，会议警卫安保领导小组专门写信给杭州市公安局，向参战队员表示慰问和感谢。

宁波市公安局将杭州市保安总公司推荐给桐乡，两家一拍即合，连续合作7届。乌镇作为世界互联网大会永久会址，不出意外的话，杭州市安保集团将长期与主办方合作，成为长期合作伙伴。

临时党支部会议开会（图为郑林，杭州市安保集团供稿）

首届世界互联网大会安检任务具有等级高、时间长、任务重和异地参战等特点，公司成立安检工作领导小组，总经理郑林为组长，总经理助理方浩波为副组长，边国明、杨宣华、王毅、顾旭为成员，方浩波任现场总指挥，边国明负责安检运营、人员调配，王毅负责设备维护，杨宣华负责后勤保障，顾旭负责安检服务方案制定。公司放弃企业利润，采购安检、反恐防暴等设备，抽调200余名优秀安检员，启用17扇安检门、30只手持安检仪、11台X光通道仪等安检设施，派搜救犬排爆，设立外围、外部、内部三道安保圈，越往里安检越严格。

会前，一名与会人员在游客中心过安检，被安检员查出携带汽油，安检员让其喝一口，他不肯喝，闯关没能成功。另一名穿警服的公安人员过安检时，安检门发出嘟嘟响声，他说警用皮鞋鞋底衬钢片，安检员信以为真放他过关。过安检门后民警脱下鞋子，从鞋垫取出一把刀片。原来，他们是嘉兴市公安局故意对安检进行对抗性测试的警察。这件事让公司法人代表郑林无地自容。

安检现场（图为方浩波，杭州市安保集团供稿）

郑林曾是杭州市公安局一名处级领导干部，2010年调公司出任法人代表。早在2012年，杭州市保安总公司承担浙江省党代会安检任务，此后省两会、杭州市党代会和市两会的安检均由公司承接，给省、市警卫局留下深刻印象，省警卫局把公司推荐给宁波参与APEC高官会议安检。当地公安机关一共开展60多次对抗性测试，50多次被安检员查获。

做到极致是郑林的理念，冷静过后他计上心头。郑林想重赏之下必有勇夫：查出枪支重奖5000元，查出管制刀具重奖3000元……调整安检员岗位，让男性负责看X光机，女性持安检仪手检或搜身。首届世界互联网大会共安检10多万人次、行李包裹3万余件次，合计检出违禁剪刀、水果刀、小宝剑、酒精、啫喱水等100余件，安检员71人次获奖，奖金达4.2万元。

还是在会前，负责信息化工作的总经理助理杜展明，看问题角度与常人不同。世界互联网大会要有互联网思维，不能光靠手工劳动，需要用头脑、有思维，而头脑和思维需要操作平台才能实现。他向当地公安机关建议：搭建安保信息化指挥部，将图像和数据显示在指挥部大屏上，让指挥员直观感受现场情况。当地有关部门认为没有预算资金，否决这一提议。杜展明仍不死心，由于电脑和显示屏可重复使用，他告诉有关部门："我们免费搭建。"桐乡指挥部建好后，省公安厅和消防部门也要建，杜展明依然免费搭建。3个指挥部投入使用起到中枢神经作用，打开属地领导思路。第二届世界互联网大会、包括G20杭州峰会等大型活动安保，公安和警卫部门都把搭建指挥部摆在首要位置。

首届世界互联网大会部分代表到杭州召开小型座谈会，会议期间全体与会者安全系于一身，无论他们走到哪里，进场人员必须安检。当天晚上，舞剧《十里红妆女儿梦》献演首届世界互联网大会，演出结束已是深夜。边国明把乌镇大剧院一套不用的安检设备运抵杭州，由于路途颠簸，X光机到杭州后无法开机。边国明是公司元老级人物，干了一辈子安保已临近退休，临了临了遇到如此棘手难题。他急中生智，凌晨两三点钟打电话给生产厂家，厂家说如果元器件老化没有良策，如果接触不良或许有办法。在厂家技术员遥控指挥下，边国明拆开 X 光机，一个插头一个插头拔掉，再插上，检查接触不良情况。边国明比较幸运，经过半个多小时的插拔插头，X 光机终于正常开机，没有耽误安检工作。

从首届到第 7 届，方浩波始终担任现场总指挥，由总经理助理到副总经理。他的主要任务是与当地公安机关对接，按照公安机关提议排兵布阵，将合适的人匹配到合适的岗位，并将安检设备布置到位。首届世界互联网大会方浩波首创区块管理员制度，每个出入口、每个卡口安排 3 名管理员，其间三班倒实时对现场人员进行管理，其中游客中心、环河大道出入口、峰会主会场出入口由部门经理担任。根据大型活动安保经验，方浩波拟订《管理员细则》《安检员细则》《世界互联网大会须知》等制度。与会期间实行准军事化管理：安检员着统一服装，语言文明，微笑服务；特保队员着特保服，仪容端正，精神饱满；男不留长发，女将长发盘起来；执勤期间，手机统一存放保管箱；3人行必须走队列，高在前矮在后；一列队列，只准一名保安员携带 1 只包；早班队员须晚上 10 时入寝，穿保安服不准在公共场合抽烟，严禁进酒吧、夜不归宿，管理员查铺查房……队伍管理极其精细。

第二届世界互联网大会如期而至。公司承担会议期间进出乌镇外围汽车站、邮包中心、高速卡口和会址等 5 个警戒区检查站以及核心景区 8 个入口人员、物资、车辆、邮包安检任务，抽调 750 余名安检员，投入 58 扇安检门、39 台 X 光机、200 多根手持安检仪等安检设施。公安机关调集杭州、宁波、台州等市公安局督查队连续开展 15 天对抗性测试，郑林及时调整安保方案，加大安检力度，在关键岗位设立"责任区"和"党员先锋岗"，实行定人、定时、定岗、定责的"网格化"管理，杜绝安检漏洞，强化核心防火窗（景区和互联网之光）、内置防火门（5 个警戒区）、外围防火墙（汽车站、邮包中心、高速卡口）的严查严管严控。

时任浙江省委副书记、政法委书记王辉忠以普通游客过安检。安检员吴桂婷是外地人，不认识王辉忠，过安检门发出嘟嘟响声，证明身上有违禁物品。吴桂婷用手持安检仪从上往下扫描，扫到夹克左口袋时发出异响，她问王辉忠："口袋里是什么？"王辉忠说："皮夹，里面有硬币。"安检员请王辉忠掏出皮夹，持安检仪继续扫描仍有异响。她开始搜身，从王辉忠衣服夹层掏出一把水果刀。王辉忠表扬安检员。

接着，王辉忠到枕水酒店过安检，他把小刀藏在衣袖处。小姑娘潘宇夕同样不认识王辉忠，面带微笑为他服务，她手持安检仪扫描到手腕处传来响声。王辉忠自觉说："我戴手表。"她请王辉忠摘掉手表继续扫描，仍有异响。潘宇夕开始搜身，从衣袖取出一把小刀。王辉忠满意地笑了。

我问吴桂婷和潘宇夕："你们怕不怕郑总？"她们说："郑总很严肃，骂人很凶，安检员都怕他。"我说："王辉忠比郑总大了好几岁，你们不怕他？"姑娘笑笑说："他不走免检通道就是普通人，有什么好怕的。"

第二届世界互联网大会首次提出要对车辆进行安检，公司从来没人学过。杭州市特警支队曾进京参加警卫任务，学习并掌握车检流程和技术。时任大型活动部经理傅振宇派出272名保安员，虚心向特警队员请教。车检主要靠肉眼看、用手摸、车底反光镜照等方法，保安员由不懂到会，由会到熟练操作，初步掌握车检技术。傅振宇将掌握车检技术的保安员派往5个检查站，开展车辆安全检查。公安机关依然要搞对抗性测试，他们在4辆车上暗藏3把管制刀具、1个爆炸装置，全被车检员发现。傅振宇始终提心吊胆，生怕自己疏忽给公司抹黑。

有位外宾住望津里酒店。外宾的安保人员请求将安检设备从里通道搬到酒店的外面。安检机重约2吨，底下有轮子，一二人推可以移动，乌镇青石板路面高低不平，手推肯定产生振动，影响安检机开机。傅振宇带着七八个小伙子，硬是用双手抬到100米外，迅速安装调试，确保正常开机。

有些外宾、专家和企业家不住乌镇而住杭州，7个住地的安检设备没有到位。接到省公安厅通知，傅振宇连夜赶回杭州搭建1个安检棚，从别的公司租借安检设备，7台X光机、8扇安检门、7条防爆毯、12个阻车装置迅速运到指定位置，傅振宇指挥人马安装和调试，投入使用。次日凌晨，圆满完成任务的傅振宇回乌镇受领新任务，那段时间傅振宇每天步行4万多步、睡眠不足4小时。

杜展明带着信息化建设团队先后为公安部、浙江省公安厅和当地公安局搭建指挥部，记得公安部指挥部安排在枕水酒店，因场地狭窄搭了4次才建成，每搭建一次都有成长进步的感觉。如今杜展明已当上副总经理，他说："第二届世界互联网大会有机会接触公安部、中央警卫局等国内最高安保领导机关，与他们建立工作联系。我们之所以在大型安保领域取得成果，与他们高看一眼、厚爱三分和我们自身努力密不可分。"会后，公司受到中央警卫局口头表扬。

世界互联网大会是中国举办规模最大、层次最高的互联网大会，也是世界互联网领域一次盛况空前的高峰会议，既有苹果、思科、微软、脸书、高通等国际网络巨头和企业负责人，也有阿里巴巴、百度、腾讯、京东、移动、电信、联通、华为、浪潮等国内著名公司和企业负责人，包括风云人物马化腾、李彦宏、刘强东、雷军、周鸿祎等。每当大咖、大佬们出现在安检现场都会产生涟漪，甚至掀起波浪，记者和网民蜂拥而上，围着他们采访、拍花絮。此时此刻，安检员更要处处小心做服务工作，哪怕有一点闪失都会引发网络舆情，从首届到第7届他们做到了，没有半点闪失。

年年乌镇，岁岁不同。第三届世界互联网大会在新落成的永久会址——浙江·乌镇互联网国际会展中心举行。会议期间共举办16场分论坛，首次发布15项世界互联网领先科技成果，参观"互联网之光"博览会，发表《乌镇报告》。圆满完成G20杭州峰会安保任务的杭州市安保集团，受中央警卫局、浙江省公安厅、嘉兴市公安局和乌镇峰会指挥部指令，继续承担会议安保任务。除了搭建公安部、浙江省公安厅、嘉兴（桐乡）市公安局三级指挥部以外，杜展明首次在京杭大运河沿河岸架设入侵报警系统和乌村景区电子围栏，报警系统发现2名非法闯入者，杜展明告诉附近民警将他们及时驱离警戒区。公司建立临时党支部和20个党小组，郑林任书记，业务骨干任小组长，所有党员亮明身份，设立党员先锋岗，起到"关键环节有组织把着、关键时刻有党员撑着"的作用。乌镇冬天阴冷潮湿，50多名安检员伤风感冒，共产党员轻伤不下火线，无一人请假，前后坚持20天，共查获3273件违禁物品，涌现好人好事31件。

会后，中央警卫局、省警卫局主要领导与郑林等管理团队座谈，中央警卫局领导语重心长说："中央领导多次提倡通过政府购买服务方式培育一批保安公司辅助公安机关，弥补警力不足短板。杭州市安保集团已经走在全国前列，圆满完成3年3届世界互联网大会、G20杭州峰会、APEC宁波峰会、中东欧国家部长会议等国际重要会议安检任务，与公安机关和警卫部门良性互补，形成你中有我、我中有你新格局，公安部、中央警卫领导认可你们的工作。你们的工作模式可复制、可借鉴、可推广，必将对自身发展和其他安保公司起助推作用。"

杭州市安保集团大型活动安保样本被复制推广到宁波、绍兴、金华、嘉兴、湖州、台州等地，并为江西、福建、江苏等省输送安保样本，走出一条"立足杭州、面向浙江、走向全国"的安保之路。

第四届世界互联网大会是继党的十九大胜利闭幕后我国举办的又一次重要国际会议，峰会紧紧围绕习近平总书记提出的中国治网主张，聚集"数字经济"，强调"开放共享"，积极搭建中国与世界互联互通、共享共治的平台，首次发布《世界互联网发展报告2017》《中国互联网发展报告2017》蓝皮书，为全球互联网治理贡献中国力量。杜展明首次在国际会展中心上空搭建无人机反制系统，截获无人机1架。当年恰遇冷空气侵袭，安检员坚守岗位，严查安检口，不放过蛛丝马迹，本次乌镇峰会共查获违禁物品4019件，受到公安部、省公安厅和组委会高度肯定。

第四届世界互联网大会一结束，在绍兴接着召开推广"枫桥经验"纪念大会；纪念大会一结束，又在德清召开联合国世界地理信息大会。几次大会都由杭州市安保集团安检，作为现场总负责人，方浩波马不停蹄在外奔波2个多月。方浩波早年伏案工作，爬格子让他患上严重的腰椎间盘突出症，痛得在床上打滚，每月痛好几次，终于下决心开刀。动完手术不久，乌镇为庆祝新中国成立70周年，邀请公司到西栅景区做安保，方浩波受命带队，纪念活动结束，第五届世界互联网大会到来，他在乌镇前后待了1个多月。乌镇会议安保工作培养了方浩波的意志和能力，他深深感谢乌镇人民的厚爱。

一而再再而三地参与世界互联网大会安保，郑林和管理团队熟能生巧，对乌镇情况了如指掌，可安检员新老交替频繁，尤其是女安检员更新更快，安检队伍素质直接影响安检质量。郑林摸索总结出 7 条经验，即组织领导到位、方案计划到位、沟通对接到位、执行成效到位、规范标准到位、纪律形象到位、后勤保障到位。尤其是方案、沟通、执行、标准、纪律传达到每一名安检员，强调强调再强调，落实落实再落实。第五届世界互联网大会共查获违禁物品 1260 件，其中管制刀具 36 把；第六届世界互联网大会共查获违禁物品 2010 件，其中管制刀具 28 把。

我与郑林爱人刘红霞聊过天，刘红霞说："阿林比较传统，喜欢一条道走到底。谈对象时，他到电台为我点一首歌《爱你一万年》，结婚后我不吃早饭，他每天为我蒸一碗红枣，简单的事情坚持做。""简单的事情坚持做"，让他们结成夫妻，也让他成为事业的引领者。

2020 年 11 月 23 日至 24 日，我随杭州市安保集团参战队员来到乌镇，参加"世界互联网大会·互联网发展论坛"。这次大会与往年有所不同，乌镇景区不闭园，游客可预约入园。在全球疫情严峻大背景下，安保工作既要为大会安全着想，又要兼顾游客正常游玩，这对安保工作提出更高要求。

"月明乌镇桥边夜，梦里犹呼起看山。""唐代银杏宛在，昭明书室依稀。"小河、小桥、小船、青石板、连屋檐、沿河居是我对乌镇的全部回忆，她是一个身穿蓝花布的小女孩，两条乌黑辫子如彩蝶轻扬；她是一位裹着旗袍的艳女子，撑着油纸伞走过水乡粉墙。

昔日深圳是个小渔村，今日乌镇站在互联网前沿。都说"网络时代看乌镇"，如果说前两次技术革命——蒸汽机和电动机释放人的"体力"，那么新一轮技术革命——互联网释放人的"脑力"。杭州市安保集团向互联网要生产力，优化体制、机制和制度，抢抓数字安保新领域。受疫情影响，他们把数字安保融入智慧治理，打造乌镇 AR 实景平台，推出战"疫"版证件制作改革，利用人工智能、大数据、物联网等前沿技术，调动公司数字库资源，将关联人、健康码、核酸检测等数字信息转化为治理优势，提高安检效率。

根据公安部指挥部指令，公司在乌镇西栅景区游客中心、北门景区 2 号出入口、乌村景区出入口、环河大道出入口、互联桥出入口、国际会展中心 4 个出入口及地下员工通道开展人、车、物全天候安检。我请杜展明带路，走遍所有安检通道，有的安检员站在露天 24 小时值班，有的盯着 X 光机眼睛赛铜铃，有的来回走鞋底被磨穿……夜里，我盖着棉被、吹着暖气还嫌冷。虽然大多数安检员为女性，看似弱不禁风，但她们任凭河风刺骨、寒意侵袭，坚守工作岗位，任劳任怨提供一流安保服务，我为她们感到骄傲！

这次互联网发展论坛，共安检进场人员（参会代表与游客）77183人次、物品 46469 件次、车辆 140 辆次，查获违禁物品 1203 件。

杭州作为历史文化名城、省会城市，大型商务和文体活动常年不断。除国际重要会议外，公司承接诸如中国国际杭州西湖博览会、杭州国际动漫节、杭州国际美食节、杭州国际茶叶博览会、杭州国际电子商务博览会、杭州世界休闲博览会、第 13 届全国学生运动会、第 5 届 FINA 世界水上运动会、第 14 届 FINA 世界游泳锦标赛、每年一度杭州西湖国际马拉松比赛、篮球职业联赛、中超足球联赛、张学友等演艺界人士世界巡回演唱会等大型活动安保任务，安全率、满意率均为 100%，让主办方称心如意。

2010 年 7 月，郑林上任时在编保安员 1400 名，目前 8243 名（2019

全体参战队员（杭州市安保集团供稿）

年达 10944 名）；郑林上任前一年大型活动安保只有 20 场，2019 年超过 400 场；他上任时审计报告显示上半年营业额 4709 万元、净利润 209.5 万元，截至 2020 年年底，营业额 7.5 亿元、净利润 7800 万元。

乌镇互联网大会已连续举办 7 届，人们常说"七年之痒"，意思为不能从一而终。我想，郑林把"爱你一万年"当作终极目标追求，肯定能把大型活动安保任务进行到底的！

武装守押浙江模式

杭州市保安公司属于全国首批组建的保安企业，而浙江武装守押工作却全国倒数。当时，全国只有浙江和西藏没有成立专职武装守押服务企业，各家银行派经济民警押运款箱和票据，武装守押社会化改革比全国晚 10 年。

早在 1996 年公安部专门下发通知，要求各地大力整顿金融单位守护押运队伍，明确提出组建统一专业的守护押运机构，归属各地公安机关领导。时任国务委员、国务院秘书长罗干在主持研究运钞安全工作会议上强调：有条件的地方，考虑建立专业化的运钞机构。北京市率先开展金融守押社会化服务工作，此后全国大部分省、市、区以不同方式组建金融守押队伍。各地采用的模式大体有两种：一是由公安机关牵头，绝大多数地区如此；二是由人民银行牵头，主要有深圳、青岛等城市。

当时，省公安厅围绕"平安浙江"建设查漏补缺，力争实现武装守押"起步晚、起点高、发展快"工作目标。时任省委常委、省公安厅厅长王辉忠主张："随着银行业改革的不断深入，金融守押社会化管理是必然的。如果各家银行都分散委托守押，就有可能搞乱。还不如把这一块作为保安服务市场化的一个尝试，大胆地实践。"随后，省公安厅筹资 5000 万元，于 2006 年注册成立浙江安邦护卫有限公司；11 个市（地）公安局相继筹资组建市级安邦护卫公司，省公司在子公司中参股 20%，其余 80% 由当地财政、公安机关及下属保安公司筹集，省公司对子公司押运业务开展领导、指导和协调。

为什么要取"安邦护卫"之名呢？

这里有两层意思。其一是字面意义，国家平安稳定，金融是一国经济之命脉，金融稳则国家安；其二是隐义，安的拼音 A 打头，邦的拼音 B 打头，代表数一数二的意思，浙江要么不做，要做就要数一数二。浙江安邦护卫委托清华大学设计 Logo，设计师将"AB"组合到一块，并用文字注明"安邦护卫"，黑做底色，字呈橙色，颜色搭配极为醒目。

浙江安邦护卫起步虽晚，但在时间上正好与"十一五"相吻合，各地安邦护卫抓住这一有利时机，积极与金融机构对接。各家银行面临安全风险和成本压力"两座大山"，非常乐意将安全守押业务移交给安邦护卫公司，降低银行成本，尤其是安邦护卫由当地公安机关直接管理，守押专业化程度更为可靠，完全值得信赖。

清晨，银行网点开门前，统一标志的防弹运钞车穿梭于大街小巷，马路添了一道风景线；身穿防弹服、手持防暴枪的押运员英武威严地站在网点门口，成为另一道公共安全风景线。银行网点关门之前，这道风景线再次出现。天长日久，人们习惯了这道风景线，到银行网点储钱取钱的用户更加放心。

以绍兴为例，全市 37 家不同性质银行，绍兴安邦护卫承接 36 家银行网点守押业务。经过 5 年努力，全省安邦护卫拥有制式防弹运钞车 1731 台、防暴枪 1889 支，累计承接银行网点 6212 个，占全省银行网点总量的 72.7%；工、农、中、建四大银行网点接收率达 96.5%；此外，还承接 ATM 机押运点 1952 个，守护金库 49 座，"安邦护卫"品牌初步打响，浙江守押模式基本确立。

"十二五"主题是科学发展，主线是加快转变经济发展方式。上一个 5 年，安邦护卫发展模式仍是粗放型的，仅仅与各家金融机构一一对接，工行的运钞车跑工行网点，农行的运钞车跑农行网点，银行网点与银行网点之间各自为政，各跑各的路，与大规模、集约化模式背道而驰，安邦护卫经营成本随之大增。特别是《保安服务管理条例》出台后，明确规定公安机关为属地保安公司监管机关，而非直接经营者，"裁判员"与"运动员"不能混为一谈。"运动员"必须向更高、更快、

党政班子揭牌（浙江安邦护卫集团供稿）

更强冲刺，"裁判员"必须站在客观公正立场，树立公平竞争的规则并按规则办事。

省、市两级着手研究保安服务企业脱钩改制工作，清理首先必须从股本结构入手。仍以绍兴为例，绍兴安邦护卫股东组成单位：浙江安邦护卫占 20%，绍兴市公安局下属机动车驾驶员考试中心（事业）、保安公司各占 48% 和 9%，诸暨市公安局下属保安公司占 8%、上虞市公安局下属保安公司占 6.5%、嵊州市公安局下属保安公司占 5%、新昌县公安局下属保安公司占 3.5%。在绍兴市公安局主持协调下，市本级和 4 县（市）公安局下属保安公司所占 32% 股份，以 2.5 倍价格转让给机动车驾驶员考试中心持有。全省各地公安机关相继开展股权清理工作，为安邦护卫脱钩改制创造条件。

这一股本结构持续时间极短。由于浙江安邦护卫仅占各地安邦护卫公司 20% 股本，且没有开展实质性经营活动，无论在决策权、经营权、人事权、管理权等方面都不占主导地位，没有真正发言权。透过现象看本质，本质必将影响浙江安邦护卫长远发展，不利于企业做大做强。浙江安邦护卫管理层向上级打报告，要求收购市（地）安邦护卫31%股份，组建浙江安邦护卫集团公司。在省公安厅分管领导主导下，收购工作圆满成功，集团公司以51%股权控股各地安邦护卫公司，确立起集团公司在全省安邦护卫的领导地位。

其间，中组部对"进一步规范党政领导干部在企业兼职（任职）问题"出台专项文件，全面清理党政领导干部在企业兼职、任职。根据中组部统一要求，省、市两级公安机关对派驻到安邦护卫企业的民警，本着"去留自愿"进行身份置换，全省24名民警全部置换身份。按照政企分开原则，省公安厅将所持股权划归省国资委管理，省委组织部和省国资委根据省委指示精神，任命吴高峻担任党委书记、董事长，诸葛斌担任总经理，有7名成员进入浙江安邦护卫集团管理层，集团公司正式接管全省金融武装守押工作。

统一领导、统一模式、统一标准、统一管理，企业成本大大降低，工作效率大大提高，集约化的好处显而易见。单说运钞车运钞，过去几家银行几辆车跑，如今多家银行只要集中、顺路一辆车跑；过去不同银行采用不同票据进行交接，银行员工和安邦护卫押运员双方都嫌麻烦，如今开发款箱交接管理信息系统，扫码就能交接，后台还能发挥实时监管作用，避免发生监守自盗和款箱丢失等意外情况；过去各家银行自备金库，没有金库的银行存入有金库的银行，如今安邦护卫自己建造金库，将一定区域内银行网点的款箱集中于一座金库，直达运送，来去自由；5年间，全省共建金库27座，代守金库54座，自建金库占银行金库的一半。据测算，上述改革举措，共节约守押成本15%左右。

人、车、枪、任务相一致，确保不发生任何责任事故。人员招聘统一标准、统一条件，必须预先考取保安资格证、持枪证方能录用，政治可靠、复退军人优先；团队实行准军事化管理，组织理论学习、军事操练等；所有运钞车辆安装卫星定位系统，接着投入研发资金，用于研发车载视频监控系统，既有行车轨迹又有实时画面；每条枪安装定位芯片，定期开展实弹射击，加强对枪支管控工作安全检查，一旦持枪者遇到家庭变故、思想波动，及时发现并处置，绝不让"带病者"持枪上岗；任务主要是守押、看护两大类，守护员有守护职责，押运员有押运职责，规章制度厚厚一大本，连穿戴防护装备、款箱怎么交接、停车位置、人员站立位置等都有详细而具体的操作规定，动作不达标扣分、扣奖金，直至处分或调离工作岗位。

第二个 5 年，浙江安邦护卫建立起统一管理模式，在全国属于独创和首创，成为全国同业中的佼佼者，为下一个 5 年快速发展奠定良好基础。

能不能高起点发展，还看今朝和今后。

前 10 年，浙江安邦护卫 90% 营业收入来自金融守押业务。随着银行卡、信用卡、微信、支付宝等变成重要兑付工具，使用现金兑付的人越来越少。浙江安邦护卫还有立足之地，还能生存和快速发展吗？

守押社会化改革取得新局面，事实果真如此吗？社会主义市场经济要求形成主体多元、竞争有序市场格局，全省守押由一家公司"垄断"的局面迟早将被打破！

集团高层在思考、在探索。

浙江安邦护卫对下属企业拥有绝对话语权和决定权，他们采取集约化方式深耕金融领域业务，拓展多元化发展渠道，通过服务外包等经营模式，走出一条新路子。

在深耕金融业方面，除传统守押工作外，向银行外包业务延伸，例如 ATM 机清机、加钞、应急、监控、巡查、维修、卫生等，又如现金清分、整点等，提高银行业对安邦护卫信任度、依赖度，确保同行中引领地位。

在拓展服务外包方面，安邦护卫有资格也有条件参与社会公共安全服务外包活动。银行钱多、票据多，与安全保管具有天然联系。在吴高峻努力下，全省 9 个市（地）组建起刑事涉案财物管理中心，为公检法提供涉案财物暂时保存业务，既方便了三家政法单位，也增加了公司赢利能力，各家全都是赢家。

"互联网 +"的产生，颠覆传统生产生活方式，浙江安邦护卫向科学技术要生产力，组建科技服务公司，任命叶飞担任总经理。叶飞向吴高峻提出两个请求：一是对得起科技公司这块牌子，必须搞研发；二是由自己说了算。吴高峻说："按你的想法做事，政策上我支持你。"

叶飞有自己的想法和发展模式：夯实点线面，打造生态链。叶飞所说的点，指完成科技积累、产品积累、经营模式等，其中人才梯队建设和培养是关键；从点引申出线，线指开发不同产品，形成不同的行业线，包括金融守押、政法领域、铁路系统等，以致形成面；面是空的，叶飞想做最专业的安防平台，在平台上实现两种功能：找到最专业、一揽子安防解决方案，买到最专业、最实惠安防产品。

叶飞带着科技人员一路攻关，为集团公司研发出智能押运车载平台、智能交接解决方案、枪支管理解决方案、会展和赛事安防解决方案等；为金融系统研发出硬币回笼管理系统、纸硬币清分管理系统、智慧银行网点解决方案等；为政法和企事业单位研发出涉案财物管理整体解决方案、档案管理解决方案、办公 OA 管理系统、企明薪管理平台等；为交通运输研发出铁路列车智能反恐系统、高铁低路基智能防穿越系统、铁路边坡防落石系统等。

"十三五"期间，叶飞带领的团队共获得 5 项专利、31 个著作权证书，其中高铁低路基智能防穿越项目为国内首创，科技公司被列入浙江省 2020 年第一批认定国家高新技术企业名单。

各地安邦护卫也在向科技要效益。绍兴安邦护卫董事长胡秀荣说："2015 年我市偷盗二轮电动车案件占侵财权的 80%，2016 年直接下降 80%，为全省最低，两个 80% 足以说明科技力量无穷强大。"原来，绍兴安邦护卫在全市铺设 1 万余个基站，对民众拥有的 167 万余辆二轮电动车安装防盗芯片，并由绍兴安邦护卫投保失窃险。接着，他们又为 53.3 万余名中小学生安装学生卡芯片，让学校和家长了解未成年人的动态，学生可以用芯片在学校打电话、吃饭、上图书馆等，这一工程被绍兴市作为"十大民生实事"予以推广。

随着共建"一带一路"倡议深入推进，浙江安邦护卫瞄准海外市场，吴高峻专门到公安部国际合作局商谈海外安保工作。国际合作局领导认为，浙江安邦护卫参与"一带一路"安防服务领域，体现国有企业政治担当，符合浙江"走出去"战略，建议从东盟国家率先"走出去"。吴高峻带队，先后与泰国、柬埔寨等东盟国家执法机构、"澜沧江—湄公河综合执法合作中心"建立合作关系，远赴埃塞俄比亚、阿

拓展境外安保产业（前排右为吴高峻，浙江安邦护卫集团供稿）

尔及利亚、刚果民主主义共和国等非洲国家开展海外安保项目考察并达成初步意向，成为中非民间商会副理事长单位。此后，又与卢旺达华侨华人协会签署合作协议，在安全风险评估、大型活动安保、随身护卫、贵重物品运送等方面开展合作；与南非安兰医疗公司签署合作协议，成立安保合作办公室，在安保总体解决方案、智能安防一体化项目以及高端人防等方面广泛合作。目前，海外安保工作正在有序推进和落实之中。

别具一格的运营模式，为浙江安邦护卫走得更快、走得更远提供了制度保证。

现代保镖小荷露尖

承担武装押运的保安公司，国家允许配备枪支弹药，例如浙江安邦护卫，其他任何保安员都不准携带武器上岗。

2010年1月1日实施的《保安服务管理条例》，国家首次明确保安公司可以根据合同要求，为客户提供"随身护卫"项目。截至目前，国内以"保安"字样注册企业超过1万家，用"保镖"字样营业公司不足百家。保镖是个敏感词汇，时任中国人民公安大学治安系副主任张弘认为，随身护卫是对"保镖"这一通俗叫法的官方定义。位于杭州的天樽安保服务集团公司公开打出"天樽保镖"旗号。在中国境内，保镖同样不准携带和使用武器，全靠身手不凡，确保服务对象人身和财产的安全。

天樽CEO名叫王海春，是名"80后"，他在抖音、快手短视频全网关注度10亿＋，粉丝破百万；国内今日头条、浙江卫视、澎湃新闻、腾讯、梨视频等媒体，国外德国电视七台（Pro7）、荷兰国际新闻电视台（RTL4）、法国电视一台（LE20H）等媒体先后报道过王海春及团队相关情况，天樽保镖被胡润百富20周年庆典活动指定为安防品牌，王海春被胡润百富授予"2017未来之星"称号。颁奖词这样写道：王海春创办的天樽安保是国内顶尖私人安保防护机构，公司自成立以来，为国内外知名企业家、政要、明星等精英人士提供专业高尚的安全保护工作，在国内高端安保领域享有极佳口碑。

草根出身的王海春，家住江苏盐城乡下，2000年一场大雨，老家土坯房倒塌。如今的王海春与以往截然不同，奢侈、高端、豪华"三者"围绕其身边，日子过得十分光彩耀眼，短短十几年时间，反差实在太大。

带着这一疑问，我来到天樽，寻访王海春成功诀窍。

想在农村不受欺侮，一是家里男丁要多，二是最好有人习武。叔叔会洪拳，年幼的王海春跟叔叔学洪拳，10岁那年看了多遍《少林寺》，对李连杰功夫佩服之至。从内心讲，王海春很想当兵，部队有更多用武之地，可是家里太穷，只能选择外出打工，错过当兵最佳年龄。王海春一边四处打工，一边拜师学艺，走遍10多个省市，遍访名师大侠。初学咏春拳，师傅教过之后，王海春对着6个沙包打练习，最后竟把所有沙包打破，10个老茧全部打烂。王海春说："练起来什么都忘了，连梦中都会比画招式。"王海春先后练过拳击、散打、咏春、跆拳道、实战格斗等，最后博采众长，自创出TZF格斗技能。

王海春崇拜李连杰，李连杰主演电影每部必看。自从看过《中南

出镖（右三为王海春，天樽安保集团供稿）

海保镖》后，王海春不满足于保护自己、保护家人，职业理想油然而生：保护更多需要保护的人们。可在当时，保镖缺乏合法地位，王海春期盼早日合法化。

如今有支付宝、微信等手段支付，国家还在进行数字货币改革。以前，个体老板做贸易大都使用现金结算，动辄几十万甚至上百万，王海春瞄准商机，为个体老板搬运钞票，每天都要运送数百万。王海春背着一只双肩包，陪老板到银行取钱，护送老板去结账；假如收钱老板请他返回银行存钱，他会很开心。一次，陪同老板买房子，银行柜员多给他一捆，整整10万元，王海春礼貌地让柜员重数，退了回去。

赚到第一桶金后，王海春见好就收，自费到美国、俄罗斯、以色列学习要员保护理念和技能，取他国之长补自身之短。无论用枪用刀还是徒手搏斗，保镖第一要务不是"攻"，而是"护"，真要打起来任务就算失败。身手好是前提，是保镖必备本领，但不是全部，要集侦探头脑、特工本领于一身，懂得信息收集、侦查研判、安全布防、危机预防、险境撤离、法律运用、保密措施、谈判方法、公关技巧等相关知识，学会洞察、分析、推理、预测、判断、适应等能力。现代保镖并非一介武夫，为了"不打起来"，必须学会用头脑而非拳脚战胜对方，所谓"不战而屈人之兵"是保镖最高境界。

中国举办奥运会那年，他到北京发展，为一位VIP充当保镖。VIP生意做得很大，既为国家创造财富，也为社会增加就业。王海春觉得企业从无到有、从小到大、从弱到强，企业家功不可没，VIP人身安全不能有一丝一毫闪失。

王海春身材高大，体格魁梧，长着一张娃娃脸，显得憨厚朴实，VIP让他出任1号位。每次出车，王海春都要对车辆仔细排查，检查车况、爆炸物、跟踪器、窃听器等异常，等VIP上车再上车，待VIP下车先下车，每到一地都要眼观六路、耳听八方，自觉替VIP挡子弹。

我问王海春："真的愿意挡子弹？"

王海春不假思索地回答我："必须的！"

我明白，职业保镖把信誉看得比生命还珍贵。

《保安服务管理条例》颁布后，王海春觉得保护一位VIP体现不出真正价值，需要创办保镖公司，保护更多需要保护的VIP。VIP夫人老家在浙江，王海春来过杭州，非常喜欢这座城市，遂到杭州创办企业。筹措资金、租借场地需要时间和时机，审批窗口期比较紧，王海春在贵人指点下，于2013年先在香港成立天樽（中国）国际安全机构，2014年在杭州创办天樽保安服务公司，2018年更名为天樽安保服务集团公司。

按照谁主办谁负责原则，不是政府举办的活动，国家警卫局、公安机关不承担安保义务。2014年张学友全球巡演杭州站演出活动，成为天樽保镖第一单业务，王海春派出6名保镖护卫。演唱会迷倒一大片粉丝，演出结束仍有歌迷早早跑到张学友下榻酒店等待。只见张学友潇洒地甩了甩头发，热情地向歌迷打招呼，让崇拜发挥到极致。保镖一路护送张学友紧急离开，粉丝讨厌"黑衣人"（指保镖）不通人情。外行看热闹，内行看门道。保镖有保镖原则：原则一，事先熟悉场地，至少预留一条以上应急通道；原则二，时刻保持警惕，识别危险动作；原则三，一旦遇到突发状况，护送VIP快速到达安全地点。6名保镖各有分工，VIP右手为1号位，左手为2号位，3、4号位在前面开道，5、6号位负责殿后。唱了两个多小时，张学友极度疲劳，回到酒店又被地毯绊了一跤，眼看就要摔倒，1号位王海春眼明手快，一边轻轻扶起张学友，一边提醒张学友向歌迷打招呼，殿后的两名保镖侧身遮挡住众人视线，歌迷所见并非全部。

2015年，韩国明星权志龙受邀到杭州参加成龙演唱会，天樽派出25名保镖到萧山国际机场护卫。控制明星与粉丝距离只可意会不可言传，如果明星与粉丝距离太远，粉丝觉得明星耍大牌，近了则可能造成VIP意外。往年，权志龙粉丝很疯狂，跟着小汽车紧追不舍，摔倒爬起来接着跑。当权志龙走下成龙私人飞机时，粉丝潮水般涌向"永远的万人迷"。女粉丝有的穿高跟鞋，有的穿拖鞋，人流似漩涡一样聚向中心，产生巨大冲击力，稍有不慎极易发生踩踏事故。王海春一边让权志龙快速离开，一边指挥团队用身体阻拦汹涌人潮，成功化解一起踩踏事故。

鸿海集团董事长、富士康创始人郭台铭到乌镇参加第三届世界互联网大会，天樽派出12名保镖全程护卫。乌镇水网密布，街道狭窄，商铺林立，人流汇集，面对情况不熟、地形复杂的情况，王海春实施多重保护举措，自己带2名保镖贴身保护，其余9名全部隐形。隐形保镖戴着耳麦，身穿黑色西装，面无表情藏在暗处，他们被称为"影子"，与贴身保镖一明一暗，双重排查潜在风险。郭台铭参加活动或去散步，"影子"们事前探路，排查休息室、观众席、楼梯、街道、店铺等潜在风险，确保无任何异常，打出OK手势方可启程。郭台铭在演讲结束后，媒体记者蜂拥而上，场面显得有点乱。郭台铭是名人，他的安全事关重大，媒体朋友得罪不起，夹在名人与记者中间，"影子"们起到不可替代的作用。他们做好物理隔离，安抚记者情绪，秩序由乱转好，既满足记者提问，又确保郭台铭安全，得到郭台铭先生充分肯定。

替外国政要保驾护航起步于2017年。那年6月15日夜晚，中德经济合作项目推介会在洲际酒店召开，与此同时，世界城市和地方政府联盟亚太区"一带一路"地方合作专业委员会落地杭州并举行揭牌仪式，德国前总统伍尔夫应邀出席。天樽保镖与国家警卫局、德国总统保镖团队一起合作，成为伍尔夫杭州之行安全顾问，参与执行安保任务。王海春高度重视，对区域环境、行车路线、会议场地等开展地毯式排查，全方位评估，设计出数套应急预案，圆满完成德国前总统近身保卫工作，赢得伍尔夫和国际同行一致肯定。

上海浦东机场，风尘仆仆的卡梅伦走下飞机舷梯，他从英国带来3名保镖，分别出任1、2、3号位，英国保镖同样不准在中国境内携带枪支和管制刀具。在保镖簇拥下，卡梅伦坐进专车，而后开道车、警车前后呼应，直奔杭州，车队中有6名天樽保镖身影。应"第五届中国中小企业全球发展论坛暨全球中小企业联盟中国区年会"邀请，英国前首相卡梅伦、法国前总理拉法兰、韩国前总理李寿成3位国际政要和国内外著名学者、企业大咖等600余人，以"创造新动力、开启新征程"为主题，共同探讨全球中小企业发展问题。卡梅伦房间外，一名英国保镖、一名天樽保镖24小时轮流值班。会议于第二天举行，会场和住宿都在洲际酒店，早在会议召开前几日，王海春派出安保团队对会场、休息室、宴会厅、合影区等场所排查摸底，量身定制安保方案，得到主办方、3位国际政要认可，活动开始前4小时，再次对上述场所进行高规格检查，杜绝安全隐患。卡梅伦上台发表主旨演讲，2名天樽保镖站在舞台两角，紧盯不安全区域，确保万无一失。当天晚上，卡梅伦飞北京与国家领导人会面，拉法兰、李寿成于次日前往乌镇游玩，王海春带领保镖团队全程护卫。这是第二次到乌镇做安保工作，他们采取一明一暗两套保护措施，让2位前总理高兴而来满意而去。天樽保镖的敬业精神、专业素养令英国安保团队信服，卡梅伦将王海春介绍给联合国前秘书长潘基文。此后，潘基文每到杭州，总要"钦点"王海春及他的团队当保镖。

天樽保镖三分之二为复退军人，三分之一人员从小习武，招聘时他们都是"半成品"，须经过35天封闭式培训，考试合格方可聘用。王海春专门创办"功守国际安全学院"，邀请法国总统卫队现役总教官博雷、喀麦隆总统卫队成龙（自称）、曾在法国外籍军团服役的傅晨以及供职于俄罗斯、丹麦等国大佬级教官授课，课程涵盖综合体能、擒拿格斗、随身技能、团队战术、目标保护及护送等内容，所设课目全部符合中国国情和法律法规，考试合格分初级、中级、高级、特级、首席 5 个级别安全官，等级越高薪酬越高，女保镖尤为抢手，她们深藏不露，做保姆、做司机、做文秘、做助理……更容易蒙蔽对手。

冯钰洁，一位文静姑娘、浙江电视台记者，由于一次陪同采访，接触到天樽保镖，被王海春的信念触动。后因采访温州网约车司机奸杀女乘客事件，原本只想学习防身技术的冯钰洁，竟想跳出体制当保镖。但在保镖行业，只能靠实力说话。

冯钰洁喜欢户外活动，单凭这点技能远远不够。训练期间天天累得够呛，身上伤痕累累，考试也没能通过。亭亭玉立的冯钰洁，性格倔强不服输，报名参加第二轮培训。由于起点比较低，教官特意为她量身定制训练计划，冯钰洁充分利用课后时间加练加训。对抗训练中，男女力量悬殊，冯钰洁受伤是常事，基础不行，还被教官批评，疼痛加委屈，不禁潸然泪下。女生每月总有几天不方便，学院允许不训或降低训练强度，冯钰洁从来没有使用这一特权。经过 70 天苦练加巧练，终于通过测试，成为一名真正保镖。她注册"女保镖冯钰洁"抖音账号，利用自己会拍摄、懂剪辑技术，与广大网友分享防偷拍、防跟踪

艰苦训练（图为冯钰洁，天樽安保集团供稿）

等知识，普及防身基本动作，很受欢迎，目前她的播放量 3 亿 +，与王海春平分秋色。

出长期任务是保镖"出师"的标志，冯钰洁目前恐怕没有资格，仅出过几次短任务。第一次出任务是参加胡润百富第十届"最受尊敬企业家颁奖晚宴"，北京诺金酒店灯火辉煌、高朋满座，500 多位来自国内外商界领袖、企业精英欢聚一堂。主办方认证不认人，嘉宾凭手环入场，场内安保则由天樽保镖负责。场内已经发现假冒手环和仿制工作人员证件的进场者，他们骗吃骗喝事小，危及真老板、大老板事大，保镖须凭火眼金睛，将假冒者"请"出现场。面对身家过亿的真假老板，冯钰洁无法分辨。王海春教她辨别方法：看服装，服装无法说谎；看气质，气质无法作假；看神色，神色无法掩饰；看座位，座位无法冒充……冯钰洁活学活用，果然"请"出数名假冒者。

一名姑娘谈恋爱，想跟男朋友分手，男朋友打电话骚扰、威胁恐吓她，姑娘求助雇保镖。女保镖本来就少，大都有长期任务脱不开身，王海春派冯钰洁替她当保镖。姑娘独自居住，是个上班族，她怕男方做出过激行为，整天待在家里，不敢去上班。冯钰洁劝她："有我在，该上班上班，不用怕他。"姑娘小心翼翼地出门，冯钰洁开车送她到单位，自己在单位附近观察，下班接她回家。每次到家，冯钰洁都提前进门，检查床底、柜子、窗帘是否藏人，不放过任何蛛丝马迹，屋内安全才让姑娘进门。冯钰洁陪她吃、陪她住，形影不离，跟亲姐妹一般。前男友打电话骚扰，冯钰洁警告他："你的行为已经触犯法律法规。"前男友再也没有打电话。风平浪静过了一周，冯钰洁陪姑娘一同下楼时，看见前男友站在车旁，情绪激动："你如果离开我，我就去死！"冯钰洁一把将姑娘拉在自己身后，采取物理隔离方式，避免姑娘受到伤害。冯钰洁劝导前男友："看你像个读书人，怎么连好聚好散都不懂？即使结婚还会离婚，何况你们只是谈恋爱，为什么不可以分手呢？"前男友胡搅蛮缠："她离开我就死！"冯钰洁说："你的行为已经触犯《妇女权益保护法》《治安管理处罚法》，你要我报警吗？"冯钰洁吓唬他，前男友果然被她镇住。他从冯钰洁的气质和架势，明白是前女友私人保镖，从此不敢挑衅。姑娘雇期 1 个月，冯钰洁研判姑娘已经安全，从雇主家里搬了出来，回公司复命。

王海春想在国外成立安保公司，将业务拓展到海外。王海春说："我不希望中国人在国外流汗的同时还要流血，作为中国人不能坐视不管！"王海春解释道："国外保费更高，比如在战乱国家，顶级保镖每小时可以开出1000美元以上价格。随着'一带一路'走出去，保镖应该走出去，保护域外华人的安全。"

我期待王海春海外业务，像春天一般绽放！

国际安全官任重道远

走出国门，到海外当保镖的愿望，王海春没能实现，马路平（化名）却早已兑现。如今，他率领国际安全官开启中国保安走向世界的征程。

在南非好望角，国际安全官眺望；在伊拉克椰枣树下，国际安全官护卫；迎着斯里兰卡的海风，国际安全官奔波；在英国白金汉宫，国际安全官模仿。

汉卫国际安全护卫公司在全球安全领域布局主要依托"一海四陆"，即以斯里兰卡为海上护航基地和东南亚地区中心基地、伊拉克为中东地区中心基地、南非为非洲地区中心基地、英国为欧洲地区中心基地，在9个国家设立19个分公司或办事处。中国将派往海外的保安员统称为国际安全官，公司先后派遣100余名国际安全官分赴各个国家，并雇用外籍安保人员3000余人，为中石油、中海油、中国铁建、深能源等大型国企和上市公司提供安全咨询、安全培训、海外陆地安全和海上护航等服务。公司先后加入国际安保规范联盟（ICOCA），成为国际海事行业安保协会会员单位（SAMI），通过商船提供武装护航国际体系认证（ISO28000/PAS2807），获得东道国斯里兰卡、伊拉克、南非等多个国家签发的武器许可证（MOD），在印度洋沿岸19个港口可持武器执行海上武装护航任务……

运筹帷幄（图为马路平，汉卫国际安全护卫公司供稿）

　　14 岁当兵的马路平，曾在海军和总参机关服役，参与中国军队亚丁湾、索马里海域海上护航和利比亚撤侨、联合国维和等非战争行动。作为一名职业军人，马路平说："应联合国秘书长请求，中国于 1990 年开始每年向联合国派遣军事观察员参加维和行动，执行民事任务，履行警察职能，这些行动都是负责任大国的政治担当和国际义务。从 2008 年开始，中国派遣舰船和军事人员参加亚丁湾护航、利比亚撤侨等活动，保护中国公民的海外安全利益，由此说明中国人民真正站立了起来！"

　　2013 年金秋，国家主席习近平西行哈萨克斯坦、南下印度尼西亚，先后提出共建"丝绸之路经济带"和"21 世纪海上丝绸之路"重大倡议，被誉为 21 世纪伟大新故事的"一带一路"倡议迎风生长，成为推动构建人类命运共同体的重要实践平台。

　　时间仅仅过去半年。2014 年初夏，汉卫国际安全护卫有限公司经国家工商总局批准成立。马路平从自身经历出发，借鉴国际通行做法，以民营企业走向海外安保服务领域，维护中国企业和公民在海外的安全利益。走出国门审批中虽然波折不断，但马路平不忘初心、牢记使命，最终在浙江杭州落地生根。

2015 年年底，随着"一带一路"倡议快速推进，困扰中国保安公司究竟要不要走出去的问题迎刃而解。马路平说："保安公司和保安员不可能代替国家，是外交和军事力量的补充成分，我们注册公司做好准备是对的。"

马路平将公司宗旨确立为：一诺千金，捍卫中国公民的海外安全利益！

目前，全世界共有 154 个国家和地区发展保安业务，全球安保市场规模总量最低约为 2100 亿美元，西方安保公司占据 80% 以上市场份额。据新华社 2016 年 9 月 22 日电：国务院新闻办公室今日举行新闻发布会，发布《2015 年度中国对外直接投资统计公报》。2015 年，中国对外投资迈上新台阶，实现连续 13 年快速增长，创下 1456.7 亿美元历史新高，仅次于美国，首次位列世界第二。截至 2015 年年底，2.02 万家中国企业在国（境）外设立 3.08 万家对外直接投资企业，境外资产总额超过 4 万亿美元，境外各类劳务人员派遣 53 万人。国外通行的安保费用约占投资额 10%，中资企业一般小于这一占比。就以 5% 计算，中资企业国际安保市场规模可达 70 多亿美元。这么巨大的一块蛋糕，想不想吃、敢不敢吃、能不能吃，摆在中国保安公司面前。闯过大洋、斗过风浪的马路平天生爱吃螃蟹，一啃就啃最难啃的"海螃蟹"。

我问马路平，汉卫国际公司为什么要作出"一海四陆"海外安保战略布局？

马路平说："中国国家利益在哪里，我们就要跟进到哪里，国际安全官始终与祖国同呼吸、共命运、心连心。

"截至 2014 年年底，全国有保安服务公司 5031 家，保安员 450 多万人。我们绝大多数国际安全官拥有 5 年以上服役经历，并持有海外防恐安全证。"

我又问："作为一名国际安全官，必须具备哪些基本素质和条件？"

马路平说："首先必须爱国，愿意为中国企业走向世界保驾护航，甚至献出生命。其次要有专业水平，包括懂得中国法律、所属国法律、国际法等；军警从业经验，包括反应灵敏，临危不惧处置能力，熟悉武器性能和使用方法等；语言能力，懂外语的人当保安的极少，至少要会英语，最好还懂法语——我国很多投资在非洲；行政和管理能力，包括人员管理、枪支弹药管理、自身情绪管理等。再次是身心健康，具有吃苦耐劳、坚韧不拔的决心和体质条件等。"关于团队，马路平赞不绝口："我们派遣的国际安全官个个出类拔萃，他们是汉卫国际公司核心竞争力，我为他们感到骄傲！"

100多名国际安全官人人有故事，我怕听不过来，便从浙江省保安协会编撰的《70名好保安·70个好故事》中选出2名，一叫刘斌（化名），一叫赵鸿志（化名）。公司规定，动乱地区半年轮换1次，安全地区一年轮换1次。2人都在动乱地区，受疫情影响航班不通，已经两年多没有回家，仍在驻在国坚守。

我只能听马路平讲他俩的故事。

刘斌为公司"零号"员工。马路平把创办汉卫国际公司的设想告诉刘斌，刘斌毅然辞去银行高薪职位，背着双肩包，独自辗转北京、天津、上海等城市，终于将汉卫国际公司注册成功。

公司发展前途在哪里呢？

管理层在思考，刘斌也在思考，不谋而合地想到一个国家——伊拉克。

伊拉克犹如一位美丽姑娘，别人贪婪她的美丽，总想占为己有，贪婪的人们杀掉姑娘所有保护者，只有这样才能为所欲为地蹂躏她、侵害她。

战后，由于美英等国垄断与阻挠，中国无法参与伊拉克重建，签订的合同更是被他国抢夺。伊拉克人民看穿美英等国的真实意图，重建工作困难重重，美英等国无奈放开伊拉克基础设施重建市场。2009年左右，中国对伊拉克恢复重建，关键中的关键是安全，如果安全得不到保障，谁愿意到伊拉克重建呢？

风险与机遇并存。汉卫国际公司需要借力打力、化险为夷，为参与重建的中资企业保驾护航。刘斌主动向管理层申请，前往伊拉克斩关夺隘。

长期生活在北京，从小在部队大院长大，1米85身高、风度翩翩、

出席中伊经贸合作论坛（图为刘斌，汉卫国际安全护卫公司供稿）

一表人才的"刘公子"，派他到伊拉克任海外安全经理，合适吗？

刘斌不光一表人才，还一身正气，他的最大心愿是：让中国人有尊严地屹立于世界东方！

世界将气候之最分为五极：热极、冷极、干极、湿极和雨极，其中世界热极名叫巴士拉，常年高温干旱。刘斌在地表温度超过50℃、满目疮痍、一片废墟的巴士拉郊区，在集装箱改建的简易房中，整整待了一周时间，停电、酷热难不倒他，连吃饭都不出屋。当他走出集装箱屋，形成一份图文并茂的伊拉克局势报告，让远在杭州的马路平喜出望外。公司按照刘斌提供的信息，马路平排兵布阵，决定在伊拉克建立中东地区中心基地。

巴士拉是伊拉克石化中心，也是某中资企业进军伊拉克的首选之地。中资企业要把地址定下来，让汉卫国际公司进行安全评估。刘斌在当地安保人员带领下，驱车上公路帮中资企业选址。一路上，当地安保

国际安全官在国外（图为刘斌，汉卫国际安全护卫公司供稿）

人员鸣枪让前方车辆让行，刘斌觉得不可思议，后来才知道公路鸣枪在伊拉克不算违法，当地司机习惯后面传来的枪声，纷纷为后方车辆让道。

当地安保人员请部落人员带路，刘斌离开防弹车，与同伴一起勘查地形、测量数据。正在大家行走之际，一声巨响挟土裹沙朝他们袭来，2名当地安保人员永远离开了人世。原来，当地安保人员踩到地雷，如此近的距离，刘斌心儿怦怦直跳。刘斌安排善后事宜，领着团队继续出发……刘斌的执着，让中东基地从屡战屡败到屡战屡胜，中标标书放满4个柜子。

伊拉克安保工作由外、中、里三层构成，外层由驻伊美军和伊拉克安全部队负责，中间由全副武装的警察负责，里层由各家公司聘请的安保人员负责，汉卫国际公司站在退无可退的位置！

伊拉克动荡不安，战争环境让不少民众拥有枪支等致命武器，恐怖袭击、治安事件频发，每年非正常死亡1万人左右。2018年7月，巴士拉发生严重暴乱，愤怒的伊拉克民众举行武装游行，他们横枪乱放，掀汽车，烧汽车，与军警严重冲突……伊拉克政府宣布戒严令，禁止行人和车辆通行。此刻，汉卫国际公司客户单位有部分员工在产油区作业，没有返回驻地，随时面临人身安全危险。

一边是政府戒严令，一边是客户单位殷切希望。中方员工安全决非小事，刘斌想起公司宗旨：一诺千金，捍卫中国公民的海外安全利益！

刘斌将生死置之度外，开着防弹车出去营救，可英国籍的队长不同意。刘斌退无可退，撇下外籍安保人员，带着公司国际安全官毅然出门。

枪声、爆炸声不绝于耳，被点燃的汽车轮胎传来刺鼻气味，燃烧产生的烟雾挡住太阳光芒。刘斌模仿当地安保人员做法，让同事鸣枪，武装游行的人们以为是自己人，纷纷为车辆让道，防弹车开得风驰电掣，及时赶到产油区。刘斌用中国人的智慧和方式，化解产油区发生的武装暴力游行示威活动，成功救回被困客户单位员工。事后，中资企业向汉卫国际公司发来感谢信，表扬刘斌让中国人真正体会到在海外的尊严。

通过刘斌和同事共同努力，伊拉克中心基地赢得"最佳供应商"殊荣。

白衬衫，黑裤子，双肩包，消瘦的脸上架着一副近视眼镜，话虽不多，但问起海外安全等专业性问题时，滔滔不绝，有自己的见解……

以上是马路平遇见赵鸿志时的第一印象。

赵鸿志本来想当飞行员，遨游祖国的蓝天，因为眼睛近视，当兵愿望没实现。赵鸿志大学主攻轮机工程专业，毕业后成为一名国际海员，从天空掉进大海，劈波斩浪于大洋。公司货轮走印度洋航线，即国内—波斯湾—亚丁湾—红海—亚丁湾—国内，航行中最凶险的一段莫过于亚丁湾，全球被劫货轮大多发生在这一海域。尽管有各国海军护航，但货轮跟不上军舰速度，半天不到便看不见军舰身影。老海员说："既要靠海军军舰护航，也要靠船员自己保护自己。"在老海员带领下，赵鸿志学会为货轮设置障碍、加固生活区防护、启用防海盗设备、开展防海盗演练等。赵鸿志生怕哪天 AK47 对准自己脑袋，深切体会生命的弥足珍贵！

积累海上实践经验，远洋公司调赵鸿志担任指挥控制中心副主任。公司领导打电话让赵鸿志到接待室会客，那天赵鸿志穿着上白下黑的衬衫和裤子，背着双肩包跨进接待室，遇见了马路平。原来，马路平打算拓展商船海上护航业务，专程跑到远洋公司来求教。

亚丁湾位于也门和索马里之间的一片海域，以也门海港亚丁为名。亚丁湾通过曼德海峡与北方红海相连，西侧有两个世界驰名海港，即北岸亚丁港、南岸吉布提港，整个海湾扼守地中海东南出口和整个中东地区，是出入苏伊士运河咽喉，可以快捷往来于地中海与印度洋之间，也是波斯湾石油输往全世界的重要水路，被称作世界海运"黄金水道"，战略地位十分重要。中国与全世界做贸易，其中 70% 货物经过亚丁湾，该海湾是中国通往欧洲航线、地中海航线、部分美东航线以及波斯湾航线的关键节点。亚丁湾安全与否对中国与欧洲、非洲、中东地区的经贸往来和投资合作具有深远影响。亚丁湾海盗泛滥成灾，平均 4 天商船遭劫 1 次，中国商船途经亚丁湾五分之一受到过海盗袭击，我国很多商船进入印度洋后不得不绕道好望角，造成时间和成本激增。尽管中国也派编队护航，但杯水车薪，海盗多如牛毛防不胜防呀！

因为有往返亚丁湾的经验，赵鸿志滔滔不绝谈了商船如何应对和避免海盗袭击，让马路平受到启迪。参加过亚丁湾护航任务的马路平，想开辟另一条道路，用民间力量对付海盗，并向赵鸿志抛出橄榄枝。

那次会客让赵鸿志留下深刻印象，深知海盗对海员和货轮生命财物安全的威胁，国际海员与国际安全官属于两个不同性质的工作，相同点是都熟悉海运业务和具有化解风险的能力。赵鸿志向马路平投寄自荐信，三十而立的他当上了国际安全官，此"官"非彼"官"，需要奉献和牺牲。

东南亚中心基地选择过多个国家，不太理想，赵鸿志的加盟，让马路平决定把东南亚中心基地和海上护航基地同步建设。斯里兰卡形如水滴，被称作"上帝的眼泪""印度洋上的珍珠"，自古就是连接东方和西方的海上交通枢纽，决定派赵鸿志到斯里兰卡任海外安全经理。

赵鸿志离别怀孕7个月的妻子，踏上异国他乡，初来乍到开拓业务颇为艰难。雨季结束，赵鸿志终于接到第一单业务——为斯里兰卡南部高速路延长线项目提供安全护卫服务。

中资企业已经更换5家当地保安公司，均无法有效遏制盗窃事件的发生。这种情况下，中资企业想聘请自己的保安公司，赵鸿志这才有了第一单业务。

高速路项目点多线长，完全开放，安保难度比较大。一些在中国人眼里看似平淡的物资，在生活不富裕的盗贼眼里却是无价之宝。赵鸿志接手两个月内，盗窃案件时有发生，中资企业损失近百万卢比。

难道安保计划对这个项目不起作用？

赵鸿志深入施工现场，对当地工人和聘用安保人员进行观察和分析，原来是周围村落盗窃团伙勾结内部员工作案，也有安保人员监守自盗现象。赵鸿志重新修改安保方案，制定具体人员车辆管控措施，实施逐车检查、人员抽查和物资随时清点制度，一套因地制宜的安保方案应运而生，偷盗问题得以缓解直至消除。由于盗贼无法继续作案，他们对中方施工营地实施骚扰，黑灯瞎火投掷石块，造成多名当地雇员被打伤。赵鸿志白天忙工作，夜里到安全岗位巡查，给安保人员发放防身使用的钢筋，与窃贼斗智斗勇，每天只睡两三个小时，半个月体重轻了7斤。

赵鸿志的专业和敬业，引起盗窃团伙严重不满，他们再次有组织地实施盗窃，当地安保人员制止时遭多次报复，并攻击中方安保人员，致使一名国际安全官受伤。该团伙利用夜色掩护，对中方营地公开抢劫，赵鸿志与中方安保督察员一同赶到，在当地法律允许范围内，对冲击中方营地的行为进行有理有利有节处置，会同斯里兰卡安保人员控制事态进一步发展，并缴获大量被盗物资。

漂亮战斗足以证明一切，盗窃团伙收敛起嚣张气焰，乖乖服输。项目完工后，中铁五局发来感谢信，称赞赵鸿志制定针对性、专业性

检查筑路工地（图为赵鸿志，汉卫国际安全护卫公司供稿）

强的安保方案，有效抑制安全事件发生，保障了中方人员和财产的安全。

中远船务公司旗下特种工作船 ORION I 由上海港启航，经亚丁湾前往欧洲。这是一艘新造船舶，干舷低、航速慢，有较高被劫风险，中远船务委托汉卫国际公司海上护航。为了提高安全系数，马路平协调 ORION I 工作船加入中国海军亚丁湾第 33 批护航编队，并将具体任务交给赵鸿志。赵鸿志带领 6 名武装安保队员上船，执行海上护航任务。由于船东不同意加装固定防海盗设施，赵鸿志用 2 根钢丝接通发电机，绕船一周连成电网，将跳板用钢丝绳系牢，一头挂在船舷，另一头扔到海里，水流冲击让跳板左右摇摆，阻止小船靠近，还在船上加装防海盗网、消防水龙等设施，做好防海盗的准备工作。

在合适海域，赵鸿志组织全体船员进行防海盗培训和演练，开展武器试射，人员部署清晰、工作措施到位、武器装备良好。凌晨时刻，在中国军舰保护下，ORION I 工作船驶入亚丁湾。大海平静如毯，星空如油画般静谧，重返亚丁湾，让赵鸿志有一种亲切感，更有一股责任感。船员和船舶安全系于一身，赵鸿志觉得沉甸甸的担子重于泰山。ORION I 工作船终究跟不上军舰航速，赵鸿志提醒武装安保队员保持高度警惕，采取双舷双人值班方式，监控海上所有目标。雷达屏幕扫描到密密麻麻的小船，有些小船正在快速地朝 ORION I 工作船驶来。赵鸿志听老海员说过，小船坐 2 个人一般为渔民，如果坐三四个人基本是海盗。朝他们驶来的小船坐了 4 个人，赵鸿志预判他们是海盗。看着颠簸的跳板和绕船一周的电网，小船围着 ORION I 工作船转了几圈，自动离开。历经两天两夜，ORION I 工作船驶离海盗出没区域进入红海。经过近 20 天海上航行，赵鸿志团队终于完成海上护航任务，得到中远船务和船东一致好评。

2019 年 4 月 21 日，斯里兰卡首都科伦坡等多地先后发生 8 次连环炸弹爆炸，至少涉及 3 座教堂、3 家酒店遭袭，有中国公民不幸遇难、受伤。在同胞受难时刻，赵鸿志和国际安全官发扬"一方有难、八方支援"传统美德，积极参与救助工作，服侍伤病员，为他们送医送药送饭，体现中华儿女血浓于水的亲情；并协助中国驻斯里兰卡大使馆处理亡者善后事宜，体现人道关怀。

事后，中国驻斯里兰卡大使馆专门召开"4·21"恐袭事件善后工作总结座谈会，程学源大使亲手向汉卫国际公司和赵鸿志送上感谢信，向公司和本人致以崇高敬意！

中国已与 200 多个国家和地区有经贸往来。站起来、强起来的中国，亟待维护海外安全利益。马路平深知，在国际安保领域，中国尚处蹒跚学步阶段，作为国际安全官，远方之路任重道远哪！

第二章　日日夜夜守平安

　　安防是社会安全的组成部分。就安防产业而言，包括人力防范、实体（物）防范和技术防范三个范畴，其中人力防范和实体防范古已有之，是安全防范的基础。安全防范有三个基本要素：探测、延迟、反应。探测指感知显性和隐性风险并发出报警，延迟指延长和推迟风险发生的进程，反应指组织力量制止风险发生所采取的快速行动。探测、延迟、反应三者之间相互联系，缺一不可，探测应准确无误，延迟应长短合适，反应应快速及时，反应时间应小于或等于探测、延迟相加的总时间。基础的人力防范指利用人体自身传感器（眼、耳、手等器官）进行探测，发现目标并作出反应，例如门卫值班、巡逻检查、呼叫报警等；实体防范作用在于推迟风险的发生，为反应提供足够时间，例如铁丝网、防盗门窗、保险柜等。随着科技日新月异，实体防范融入更多科技元素，延长延迟的时间。

　　保一方平安是保安员光荣而神圣的使命，本章节主要反映的是保安员的苦与累、勇与谋。

万里奔波护国宝

安邦护卫主要为银行系统武装押运钱款、票证等财物，有时也会临时受命，押运其他"宝贝"。

2018年10月的一天，上午10时许，浙江衢州安邦护卫公司接到电话，让公司领导去衢江区文广局接受一项临时任务，武装押运一批国宝级文物，当天下午出发，10月30日上午返回。

公司立即启动紧急联运响应预案，抽调精干力量组成指挥、调度、守押、车辆、监管等跨部门押运工作小组。

首先是车辆。按照标的物28立方米体积计算，需要8辆运钞车，临时无法准备那么多辆运钞车，特别是有的标的物体积庞大，运钞车根本装不进去。于是，决定派2辆运钞车放置更加贵重的文物，雇用1辆社会集装箱车加入车队。社会车辆驾驶员必须安全可靠，通过公安部门信息核实，找到集装箱运输车辆和2名驾驶员。叶文武将运钞车和社会车辆一同送到汽车修理厂检修，全部指标优良后，原地待命。

其次是挑选运钞车驾驶员和武装押运员。驾驶员必须经验丰富还能吃苦，由于来回路途遥远，往返时间紧急，而且每辆运钞车只配2名驾驶员。汽车连续不停地奔驰，驾驶员在车上吃不好睡不好，几天几夜"疲劳"驾驶吃得消吗？

押运员必须具有高度责任心和严格纪律，由于随身携带防暴枪支，而且沿途不可能有存放枪支弹药的可靠场所，武器不离身、不准带入公共场所是铁的纪律，押运员几天几夜"关押"在运钞车内吃得消吗？

事实证明，他们发挥常人难于克服的拼劲和忍劲，平安往返。驾驶员4名：杜国良、程仁富、何志江、聂青，都是安全无事故驾驶员；押运员4名：程能成、余良波、巫宏伟、钱胜文，都担任过运钞车车长。

其三是监管。安邦护卫所有运钞车全部安装卫星定位系统，车内车外都有视频监控，公司有专人24小时监控，车辆内外、沿途情况一

文物押运（衢州安邦护卫公司供稿）

目了然，调度指挥、应对和处置突发事件在可控范围之内。

当天下午 5 点，公司党委书记、董事长、总经理张淑芬召开动员会议，提出"两确保""两不准"要求：确保标的物绝对安全，确保人员、枪支、车辆绝对安全；不准向家人、亲戚朋友透露去向，不准向朋友圈发布图片和信息。

傍晚 6 点车队在衢州东高速公路出口处集结，区文广局工作人员将一同前往，负责协调接洽事宜；当地公安局派出警力和警车开道，沿途遇到突发情况便于联系处置。公安局领导再次明确纪律，主要是安全和保密。当地公安局、区文广局领导和公司管理层在高速公路入口处为长途押运车队送行，为队员们加油鼓劲。

警车、运钞车、集装箱车一路向北，向北。

目前担任一大队大队长的程能成被选为押运员。当天下午 1 点程能成接到通知，让他参与一项秘密押运任务。通知要求带厚一点的棉衣棉裤和手套，做好自身防暖保温工作。通知同时要求，必须独自准备行装，不准向家人透露出差到哪里，提出一大堆不准和不许。直到召开动员会时，才知道出发时间和地点。

武装押运是安邦护卫"门板饭"，到银行网点押运，上、下午各1次，每次一两个小时。此前，程能成多次参与长途武装押运，比如每年数十次押运枪械、子弹，又如每年数次到杭州押运各类考试试卷，大都上午出发下午返回，从来没有在外过夜。这次长途押运将近一周时间，每天要开1000千米左右，吃喝拉撒睡全在运钞车上，吃方便面和快餐，打盹都要睁眼。

那年，杜国良驾龄正好30年。自考出驾驶执照以来，杜国良从无不良开车记录，安全无事故运输里程已达150万公里以上。守押大队共有70名驾驶员，68名定人定线，只有2名驾驶员机动，杜国良是其中之一。机动驾驶员不仅要熟悉银行网点所有线路，还要精通驾驶技术，任何情况、任何条件都能安全驾驶。

离开衢州时，运钞车另一名驾驶员上了集装箱车，在副驾驶位实地验证集装箱车开车技能。刚开始，运钞车只有杜国良1人驾驶。哪怕高速公路，运钞车必须按标准时速行驶，统一规范为高速公路运钞车最多不超过100迈。夜已很深，杜国良连续驾驶4小时一口气开了400千米左右，直到车队进入服务区休息，另一名驾驶员返回运钞车替换他开车。

在服务区，车队其他人员允许下车放松，唯有押运员佩带枪支不准下车。好在2辆运钞车各有2名押运员，轮流上完厕所继续上路。

杜国良坐在副驾驶室闭目养神，想打瞌睡。每当车辆晃动，都要睁开双眼，观察路况，仿佛自己开车一般。

运钞车密封性能较好，车内空气不流通，长时间、长距离乘坐运钞车，程能成觉得头晕、耳鸣，有点反胃。去的路上，押运员要对武器负责，只能轮流打盹，保证一人头脑始终清醒。程能成将防暴枪握在手中，强迫自己睁大眼睛。

因为走得匆忙，原定行车路线需要经过北京市。车队向公司汇报，调度让车队改走其他高速公路，从河北、天津绕道而行。到天津时，纷纷扬扬飘起雪花，车队降低车速，原定到达时间被一再延长。

到当地时，已是次日凌晨。离当地博物馆上班还差八九个小时。公安干警、区文广局工作人员和运钞车、集装箱车驾驶员找宾馆入住，那里有暖气、有床，舒舒服服睡一觉。押运员因佩带枪支弹药，而运钞车是一个移动保险箱，押运员只能扎根车厢。

南方温暖如春，北国天寒地冻。路灯映照下，河里结着厚厚冰盖，当地气温零下十几度。汽车开了一天两夜，需要"休息"，不能没完没了发动马达，队友从宾馆借来棉被，铺在坚硬的钢板上，为押运员御寒。

一名押运员抱枪睡觉，另一名押运员守护值班，交替轮换休息。开车时暖风阵阵，熄火后降至零摄氏度以下，温差三四十度，钢板传导出阵阵寒意。冬夜格外漫长，程能成想爬起来活动活动，可厢内面积太小，无法靠体力取暖。

运钞车嘟嘟嘟地发出响声，监控室发来信息：日夜兼程、风餐露宿，诠释安邦护卫人不怕辛苦、不怕疲劳、连续作战作风，为你们骄傲和自豪。坚持到底，就是胜利！

遥远衢州，惦记千里之外的同事。天气寒人心不寒，令程能成备受鼓舞。4名押运员，半宿无眠。

天总算亮了。入住宾馆的队友睡足吃饱，将早餐带到车上，吃着热乎乎的早饭，程能成由内而外渐渐感到暖意。

上班以后，车队驶入博物馆搬运文物。

博物馆文物十分珍贵，大都被装上杜国良所开的运钞车。车队前往第二个文物押运地。

从监控室传来消息：今天有900多千米路程，大部分路段都在低温、大风条件下，请大家降低车速，注意安全！

天降大雪，沿途白茫茫一片。运钞车带有专用防滑链，如果安装防滑链，车辆颠簸起伏更加厉害。考虑到陶器、玉器等文物极易破碎，为"确保标的物绝对安全"，车队没有安装防滑链。狂风吹得汽车左右摇摆，严峻考验驾驶员技术，为"确保车辆绝对安全"，驾驶员谨慎小心，大寒天气竟然开得浑身冒汗。

下半夜 1 点过后，车队驶入市区。其他队友依然找宾馆入住，押运员继续守护在运钞车上，严寒依旧。

由于运钞车装满国宝，必须尾部对尾部停放，空荡荡的车厢地板，已无法铺棉被睡觉，押运员只得坐在椅子上，轮流守护。他们手握钢枪，高度警惕，观察车辆周边一举一动，又过了一个不眠之夜。

第二个地点的标的物，存放在市区某个高档小区里面。车队驶进该小区，押运员各就各位，2 人看押装在车上的文物，2 人看押从小区里搬运出来的文物。

当时正是上班高峰，小区居民看到闪着警灯的警车，看到全副武装的押运队员，看到式样统一、贴满封条的一箱箱文物，误以为抓获了一个贪官。

因为有保密纪律，队员们既不摇头，也不点头，无法将实情告诉小区好奇的居民群众，只能神秘地笑笑。

返回路程更加疲劳。监控室发布指令：千万不要疲劳驾驶，驾驶员开的时间短一些，轮流换班。谨慎驾驶，确保安全！

杜国良服从命令，每班只开三四个小时就换班。即便如此，始终觉得后背发硬，腰酸腿痛，两眼沉重，头昏脑涨。越往后，驾驶员互相调换次数越频繁。

驾驶员换班时间越来越短，押运员责任更加重大。高速公路服务区人员流动密集，很多人没有看见过运钞车辆，他们走到车前，好奇地又看又摸。3 辆车上装的全是国宝级文物，停靠服务区次数越多安全风险隐患越大。每次进服务区，程能成格外警觉，处处提防，生怕发生意外情况。好在一路顺利。

10 月 30 日上午 8 点，车队由衢州西高速公路驶出，当地公安局领导、公司管理层在出口处迎接他们。

到达目的地之后，队员们顾不得休息，立即投入文物转移警戒工作，直到将文物安全存放进博物馆仓库，才一身轻松地返回公司。

车队经过六天五夜 134 小时长途奔波，先后穿越 9 条高速公路，行驶总里程 5308 千米，其中押运员除 2 次搬运文物和上厕所下车外，全程吃住在车内，刷新衢州安邦护卫长途押运的纪录。

公司为长途押运队员每人献上一束鲜花，用隆重仪式欢迎平安凯旋、坚强无比的安邦护卫人。

甘守寂寞保供电

安邦卫士在闹市区乘坐车辆穿梭于银行网点，他们担心钱款突然被偷盗；巡线保安员靠双脚穿梭于人迹罕至的羊肠小道，他们担心没一个可以说话的人。

父子俩身穿橘黄色保安服，在深颜色的保安服中显得格外醒目。我问衢州金盾保安服务公司执行董事毛土根："他俩真是保安吗？"

毛土根点头肯定道："父亲叫陈云根，儿子叫陈云，都是我们公司派驻衢州电力系统高压护线项目部护线保安员。陈师傅动员大儿子护线，劝说小儿子报考东北电力大学，上阵父子兵，护线护出了真感情！"

我兴趣盎然，竖起耳朵倾听父子俩的讲述。

陈云根生长在衢县（现为衢江区）一个名叫野鸭垄的小山村。山顶输电铁塔林立，数根电线从遥远的山那边穿村而过，延伸至叫不出地名的某个大中城市。当地电力公司护线班工人长年累月上山护线，老班长路过野鸭垄村时，总要夸赞陈云根田种得好，老班长或许也是种田高手。久而久之，老班长与陈云根交上朋友，看陈云根做事认真，老班长建议他担任群众护线员，象征性地增加一些额外收入。陈云根不懂不会，怕耽误大事。老班长对陈云根说："试试看吧！"

2002年，陈云根当上群众护线员。主要看线路下面树木有没有长高，下暴雨输电铁塔附近有没有塌方以及山林失火等突发情况。如果有的话，打电话告诉护线班，由电力公司派专人实地处置。根据老班长所教方法，陈云根每个月必须上山护线1次，归他巡护的线路大约有200座基塔。基塔与基塔之间直线距离六七百米，翻山越岭路程至少要翻一倍以上。就按直线距离600米计算，翻一倍1200米，陈云根每个月上山下山至少要爬240千米，一年将近3000千米。陈云根当群众护线保安一共 12 年时间，护线总里程 3.5 万千米。

护线工作非常枯燥，一个人在大山里行走，陪伴身边的只有无言的树木，疯长的杂草，饥不择食的野猪，伪装隐藏的毒蛇……陈云根日复一日地翻山越岭，低头走路，抬头看线，将临时工当作正式工做，即使是铁鞋，恐怕也会被磨穿吧！

2014 年 7 月 3 日"宾金线"正式投入运行，这是一条正负 800 kV直流特高压输电线路。"宾金线"起于四川宜宾，止于浙江金华，全长1653 千米，衢州境内长约 103 千米。由于陈云根群众护线工作做得好，

巡线途中（图为陈云根，衢州金盾保安公司供稿）

"宾金线"投入运行后他被当地电力公司招聘,由群众护线员变为"宾金线"专职护线员。

"宾金线"基本位于高山大岭,基塔与基塔之间直线距离更加遥远,几乎都在1000米左右,从这个山头爬到那个山头无路可走。

鲁迅先生曾说:世上本没有路,走的人多了,也便成了路。天长日久,护线员走着走着,走出了一条护线小道。

护线员随身携带:高倍望远镜、照相机、扳手、老虎钳、手机、登山杖、砍刀以及干粮、水、蛇药等急救品。从春天到秋天,小道荆棘、杂草丛生,三天不清理便无法行走,每次护线花在路上的时间更多。不毒的蛇每当听到细微声响,便会自主游走;有毒的蛇不慌不忙,攻击性强,尤其是五步蛇、竹叶青等毒蛇伪装本领巧妙,陈云根用登山杖打草,以便惊扰毒蛇,再用砍刀砍除荆棘、杂草,爬到山顶已是汗流浃背。

2015年8月1日当地电力公司购买服务,将护线任务委托第三方——衢州金盾保安公司承担。毛土根说:"我公司承担衢州地区2716千米护线任务,其中35 kV 21回159千米、110 kV 104回1205千米、220 kV 62回961千米、500 kV超高压输电线288千米、800 kV特高压输电线103千米。公司委派76名保安员护线,其中特高压103千米输电线委派42名保安员护线,可见'宾金线'非同一般呀!"

陈云根由专职护线员变为护线保安员,继续担负"宾金线"护线任务,负责4座基塔(3224 #—3227 #)护线工作。

公司要求护线保安员坚持做到"三周期""六巡视"。"三周期"指高山大岭3天巡视1次,丘陵2天巡视1次,平地1天巡视1次;"六巡视"包括周期性巡视、故障性巡视、守候性巡视、特殊保供电巡视、恶劣天气巡视、夜间条件巡视。除了特殊保供电由2人巡视以外,其余都是1人巡视。护线保安员走在巡视路上,阒无人声,唯有鸟兽相伴。

陈云根巡视的基塔位于乌巨山,当地村民称大尖山,取又高又尖之意。夏天山顶太阳直射,基塔周边无荫可遮,陈云根举起高倍望远镜,仔细查看基塔顶端细微变化,有异常情况及时报告,情况正常便会走向下一个基塔。冬天山顶北风呼啸,气温比平地更低,拿望远镜的手冻得生痛，陈云根咬牙坚持，不放过任何细节。

刮台风、下大雨、下雪、冰冻灾害等恶劣天气，护线保安员必须马上进山，查看线路、基塔受损情况。台风夹带暴雨，护线小道瞬间变为泄洪通道。上山时，山洪让陈云根抬不起腿，费九牛二虎之力才能迈步；下山时，山洪卷着石头打在腿上，两腿伤痕累累，水流泥沙俱下，腿脚止不住步，跌倒爬起来，再跌倒再爬起来，继续往前冲。台风暴雨期间，陈云根主要观察基塔周边有没有泥石流、有没有塌方，雷击有没有损坏导线。这些年，陈云根从未发现此类现象。下雪天，护线小道看不清道，陈云根用登山杖探路，最担心的不是看不清道路，而是害怕村民下套。如果不小心踩在野猪夹上，山上手机信号不稳定，岂不是叫天不应叫地不灵呀！

下雪往往产生冰冻，输电导线最怕结冰，导线分量加结冰分量，一旦超过基塔承重极限，基塔变形甚至断裂，后果不堪设想。于是，护线保安员随时巡视，查检导线结冰情况。在高倍望远镜里，结冰厚度以厘米、毫米计量，精准才算正确，才能负得起责任。2018 年冬天衢州地区普降大雪，陈云根巡视路线范围内，结冰厚度已有 1 厘米，超过 1.5 厘米则需要融冰。那段时间，陈云根干脆住在四面透风的西山寺，两三个小时观察一次结冰情况。"宾金线"任何一个基塔出问题，不仅衢州地区将大面积停电，还会影响整个浙江、整个华东地区的用电。因此每增厚 1 毫米，护线保安员都要承担全部责任，陈云根凭借平时积累经验，一看一个准，既没有线断塔毁，也没有浪费电力公司融冰资源。

G20 杭州峰会、党的十九大、全国两会、新中国成立 70 周年大庆、国庆和春节长假期间，为确保电力供应，电力系统要求护线保安员吃住在山上，实时实地看护路线安全。无论刮风下雨，酷暑严寒，护线保安员仅凭一顶帐篷，在山林里巡线护线。G20 杭州峰会，陈云根在山上一住半个月；全国党代会、两会等每次住一周左右。

陈云根巡视的基塔路过土地庙、石观音、樟树娘娘、西山寺等场所，烧香拜佛比较普遍，越是逢年过节香火越旺盛，常有小火灾发生。陈云根一边救火、一边宣传，做当地村民思想工作。万一引发山林大火，浓烟极易成为导电介质，引起跳闸等故障。因此火灾距基塔和导线 3000 米范围，应及时上报并通知消防队扑救，1000 米内退出重合闸降压 70% 运行，500 米且位于下风口方向时，拉闸停电。2016 年正月初二，与陈云根巡视线路一步之遥的 3221＃基塔附近，村民因上坟烧纸引燃山林大火，火场与"宾金线"最近距离只有 600 多米。

新春佳节陈云根天天上山护线，遥望对面山头冒烟，他朝冒烟方向飞跑。已有村民上山救火，陈云根指挥村民在距"宾金线"方向砍出一道防火隔离带，阻止火灾向特高压导线蔓延。经过 8 个多小时全力扑救，明火终于被扑灭，为了防止死灰复燃，陈云根和同事在火灾现场守了一夜，次日天亮才下山。

陈云根有两个儿子，大儿子大专毕业后，学过汽车修理、开过手机店，全是赔本买卖，在家闲了半年无所事事。陈云根像老班长那样，劝说大儿子当护线保安员："喜欢就做，不喜欢不做。"

大儿子见父亲护线工作干得不亦乐乎，像壮年时的陈云根一样，加入衢州金盾保安公司从事护线保安员工作。

陈云刚入职正遇 G20 杭州峰会召开，他和同事一道背起帐篷住在山顶。在帐篷住了 10 天，回到家里回放《最忆是杭州》文艺演出，陈云惊呆了，自己付出换来全世界精彩，慢慢爱上护线保安员职业。

毕竟上过大学，陈云知道"西电东输"是国家战略工程，"宾金线"主要输送金沙江溪洛渡水电站所发清洁能源。这座水电站位居世界第三、中国第二，源源不断向华东地区输送电能，承担浙江电力总负荷的 15%。按照装机容量，溪洛渡水电站相当于每年减少燃煤 4100 万吨，减少排放二氧化碳 1.5 亿吨、三氧化氮 48 万吨、二氧化硫 85 万吨。爱家园是人之天性，陈云希望满眼绿水青山，要是能像父亲那样，巡视"宾金线"多好呀！

陈云主要巡视 35 kV—500 kV 线路，电压等级越高，巡视线路往往位于大山深处，相对低的往往位于丘陵及平原地带。地质灾害、雷击、冰害、山火、树线放电、鸟害、机械破坏等外力，都将产生跳闸停电等故障。电压不同，导线与树木、设备之间间隔距离随之变化，垂直安全距离最小为 35 kV 4 米、110 kV 5 米、220 kV 6 米、500 kV 9 米、

目前世界最高输电铁塔（舟山市保安公司供稿）

800 kV 17.5 米，一旦树木长高或接近安全距离，便要通知电力公司修剪。丘陵和平原地带工程施工比较多，每当遇到线路附近施工作业，陈云比工人到得更早、回得更晚，生怕酿成无法弥补的损失。

鸟害令陈云头痛不已。一方面他喜欢鸟，另一方面鸟在基塔上筑巢，挂草、树枝与导线之间间距过近，阴雨天容易引起线路接地；大风、暴雨天气，鸟巢被风吹散触及导线容易造成短路；大型鸟类在导线与导线之间飞翔穿越，引起跳闸；鸟在铁塔上拉屎，粪便掉落也会引起放电……两害相权取其轻，每当鸟在基塔顶端筑巢，如果筑在导线下方，陈云放任自流；假如巢在导线上方，且越筑越大，陈云便会打电话报告，并说服专业人员帮鸟巢挪窝。看着鸟的爱窝被迁移到安全地段，陈云欣喜不已，佩服自己的杰作。

2018年夏天，赤洲线遭遇强对流天气，雷击造成整条线路停电。据电力公司分析，故障点发生在赤洲线25#—35#基塔之间，正是陈云巡视的线路。晚上7点陈云接到通知，让他查找故障点具体位置。每提前一分钟找到故障点位置，便能提前实施抢修。父子俩分头行动，儿子查找25#—29#基塔，父亲查找30#—35#基塔，大大缩短查找时间。最终，父亲陈云根发现30#基塔两根接地线断了一根，顶端B相导线断了一头掉在地上，一头挂在绝缘子上。陈云根马上报告，电力公司派专人抢修，及时恢复供电。

野外作业，苦累并存。每次巡线，父子俩要走1.5万—1.8万步，最多走过3.2万步。陈云不喜欢单位发的登山鞋，偏偏爱穿布鞋走路，每月基本走坏一双。

真正的苦恼是寂寞。陈云已经31岁，小伙子性格内向，从来没有谈过恋爱。我问陈云："会不会像老爸那样，干一辈子护线保安员？"

陈云说："没想过，目前比较喜欢这个职业。"成家后的陈云，是否继续当他的护线保安员，仍是未知数。

2019年，陈云根获得"优秀护线保安"荣誉称号。我想，父亲肯定会干一辈子护线保安员。

在毛土根办公室，我看到当地电力公司刚刚发来两封表扬信。一封表扬护线项目经理吕军建，自2019年7月任职以来，走遍2716千米所护线路，编制出台《电力护线员手册》，规范护线操作流程；仅1个月时间，护线保安员发现并处置重大山火隐患27起。

另一封表扬信写道：2021年2月19日上午9时许，贵公司护线保安谢征宏发现并汇报110 kV南发线19#—20#基塔架空地线档中断股下挂。电力公司派人核实，通过无人机巡视，诊断该处断4股地线，属严重缺陷。这是一个重大隐患，极易造成地线掉落地面引起线路跳闸，造成过往行人触电可能。110 kV等级的线路地线细如一支中性笔，断股又在线路档距中间，高度接近30米实属难以发现。从谢征宏身上，感受到贵公司护线保安严、细、实的工作作风……特发此信，予以表扬！

76名护线保安，有的1天一巡，有的2天一巡，最迟3天一巡，他们披荆斩棘、跋山涉水、风餐露宿，渴了喝一口山泉，饿了啃一口干粮，累了就地打坐，用脚步反复丈量2716千米输电线路，用敏锐眼光发现一处处险情，能处置的马上处置，不能处置的及时上报。仅2020年2月，护线保安员发现并扑救山火6次：2月1日，护线保安员陈根良发现距220 kV安柯线5#基塔400米处发生火灾；2月20日，陈根良再次发现220 kV信文线1#—2#基塔导线下方发生火灾；2月22日，护线保安员赖雨土发现110 kV崇城线8#基塔大号侧导线下方野草着火；2月23日，护线保安员严贤贵发现220 kV信仙线13#基塔100米处发生火情；2月24日，护线保安员黄美良发现110 kV柚常线27#—28#基塔处发生火情；2月25日，护线保安员邵圣耀发现800 kV"宾金线"3226#基塔700米处发生山火，火势较大。

"护线不怕远征难，千沟万壑只等闲。"毛土根用诗歌对护线保安员表达崇敬心情。

仅仅解决高压、超高压、特高压输送电力还不够，必须通过变电所变电才能直接用于生产、生活。得知江山市金盾保安服务公司承担14个变电所值班任务，且位置偏僻，远离喧嚣，我驱车前往35 kV张村变电所。

车辆在盘山公路行驶，全是上坡，转弯很急，公路越变越窄，有的地方仅能通行一辆汽车。山下，星星点点散落一处处房屋、一条条马路，汽车开了半个多小时，终于看到国家电网标识。进门花了很长时间，核对身份证、打电话核实、检查健康码、佩戴口罩和安全帽方能入内。

目前，张村变电所有2名保安员值班，一叫徐晋武，张村乡塔山村人，一叫黄江贵，张村乡安顶村人，主要负责变电所人员、车辆进出证件核实、登记以及电力故障、防火、防盗、防水等事宜。1人值2个昼夜交替轮换，白天正常上班，夜里2个小时巡逻1次，真正入睡没几个小时。

变电所院子内，2 台变压器搁置在中央，一台上书"1 号主变"，我猜另一台是"2 号主变"吧？

保安员值班室面积不大，隔成 3 个小间，一间值班室兼寝室，一间厨房间，一间卫生间。徐晋武住得比较远，电瓶车要骑三四十分钟，全是上山，带的东西较重，有时电池不够需要推车上山。黄江贵回家步行只需二三分钟，即便如此值班期间也不许回家。变电所不准使用明火，2 人带米带菜，全靠电饭煲做饭、电磁炉炒菜烧水。由于没有冰箱，夏天怕食物变坏馊掉，值班由原来三天三夜，改为现在两天两夜。

2020 年大年三十轮到黄江贵值班，尽管变电所离家近在咫尺，但黄江贵依然独自烧年夜饭，独自过年；2021 年大年三十轮到徐晋武值班，大年二十九上班，正月初一回家，家人为他补吃团圆饭。

变电所难得有人上门，十天半月见不到人影，48 小时待在同一个院子、同一间屋子，没人交流、没有电视、没有网络，人非疯即傻。两名保安员告诉我，最大的苦恼是无聊、无聊、太无聊！

太无聊的还有海岛护线保安员。舟山市保安服务公司副总经理陶斌军告诉我，舟山电网是浙江唯一海岛电网，这里有连接舟山本岛和宁波镇海及北仑区、为宁波舟山港和浙江自贸区输送电力的重点工程。该工程为中国电力建设史上规模最大、技术难度最大的跨海联网输变电工程之一，创造 14 项世界纪录，其中金塘输电铁塔高达 380 米，比埃菲尔铁塔高出 80 米，目前仍为世界第一（385 米高的凤城至梅里500 kV 长江大跨越工程正在建设之中）。

陶斌军说："派驻电力系统的执勤点遍布舟山大小岛屿，包括 37 个变电站、5 座电力换流站、7 个海洋瞭望台。其中海洋瞭望台位于各海岛之间偏僻海域，有些是无人岛，不通车、缺水、没有电视、不能上网，生活条件极其艰苦。"小洋山工业区变电站和换流站，生活物资需要到上海采购。值班保安员因为交通不便长年驻岛不回家，他们通过望远镜、雷达和目测等方法，监控海底电缆铺设区内的安全，阻止海底电缆航道内有船舶停留和抛锚，利用高频电话与海事部门联络，让可疑船只离开海底电缆铺设区。

我很想上岛听听他们的故事，因为疫情和交通不便，只能望洋兴叹。

甘守寂寞保供电，保安员承受了不该承受之重啊！

保护岛城"大水缸"

除了护线，还有护水。

舟山地处海岛，四面环水，是浙江淡水资源最贫乏地区，人均占水量为全省人均占水量的四分之一、世界人均占水量的十二分之一。舟山陆地狭小，地形为低丘低山，集水面积很小，地表径流少，源头活水少，不能获得丰富地下水补给。据统计，舟山平均1.23年出现一次干旱，1967年、1996年等年份连续出现大旱，只能靠船只从大陆运输淡水，百万军民深受其害。淡水资源匮乏，严重影响舟山经济发展和人口集聚，克服淡水资源危机靠两条腿走路，既要在当地建造和扩建水库、河流、湖泊等蓄水工程，又要建设从陆地到海岛的引水工程，一劳永逸地解决缺水问题。舟山大陆引水工程一期于1999年8月开工，2003年8月竣工，年引水量2160万立方米；二期于2009年9月开工，2016年9月竣工，年引水量6633万立方米，输入黄金湾水库；三期目前仍在建设之中，年引水量450万立方米，输入大沙青奁水库，直接供应岱山县城。

凡涉及国计民生的地方，比如高压输电线路、变电所、国家粮油储备基地、天然气管网等，要么武警站岗，要么保安员值守。2015年9月，舟山市水务集团公司与当地水利部门联合组建市水源地巡查队，队员委托舟山定海恒佳保安服务公司派驻。恒佳保安公司派出8名保安员，让徐如军当队长。市水源地巡查队主管7个水库陆地巡逻，其中定海区有虹桥水库、城北水库、岑港水库、黄金湾水库、大沙青奁水库，普陀区有芦东水库、平地水库；同时兼管15个水库。这些水库都是一二级饮用水水源地保护区，可谓岛城居民的"大水缸"，不允许出现半点闪失。

巡查队入驻后，曾经组织过环境清理，当地100多名志愿者到虹桥水库清理垃圾，满满装了4卡车没装完，有鱼饵包装袋、方便面盒、烧烤竹扦、餐巾纸等物，都是垂钓者、野炊者丢弃的垃圾，严重影响饮用水安全。巡查队主要职责为：劝阻垂钓者、游泳者、野炊者等的不文明行为，维护水库水质安全。

市水务集团配备两辆巡逻车，水库从东到西开一趟120千米，库区内徒步巡逻，走一圈最小2千米，最大7千米，巡逻不分日夜，天天如此，很辛苦、很枯燥、很无聊。尤其是不文明行为人与巡查队玩猫捉老鼠游戏：你来我走，你走我来，打起游击。别无他法，徐如军挑选风景优美野炊点、库底平缓游泳点、鱼儿较多垂钓点等地蹲点守候，效果不错。成立当年，巡查队共劝阻、驱离游泳者四五十人次、野炊和烧烤者一二百人次、垂钓和电鱼者八九百人次，个别人员受到有关部门罚款和行政拘留等处罚。

水库周边空气好、绿化美、环境优，春天和秋天是野炊旺季，双休日、节假日每个库区总会有五六批人"到此一游"，很多家庭集体聚餐。徐如军曾在虹桥水库遇见一场30多人参加的大型烧烤活动。徐如军动之以情晓之以理，游泳者、野炊者大都听话地自觉离开，而垂钓者却比较麻烦。垂钓者一般携带多副钓竿，有的甚至装备13根钓竿，每副钓竿价格不菲，少则上百，多则上千，因为要没收他们的垂钓工具和钓鱼成果，大多数人不听劝说，遇到蛮不讲理的人，动辄骂人、动手打人时常发生。保安员始终做到骂不还口、打不还手，受了不少冤枉气，吃了不少冤枉亏。徐如军和队员知道，游泳会带来人体病菌，野炊会产生白色污染和餐厨垃圾，鱼饵更会造成水质富营养化，垂钓和野炊者吃喝拉撒都在水库岸边就地解决，与绿水青山、清澈水面格格不入。巡查工作虽然辛苦、委屈，但徐如军觉得很光荣、很自豪，富有成就感。舟山属于缺水型城市，对于岛城居民来说，"有水喝""喝好水"至关重要，跟数十万居民饮用水水质安全相比，吃这点亏值得！

一天深夜，徐如军带着队员到虹桥水库巡逻。虹桥水库是舟山唯一中型水库，占本岛城区自来水取水量10%以上。大陆引水工程一期

在虹桥水库巡逻（恒佳保安公司供稿）

从宁波姚江引水，穿越杭州湾灰鳖洋海底输入定海本岛虹桥水库，成为当时全国和全球最大、最长跨海输水工程。工程克服诸多困难，建设者付出千辛万苦，终于把源头活水送往远离大陆的舟山群岛。

夜巡中，徐如军发现四五名垂钓者正在偷偷钓鱼，他和队员亮明身份，将没收的钓具拍成照片装到巡逻车上，并请垂钓者于次日上午到当地城管部门接受处理。垂钓者明知违法却不愿离开，他们举报有人放地笼。地笼被相关法律列为禁用渔具，放地笼对水质危害极大。他们驱车赶往第二个现场进行处置，徐如军将地笼收起来，倒掉网内鱼虾。放地笼者是附近一名村民，他蛮横指责道："我们靠山吃山，靠水库吃水库，有错吗？"徐如军义正词严告诉他："在一级饮用水水源地保护区放地笼，涉嫌违法行为，请到当地城管部门接受调查吧！"放地笼的男人动手打队员，一名保安员眼睛受伤，一名保安员腰部受伤。男人老婆闻讯迅速赶到，她不分青红皂白，抽一名保安员耳光，抓破一名保安员脸皮，8名保安没有一人还手。徐如军一边用人墙将疯狂打人的男人和女人隔开，阻止他们不法行为，一边用执法记录仪取证，打110报警，并通知业主单位和恒佳保安公司相关领导。公安民警和相关公司管理层相继赶到，打人男人和女人受到行政拘留各5天、罚款、赔偿医药费等处理。

令人气愤的是，当巡查队员与放地笼夫妇发生争吵时，垂钓者悄悄地从巡逻车上取走渔具，溜之大吉。

徐如军曾是国企员工，年年被评为先进，住房制度改革前单位奖励他一套住房。在上个世纪，奖励一套房子该做出怎样的贡献啊？单位转制后，徐如军下海做煤炭生意，成为人人羡慕的"煤老板"。一方面国家产业政策调整，倡导绿色清洁能源，另一方面徐如军两次胃出血，眼看身体吃不消，他由"煤老板"改行做了一名普通保安。收入大大缩水，徐如军认为幸福不是毛毛雨，而是人生追求，有追求的人生最幸福！他向往追求自己的人生坐标，攀登人生高峰。恒佳保安公司派他到舟嵊小学负责校园安保工作，对学生而言，徐如军像半个老师、半个家长。校外道路狭窄，车流量大，徐如军引导学生上、下学中注意安全；校内有一条斜坡路，学生跑上跑下常常跌倒，徐如军劝说

制止偷钓者（恒佳保安公司供稿）

学生别调皮，摔倒了帮助扶起来；周边树多，担心学生爬树摔下来，每逢下课徐如军主动巡逻，以防学生爬树摔倒；学生之间闹矛盾，徐如军循循善诱，调解他们的矛盾……徐如军说："看到天真烂漫的孩子高高兴兴上学，平平安安回家，比在商海摸爬滚打更有意义。"

"出色"的徐如军，升职当上队长。刚到区医院那会儿，徐如军被眼前场景吓一跳：建筑垃圾遍地、灰尘满天飞、车辆乱停乱放……与医院治病救人氛围十分不协调。他向业主单位建议，对施工中的大楼采取隔离措施，工程车辆单进单出，让灰尘、建筑垃圾远离治疗区域；重新规划院内停车场，增设车位，提高场地的使用效率。区医院安保工作走上正轨，徐如军却"功成身退"，公司找到他谈话，说："抽了几次人，长岗山森林公园没人肯去。你责任心、工作能力都较强，派你过去公司放心。"徐如军由队长回归普通保安员，他开始一天两趟巡山工作，从山脚到山顶往返一趟要半天。那段时间，正值台风来袭，徐如军连续三天三夜奋战在抗台第一线，清理树木，畅通道路，排除隐患……徐如军身上增添多道伤痕。

就像没收渔具挨打一样，保安员也是高危职业。定海警方在辖区开展娱乐场所保安负责制试点工作，恒佳保安公司承担58家娱乐场所安保任务，徐如军重新当上娱乐场所夜巡队长，他带领队友共接到治安报警800多起，其中保安队现场调解500多起，报警并协助派出所处置300多起（抓获犯罪嫌疑人2名、提供破案线索10条），为娱乐场所挽回经济损失上百万元。一天深夜，正在定海娱乐场所集中地带巡逻的徐如军，接到附近KTV老板电话，称一群人因酗酒在包厢发生争执。到达现场后，徐如军看到双方气势汹汹，互持器械激烈搏斗，他一边组织保安队员实施人墙隔离，一边向当地派出所报警。在处置纷争中，徐如军手臂被器械划伤，破了长长一道口子，鲜血汩汩流出来。在公安民警参与下，纠纷得到调解，伤人者受到惩处。徐如军说："受点皮肉伤算不了什么，谁让我们从事保安工作呢！"

习近平总书记在浙江任职时前往安吉余村考察，提出"绿水青山就是金山银山"著名论断，总书记的指引正在成为全党、全军、全国人民共识。浙江开展"五水共治"后，业主单位添加硬件设施，水库周围设置护栏，发挥阻隔作用；水库周边安装监控设备，风景优美处装上喊话喇叭，管理工作进入常态化。巡查队早晨、中午、晚上各巡逻1次，其他时段通过视频监控喊话劝离，非法闯入者大多会听话地自觉离开，巡逻工作好做许多。徐如军想，全靠"绿水青山就是金山银山"科学理念深入人心啊！

群众是真正的英雄，只要把群众发动起来，中国任何事情都好办。针对非法闯入者"打游击"的难题，徐如军动员水库周边居民，让群众雪亮的眼睛实时监督，有效破解这一难题。

举个例子：2020年4月16日晚上7时多，徐如军接到定海区盐仓街道某居民电话，称两辆轿车开进虹桥水库，怀疑到水库偷鱼。徐如军带着两名队员迅速赶到，发现两个人在岸上，两个人划着橡皮艇在水上，他们放了两张网，企图从水库偷鱼。徐如军用车载喇叭向他们喊话："我们是市水源地巡查队的，你们的行为已经涉嫌违反《水污染防治法》相关条款，请你们立即上岸，接受调查。"站在岸上的两个人立即逃跑，不久又返了回来；橡皮艇上的两个人束手无策，乖乖待擒。徐如军用执法记录仪取证，并向当地派出所报案。公安机关对4人作出行政拘留和罚款的处理，没收橡皮艇、渔网、渔具等作案工具。

徐如军说："人生几次能走进人民大会堂，跟党和国家领导人握手的心情无法用语言表达。"徐如军评上第四届"全国先进保安员"专程到北京开会，他用实际行动证明自己的成就感。

校园的平安使者

徐如军曾经做过校园保安，在学校当保安守护校园的优秀保安员比比皆是。

曾几何时，江山市某中学学生晚自习期间，常有不良青年在学校大门外等候女学生下课，少则七八人，多则十一二人，不良青年之间相互争风吃醋，打架斗殴经常发生。中学生正处在生长发育阶段，人生观、价值观比较幼稚，学生家长担心女学生早恋、男学生被不良青年们带坏，令学校和家长头痛不已。

自从学校委托江山市金盾保安公司负责校园安保工作后，这一状况得到明显改观，学校师生和家长称保安员是校园平安使者。

王晓军便是校园保安队6名队员之一，出任班长职务。

一个春天的夜晚，师生正在晚自习；校外，不良青年一点一点汇集到学校门外。突然，门卫保安从视频监控发现，有个身影翻越围墙闯入校园。此事非同小可，教育部、公安部明令要求：把师生生命安全放在第一位！学校财产较少，入室偷盗案件不曾有过，万一此人发泄私愤、伤及无辜怎么办？门卫保安将情况立即汇报班长。王晓军吩咐门卫保安继续监视监控，发现此人位置即刻告知，自己则带另一名保安逐个楼层查找非法闯入者。

从一楼到五楼教室灯火通明，学生沉浸在学习气氛之中，无任何异常；走廊干干净净，没有躲避藏匿的地方。王晓军挨个查看厕所，每次进女厕所前，王晓军一边敲门一边询问："女厕所里面有没有人

坚守岗位（江山市金盾保安公司供稿）

呀？"连问三遍，没人应答他便和队友一同进入女厕所，他们打开一个个蹲坑小门仔细地查看。听到二楼女厕所回答"有人"说话声，他们在厕所门外等候，很长时间不见如厕女生出门，王晓军怀疑有问题。在他再三催问下，女学生拖拖拉拉走出厕所。王晓军问她："厕所里还有没有人？"女生摇了摇头，看样子像初三学生。王晓军又朝女厕所连问三遍，确认没有如厕之人便与队友一同进去。王晓军打开一扇蹲坑小门，发现藏了一个十七八岁的男青年，没穿校服。王晓军问他："是否爬围墙进来的？"小年轻嬉皮笑脸回答道："我是爬围墙进来的，怎么了？"又问他："你到学校干什么？"男青年承认自己比女学生高两届，"你情我愿，早恋不犯法吧！"此事涉及未成年人非法闯入，又是男女学生早恋敏感话题，王晓军随即将人带至校警务室，并报了警。

数日后，男青年跑到学校门口，问王晓军："叔叔，你还认识我吗？"王晓军说："怎么不认识，你不是藏匿在女厕所的男青年吗？"王晓军不提早恋之事。男青年接着问："你不想知道我到派出所之后受到什么处罚吗？"王晓军回答道："我知道，你是未成年人。不过你有没有想过，老是到派出所报到，问东问西，你不为自己着想，也要为家庭和父母考虑吧！"说得男青年哑口无言。

男青年是一群不良青年的头头儿，王晓军交代门卫："记住这张脸，关注这个人，凡是他带不良青年到学校门口聚集，我们就报警。"王晓军决定杀杀不良青年的"威风"，由此开启主动出击、打掉不良青年的嚣张气焰。

派出所离校园很近，公安机关对师生安全工作高度重视，每次接到学校报警总是第一时间赶到现场。得到派出所大力支持，校园保安队如虎添翼，他们连续5天报警，当地派出所连续5次出警，民警把不良青年带到派出所询问、做笔录。通过数番交锋，不良青年到学校门口聚集、闹事气焰有所收敛。

不良青年大多为未成年人，王晓军不希望不良青年日后走上犯罪道路。江山县城不大，不良青年都是本地人，王晓军通过亲戚朋友与不良青年家长取得联系，想方设法做他们的思想引导工作。王晓军关注翻墙青年达1年多时间，直到他好学上进、找到一份安稳工作才放手。学校周边治安环境由乱到治、由差变好，学校师生满意，学生家长满意，公司更满意，王晓军被评为"浙江省优秀保安员"实至名归！

落实校园安全工作一直是党中央、国务院关注的重点，教育部早在2012年发布第1号预警通知：要求各地教育行政部门和学校切实加强中小学、幼儿园安全防范，落实"人防、物防、技防"措施，特别是抓好学校门卫防范、宿舍值班、巡逻工作，严格落实外来人员进出登记制度，及时制止无业人员、精神病患者、来历不明人员进入校内。2019年9月教育部、公安部联合召开全国学校安全工作紧急电视电话会议，强调到当年年底必须达到"三个百分之百"工作目标：中小学封闭化管理率100%，一键式紧急报警、视频监控系统与公安机关联网率100%，中小学专职保安员配备率100%。

浙江校园安保工作起步较早，绍兴市奇艾保安服务公司于2011年9月入驻北海小学。绍兴北海小学创建于1904年，辛亥革命先驱徐锡麟和教育家蔡元培创办的"明道女校"为北海小学前身，20世纪50年代起，学校先后被列为绍兴市、浙江省重点小学，浙江省招收外籍学生定点学校，荣获全国优秀儿童工作先进集体、全国少先队红旗大队、浙江省和绍兴市文明单位等称号，是当地著名小学，居民都以入读此校为荣耀。

"有一群人，他们不是辛勤耕耘的老师，也不是徜徉学海的学子，他们是一群普通员工，北海教育离不开他们。上、下学间，他们维持交通秩序；深夜凌晨，他们巡逻校园；平日里，他们坚守校门防线。他们的故事真切而动人，简单又淳朴。他们就是北海卫士。"北海小学是一所"带温度"的学校，所有工作人员都以同事关系相处。校园推出的"最美人物"有班主任、有老师和学生，这一期推出的是保安队长张钟庆。

校长的推荐词写道：北海的员工与教师一样，共同肩负"教书育人"的职责，张钟庆同志就是众多"校园卫士"的代表人物。他认真负责的工作态度已经深入到每位教职工心里。清晨，他全副武装站在校门口迎接每一个孩子到来，微笑挂在脸庞，叮嘱总在嘴边。日常，面对有问题咨询的家长，他耐心解答；对有需要帮助的教职工，他及时伸出援助之手。巡视校园、打扫卫生、修理物件……事无巨细，有求必应。作为学校保安队长的他，以身作则、勤勤恳恳，他们和我们共同在北海相聚、奋斗。感谢像张师傅一样的"北海卫士"，用平凡而又朴素的行动守卫我们共同的"家园"。

北海小学联系安全工作的徐国银老师告诉我："简单工作重复做，重复工作用心做。张钟庆就像我的大哥，从他身上我看到责任和良心。"

保安员须兼备责任心和做人的道德。学校上午 7：20 至 8：20 上学，张钟庆提前 20 分钟到校，上课 10 分钟后除门卫值班外，其他保安可以回家，张钟庆推迟半小时回家；下午 3：20 至 4：20 放学，张钟庆提前 20 分钟到校，除门卫值班、夜间巡逻外，其他保安推迟半小时下班，张钟庆延迟 10 分钟回家。每次回家前，他都要到校园巡逻 1 次，查看有无异常，风雨无阻，天天如此。

北海小学地处市中心，车流量、人流量特别大，尤其是雨雪天，上学、放学交通成为大难题。疫情期间，学生需要保持 1 米距离排队测量体温，给本已不堪重负的交通管理增加新难度。学生过斑马线不属于保安员职责，为了保障小学生上、下学途中安全有序，让家长接送方便，张钟庆和保安员不分刮风下雨、不论严冬酷暑，提前守在斑马线旁维持交通秩序。有些家长总想把车开得离学校近一点，道路常常被堵塞。张钟庆不厌其烦，耐心劝导家长到指定位置接送，想方设法疏通堵塞车辆。很多时候，他的善意和微笑不被理解，可始终没有抱怨。

老师李伟美说："张师傅在校门口站岗时，碰到家长不理解学校接送规则，哪怕对方情绪激动，他依然面带微笑，耐心解答、劝导。跟张师傅聊天，总会有幽默语句，给人带来快乐和智慧。"

入读重点小学，家长对子女要求普遍较高。每当学生忘带学习用品或每逢下雨天，家长都会及时把用品和雨具送到学校，交给门卫转交学生。转交物每日都在 30 件以上，大大增加门卫工作量。将心比心，张钟庆理解家长爱子心切。为避免搞乱、送错，张钟庆让门卫将收到的物品分年级、班级、人名存放，贴上小纸条。门卫每年转送上万件

尽职尽责（图为张钟庆，绍兴市奇艾保安公司供稿）

物品，从未发生张冠李戴错误。

校门是学校安全第一道防线，张钟庆深知这个简单道理。学校门禁系统、一键报警、视频监控回放等校园安保业务，都是张钟庆手把手教会其他保安员的。细节决定成败，他把每一件小事做到极致。一旦有外来车辆、外来人员进入，张钟庆要求门卫做到一问二查三记录四联系，始终把师生安全放在心中最重要的地方。徐国银老师告诉我：

"一键报警系统从来没有使用过。"我终于明白"简单工作重复做，重复工作用心做"的道理。

不是本职工作的工作，张钟庆照做不误。比如保洁不由保安负责，凡校园内、大门外有随地乱丢的垃圾，张钟庆发现一次清扫一次，地面干干净净；比如报刊收发、分送，课桌椅、小零件损坏，都归总务科管，张钟庆把这些工作变成保安队理所当然的事情，随收随送，随叫随到；又如老师有事需要帮忙，他总是乐于助人。陈良老师说："我发现张师傅动手能力特别强，平时我有困难找他，好像什么活儿都会干，替我把问题解决掉。"

日久见人心。学校师生喜欢跟一名普通保安员——张钟庆打交道。每次进出校门，都会对他报以善意微笑。很多老师驾车经过，特意落下车窗，向他打个招呼或问候一声。张钟庆说："有些事情尽管不归我们做，但做了，师生们都会看在眼里。每次看见他们的笑脸，听到他们的问候，再苦再累也开心，此时此刻是我最幸福的时刻，工作的全部意义就在这里。"

业务过关、为人厚道、做事热情、工作有恒的张钟庆，为北海小学添了一道亮丽风景。浙江全省有无数像王晓军、张钟庆这样的校园平安使者，默默无闻守护着师生安全与幸福。

我要真诚地道一声："王师傅、张师傅……你们辛苦了！"

接过武警的哨位

人防岗位比较渺小、不起眼，但小岗位连着大使命。老革命也有遇到新情况的时候，这不武警撤勤，保安员上勤。

郑林曾在武警杭州市支队服役，自认为了解武警勤务。那是2013年深秋一个上午，郑林接到浙江广播电视集团保卫部门打来的电话，说是浙江广电集团上勤级别不符合国务院、中央军委和武警部队用兵要求，负责守卫浙江广电集团直播区和发射塔的武警哨位将要撤离，想委托杭州市安保集团进行看护。

保安公司接过武警部队移交的哨位，职责光荣、使命神圣啊！郑林欣然受命，即刻联系武警部队老首长招兵买马。公司迅速组建起一支特保队伍，由浙江广电集团人事和保卫部门及有关专家组织面试，面试合格者送到杭州市人民警察学校开展封闭式培训，时间比普通保安翻了一番。

一名武警战士、一名特保队员开展一对一跟岗工作，帮助特保队员熟悉哨位情况和工作规则，明确纪律要求。经过1个月实打实跟班作业，武警中队官兵认为特保队员已经具备基本素质，符合接岗条件。在武警杭州市支队副参谋长和浙江广电集团保卫部门共同监督下，武警中队和杭州市安保集团举办哨位交接仪式：武警战士下岗，特保队员上岗。

很多退伍战士当保安后接过武警移交的哨位，履行同样使命，孔一力便是其中之一。

孔一力曾在武警杭州市支队二中队当过战士，他已深深爱上第二

武警下岗保安上岗（杭州市安保集团供稿）

故乡，退役回到家乡——河南洛阳又返回杭州加入保安队伍。如今，孔一力出任浙江广电集团驻点队长，他告诉我说："驻点队员与武警中队官兵人数不相上下，我们住他们的兵营、用他们的寝具、站他们的哨位。特保队员工作性质与武警战士一模一样——承担保卫直播区和发射塔绝对安全；管理方式与武警中队基本雷同：起床后队员出早操、整理内务；吃饭前队员排队报数、唱革命歌曲；晚上由我点名，评说一日生活；每周开班务会，开展批评与自我批评，等等。所不同的是，武警战士站岗携带武器，特保队员值班只配钢叉、盾牌、应急棍、约束绳等器具；部队管得比较严，特保队员请销假比战士自由许多。"

直播区有十几个频道，一开口就能向全世界广播。能够进入直播区的广播人员，有主持人也有嘉宾。天长日久，主持人面孔尽管记得滚瓜烂熟，但凡他们进入直播区，依然要一人一卡，保安员验证才能通行。特保队员刚开始接岗，一名女主持人贪图方便，随手拿了老师一张出入证企图蒙混过关，特保队员拦住她，不让其入内。女主持人有点小名气，嚷嚷起来，当班队员当场将主持人老师的出入证予以没收，将她移送保卫部门处理。保卫部门通报表扬当班队员，此事传得沸沸扬扬，既让当事者吸取深刻教训，也教育一大批直播人员严守入内规则。

嘉宾要有邀请函和嘉宾证，由直播区领导陪同进入直播区。嘉宾大多是名人，也有普通老百姓，无论名人还是老百姓，特保队员一视同仁。我问孔一力："名人有没有要大牌的？"孔一力回答道："几乎没有，他们很有教养，懂得尊重别人。"

发射塔有二道门岗，特保队员管最后一道门。到发射塔上班的工作人员，特保队员全部认识，他们"刷脸"就能进入第二道门；不熟悉的生面孔，绝对不让进。发射塔附近有一个很小的池塘，两个陌生人爬围墙闯入第二道门，原本想抓小龙虾却被特保队员逮个正着，他们把两人扭送到当地派出所接受处理。

发射塔地处勾庄，特保队员吃住在里面，外出机会比较少，更谈不上娱乐活动。他们大多 25 岁左右，正是青春年少谈对象的年龄。我问孔一力："他们耐得住寂寞吗？"孔一力说："特保队员大多是退伍战士，部队生活更加枯燥，他们耐得住。而我真正担心的是发射塔电磁辐射，年纪轻轻的，怕他们身体受伤害。"

电场和磁场之间交互变化产生电磁波，电磁波发射或汇聚到空气中形成电磁辐射。地球本身是一个大磁场，其表面的热和闪电会产生电磁辐射；太阳和恒星也会从外层空间产生稳定的电磁辐射流。事实上，人类一直生活在电磁辐射中，它无色、无味、无形、无踪、无任何感觉，却又无处不在。当电磁辐射能量控制在一定范围内，对人体、生物体是有益的，能促进机体微循环，防止炎症发生，促进植物生长发育。电磁辐射对人体危害取决于两个因素：其一看电磁辐射高低频率的比率；其二看电磁辐射功率的大小。只有当这两个因素超过一定允许值造成辐射污染时，才会对身体产生负面影响。电磁辐射场分近场和远场，一般来说距离发射塔300米以内的区域是近场，电磁辐射强得多，其中电场比磁场更强；距离大于300米的地方为远场，电磁强度均较弱，其中磁场比电场稍强。

上勤级别指武警部队担负的警卫、守卫任务。《武装警察法》规定，武警部队承担国家规定的警卫对象、目标和重大活动的武装警卫工作，还承担关系国计民生的重要公共设施的武装守卫工作。何为"国家规定的警卫目标"和"重要公共设施"，法律法规没有作出明确而具体的规定。我所知道的情况是，副省及以上级别的党委、人大、政府、政协机关正式办公场所，由武警部队担任警卫任务，例如浙江省和杭州、宁波两个城市"四套班子"办公场所；国家机关的警卫任务不完全取决于行政级别，有的正部级或副部级机关办公大楼由武警部队站岗放哨，例如中央新闻媒体中正部级的新华社、人民日报社和副部级的中央广播电视总台、《求是》杂志社等机关，都由武警部队执勤；也有正部级单位并非武警部队执勤，例如教育部、住建部等单位，这些大楼由保安公司"看家护院"。有的副部级单位，例如国家统计局、国家林业局等单位，武警在门口担任警卫工作。凡是武警部队站岗的哨位，都会设置警戒线，逾越警戒线的当事人需要承担法律责任，保安员工作岗位则不设警戒线。

无论武警执勤也好，保安员看护也罢，必须确保办公场所的正常秩序和绝对安全，在这一点上，两者没有本质区别。

因为相同的原因，义乌港撤销武警部队勤务。义乌港委托义乌市保安服务公司承担类似职责，公司组建协勤队进驻义乌港。协勤队主要协助海关关员施封、检查集装箱车辆电子锁，为合格车辆放行。工作看似简单，实质有较大的廉政风险。

义乌是全球最大的小商品集散中心，被联合国、世界银行等国际权威组织机构确定为世界第一大市场。目前，义乌小商品共有23个大类、4202个小类、170万个单品，出口到全球211个国家和地区。在义乌港，我发现一张小商品出口集装箱趋势图，上面标示从2002年的0.9万标箱，到2020年的122.9万标箱，18年时间增长130多倍。

小商品集装箱车辆大多数送到北仑港，少部分送到舟山港。从义乌港出关到北仑港、舟山港上船，集装箱车辆运输途中缺乏有效监管。集装箱锁具分机械和电子两种，机械锁比例比较少，由协勤员锁，确保做到万无一失；电子锁比较普及，由驾驶员锁。电子锁需要同时穿过

协勤队执勤（义乌市保安公司供稿）

两个孔才能将集装箱锁死，假如只穿一个孔箱门可以被打开。上船时，海关关员只对少量集装箱车辆进行抽查，不免挂一漏万。

协勤员一人一岗，独立操作，如果司机途中加塞走私物品，协勤员抱侥幸心理的话，倒查概率非常小。不怕一万就怕万一呀！

驾驶员常常跟协勤队员套近乎，有的请他们吃饭，有的请他们唱卡拉OK，有的送烟送酒给他们……目的不外乎拉关系找靠山，此事让公司党支部警觉。

万剑既是公司执行董事兼总经理，也是党支部书记，他用"干净做人、认真做事"谆谆教诲协勤队员，以"杨震拒金""五块钱的艳遇"等生动小故事，启发队员"坚持原则，坚持做正确事情"。党支部始终把廉政教育抓在手上，一旦发现协勤队员出现廉政方面的问题，马上调离义乌港。

徐位位任驻义乌港协勤队长，车辆最多的时候有些忙不过来，恰好遇到一辆集装箱车电子锁发生故障，车辆出不了关。驾驶员当场塞给徐位位一把钱，他立即报告海关关员。经核实，属于驾驶员违规之举，义乌港奖励他1000元。徐位位说："每次查验只要属实，义乌港都会重奖。反腐倡廉需要花成本，不知道我理解得对不对？"

与协勤队联系工作归义乌港监管一科负责，我请副科长丁锦对协勤队作客观评价。丁锦说："海关风险主要在运输途中，只要机械锁、电子锁真正锁死，就能避免驾驶员途中夹带、夹藏的问题。我发现武警部队和协勤队两支队伍，政治素质都过硬，廉政纪律都很严。凡是发现电子锁没有锁到位，两队人马立即报告，海关关员到场检验核实。区别在于武警战士义乌港不发奖金，由部队给予记功嘉奖，这叫政治荣誉；协勤队员义乌港发奖金，每次奖励1000元，这叫经济实惠。"

我长期从事纪检工作，这回放心了。

第三章　插上科技的翅膀

随着科学技术不断进步，传统防范手段不断融入科技内容，越来越被执法部门、保安企业和社会公众接受和认可，技术防范的地位和作用越来越重要。最初的电子报警技术应用于安防领域，并逐渐形成一种独特的防范措施——技防。随着科技突飞猛进，技防手段不断更新，几乎所有高新技术或早或迟会被移植、应用到安防工作中去。技术防范是对人力防范和实体防范的延伸和加强，例如门禁系统、视频监控系统、人脸识别和指纹识别系统等。技防正在成为一个使用频率很高的词汇，在安防领域将产生革命性影响。毛泽东在《论持久战》中指出："武器是战争的重要因素，但不是决定因素，决定的因素是人不是物。"

技防必须融入人防之中，真正达到预期目的。本章节主要讲述技防与人防相结合的意义和作用。

联网报警显威力

杭州市保安公司成立于 1985 年 6 月 11 日。1986 年春天，公安部治安局在广东省番禺市召开保安工作座谈会，第一批成立的6家保安公司应邀出席，杭州市保安公司第二任经理刘岳庭参加。会议畅所欲言，各抒己见，主要研究国内保安公司下一步发展方向，刘岳庭谈了保安公司既要靠人防也要靠技防，人防与技防相结合的理念，得到主管部门和有关专家好评。回到杭州，刘岳庭调兵遣将，大胆尝试和探索，组建起全省首家区域性无线防盗报警系统——湖滨地区110联网报警平台。

吴琦炜来自杭州手表厂，懂工程技术和设备安装，刘岳庭将他调到工程部担任技术员。吴琦炜回忆当年情景，联网报警平台主要由报警探测器、无线发射器和接收主机三部分组成，报警探测器从西德进口，无线发射器产自上海飞机制造厂。当时的无线发射器在开阔地只能发射5千米，湖滨高楼林立，实际发射只有2千米左右，好在公司驻地就在附近，接收主机离发射器距离比较近。

湖滨地区地处繁华闹市，是杭州最忙的一条商业街，商品高度集

110联网报警中心（杭州市安保集团供稿）

中，难免贼惦记。刚开始主要为杭州解百、新天龙商厦、二轻大厦等72家商店和事业单位接入联网报警平台，每周总能逮住两三个小偷。后来一传十、十传百，发展到浙江省粮油进出口公司仓库、浙江省烟草进出口公司仓库、浙江省博物馆、中国丝绸博物馆、绍兴市炸药仓库等都不请自来，主动申请安装联网报警设备。吴琦炜说："那几年，工程部占公司利润的70%左右。"

在浙江，杭州市保安公司技防工作起步最早，却被后来者居上，抢占了风头。

有个县级保安公司在区域联网报警方面创造"四个最"的辉煌业绩：一是在网用户数最多，达10514户；二是私人用户数最多，达5108户；三是抓获现行违法嫌疑人最多，达3024人；四是为公安提供线索、协助破案数量最多，达1.1万余条。这家企业就是东阳市保安服务公司。

20世纪90年代初，东阳已经出现大批独门独院的豪华别墅。东阳不像义乌，义乌人守在自家门口做生意，赚得盆满钵满，东阳人或全家出门，或老人、子女留守，年富力强的中青年人外出承包建筑工程、经商办企业等。由于房多人少，极易成为小偷光顾的目标。1995年以前，东阳几乎每年都要发生多起针对独院独户居民的刑事暴力犯罪案件，家中贵重财物被盗窃呈多发态势。

马强由公安民警调入保安公司担任出警中队长，后来当了总经理。当年的保安公司主要有两大业务：其一卖服装和警用器材，做门市部生意；其二配合公安出警，对犯罪嫌疑人实施围捕。

长期以来，人们习惯于用坚固的门、锁、窗栅来防范，随着犯罪分子作案手段愈来愈狡猾，单一家庭的防盗设施已不能满足保护生命和财产安全的需要。公安毕竟警力有限，不可能为所有家庭提供安全保障，对特殊家庭的特殊安全保障需求，只能靠市场经济来满足。"花钱买平安"成为马强的口头禅，这一庞大市场让他看到商机，借鉴110报警经验与模式，保安公司完全有能力为先富起来的市民提供有偿安全服务。联网报警是一种人防、物防、技防相结合的安防体系，是当下安防界公认最有效的安防措施。一个梦想诞生了——让安防走进千家万户！

1996 年 1 月 8 日，东阳市保安公司区域网络自动报警中心正式启用，自始至终采取设计、安装、接警、处警、维护一条龙服务模式。马强解释道："处警不同于出警，处警是协助公安民警处理警情事务。"并公开向用户作出两项承诺：一旦安装联网报警，终身享受免费维护；24 小时全天候处警，市区 8 分钟内到达，农村 15 分钟内到达，因不及时赶到造成的损失，由保安公司承担。据我了解，东阳市保安公司从来没有赔偿过客户的经济损失——全在规定时间内到达。

干了一整年，到当年年底共拉来 56 名用户，大部分是马强的亲戚和朋友。他想用"朋友圈"做试验，实现自己的梦想。

"成就源于专注，领先因为专业"，马强终于迎来美梦成真的那一刻。

自他接手以后，保安员从不到 20 名发展到 3000 多名，从名不见经传发展到全省出名、全国技防界小有名气。截至 2020 年年底，人防投入 1140 名保安，派驻 227 家单位；技防投入 160 名保安，在网用户 10500 余户，真正实现"让安防走进千家万户"的梦想。技防保安员所创造的产值，翻了人防保安员 5 倍多。公司先后被评为"全国先进保安服务公司"、连续 3 届"中国报警运营服务优秀企业"、连续 4 届"中国安防报警服务业三十强企业"、连续 7 届"省十佳保安服务公司"等；受公安部邀请，成为《中华人民共和国公共安全行业标准——保安服务组织资质评定标准》的起草单位；马强个人被聘为中国保安协会安全技术防范专业委员会委员、中国安全防范产品行业协会专家委员会专家，多次受邀参加论文演讲。

公司还与东阳市公安局建立"警保联动机制"，接警室负责 24 小时接警，一旦接到联动范围内的警情，快速通知就近保安员处警，同时拨打 110 报告（视情况与 119、120 联系），并跟踪记录相关情况。

马强要求：每警必接，接警必处，处警必成。接警室冬有暖气，夏有冷气，接警工作人员只要不打瞌睡，看看大屏，打打电话，环境相对较好，工作比较轻松。分管处警的副总经理葛桂忠介绍处警相关情况，过去只有 1 个处警中队，整天忙不过来；目前已发展到 16 个中队，其中县城 6 个、农村 10 个，每个中队配备 1 辆处警车辆、10 名保安员，保安员实行"两班倒"工作制。处警条件艰苦，日夜不分，随时面临风险与考验。

深夜2时许，报警室接到东阳市东针路某用户地下车库报警信号，城西处警中队5名队员迅速赶到现场。事先，他们为用户量身定制"一户一策"安保方案，全部发到处警队员手机上，平时加强演练，5名队员按预案分头实施包围，中队长黄正刚把守后门。突然，一个黑影从别墅后窗跳了出来，黄正刚就近追了上去。

寂静的夜空传来响彻云霄的声音："他手上有刀！"是队友在提醒中队长。

黄正刚不管不顾追了100多米，眼看一把就能抓住，"黑影"冷不防扭转身子，举着刀，发疯似的砍向黄正刚。一刀砍在黄正刚左腋下，第二刀、第三刀砍在黄正刚胸口，全是致命位置。黄正刚接连后退几步，跟跄倒地，鲜血染红保安服。他艰难地从地上爬起来，随手捡起一根木棍，嗖的一声朝"黑影"飞去，真准！砸在"黑影"腿上，"黑影"应声倒下。黄正刚快步上前，捡起木棍挥舞起来，打飞"黑影"手上的砍刀。队友纷纷追上来，合力将小偷制服。两名保安送小偷到当地派出所处理，两名保安留在小区作地毯式搜查和潜伏，黄正刚到附近医院就诊。

事后知道，"黑影"姓项，刚从外地赶到东阳，发现口袋只剩10元钱，花5元买了一把菜刀，打算晚上偷点钱，没想到触发联网报警装置，被及时赶到的处警队员逮个正着。

黄正刚的防刺服破了，胸口留下筷子长的一道口子。黄正刚摸了摸胸口，没见血呀？原来是菜刀砍在上衣口袋的手机上，手机多了两条刀痕，真幸运。不过左腋出血，伤口长达10多厘米，感觉很深，被医生缝了针，包扎完毕已是深夜4时。

此刻，黄正刚手机又传来同一幢别墅四楼报警信号。难道同伙趁机继续作案？

黄正刚带着队友立即赶到，他们按预案分头包抄。结果，发现嫌疑人在四楼天台。此人扬言，如果抓他就从楼顶跳下去。黄正刚一边稳定他的情绪，一边拨打110。当地派出所接警后及时赶到，经公安民警耐心劝说，嫌疑人从屋顶爬了下来。经查，嫌疑人姓韦，并非项某同伙，心怀不轨的韦某见别墅无人居住，想去偷点值钱东西。不料触发报警器，更没想到5分钟不到就被发现，等待项某和韦某的将是法律惩处。

黄正刚说："像这样反复处警情况很多，有一次从晚上10时10分许到次日3时20分许，同一用户13次报警，我们13次处警，为用户挽回上百万元经济损失。"

有家珠宝店租用东阳市南街新华书店门面房，同一地址不同单位装了两套联网报警器。首先触发的是新华书店报警装置，6分钟不到黄正刚带着队员赶到现场。书店共4层，每层2000平方米左右，错综复杂，每个楼层、每间仓库都要搜。面积太大，人手太少，小偷反侦查能力很强，四处藏匿，躲过搜查。书店门卫说："可能是野猫触动了报警器。"过了半小时，书店再次报警，按照预案每个楼层再次搜查，依然无果。书店门卫说："肯定是野猫引起报警的，没有事情，今夜如果报警就不要再来了。"又过半小时，珠宝店报警，黄正刚带着队员快速出动，并联系珠宝店老板开门，进去搜查后未发现异常。不到半小时，珠宝店第二次报警，经搜查感觉正常。珠宝店老板说："没事，晚上再报警就别来了。"并写下书面字据，同意接警后不必到现场。

之后，书店、珠宝店轮流报警，队员猜测可能是野猫触发报警器，本着"接警必处"原则，在用户不支持入室搜查的情况下，队员仍然赶到现场，对门、窗等重点部位仔细检查，不放过蛛丝马迹。次日凌晨3时20分接到第13次报警，忙碌一夜的处警队员快速赶到现场，按照预案进行包围。隔着玻璃往里看时，黄正刚发现珠宝店卷帘门已被拉上50厘米左右。具有丰富处警经验的黄正刚马上意识到情况异常，一边提醒队员提高警惕，一边打电话请珠宝店老板开门。在珠宝店搜查无果的情况下，黄正刚决定扩大搜索范围，进入书店搜查，终于在书店三楼一台立式空调机背后抓住嫌疑人赵某，当场缴获手套、铁锤、刀片、剪刀等作案工具。据赵某交代，他在新华书店打烊时躲进书店，企图从书店进入珠宝店盗窃珠宝。原来，作案前他曾经观察过，发现新华书店与珠宝店顶棚有相连暗道，当处警队员在书店搜查时，他躲进珠宝店，反之亦然，与处警队员玩起捉迷藏游戏。手莫伸，伸手必被捉。经过 13 次较量，处警队员终于将犯罪嫌疑人绳之以法。

家住吴宁镇的何老伯，儿子、儿媳出门在外做生意，儿子不放心年迈的父母，装了联网报警器。漫漫冬夜，老两口躺在舒适被窝里，睡得很熟。突然，他俩被敲门声惊醒，出门一看，原来是处警队员帮家里抓到了小偷。小偷很面熟，何老伯曾经请他到家里做过油漆，油漆房间堆着茅台酒，漆匠起了歹意，白天临走时故意将窗户锁扣打开，企图夜里潜入室内偷酒。漆匠的闯入触发报警装置，2 分钟不到处警队员出现在窗外，他们将爬出窗子的嫌疑人抓获，何老伯还在睡梦中呢！

何老伯说："装了一个报警器，比请 3 名保安员到家里还保险！"

还有用户反映道："没有装报警器之前，小偷经常光顾，装了报警器之后，小偷不敢再来。每天花 5 元钱，值！"

2020 年，各处警中队共处警 157775 次，为用户挽回直接经济损失 1.6 亿余元。花钱买平安，商机无限呀！

G20 峰会前夕，马强不满足入室盗窃联网报警业务，他将触角延伸到消防领域，一张"预防为主、防消结合"——"消防远程联网报警系统"应运而生。目前，消防报警系统与消控室联网 260 户、独立烟感联网 1.6 万余个点位，换算成联网户约为 1800 户，共计 2060 户。葛桂忠解释道："消防部门规定，面积不到 3000 平方米的建筑，不需要设置消控室。东阳红木家具厂家比较多，有的厂房不到 3000 平方米，我们通过安装 NB 独立烟感设备，采取无线报警的方法联网。"马强说："近 3 年来，通过消防联网报警，扑灭初期火警 348 起，挽回直接经济损失 10 亿余元。"

一个事实摆在我的面前。

2021 年大年初六，黎明 4 时左右，黄正刚接到某红木家具厂发生火情的消息，他带领处警队员迅速赶到。起火的并非消防联网报警户，而是隔壁另一家红木家具厂。黄正刚熟悉这家起火的家具厂，过去曾是公司老客户，老板不舍得花 3000 元服务费，任黄正刚好说歹说就是不肯再续费，只好中止合作关系。可这家家具厂偏偏因为电器设备老化引发火灾，烟雾弥漫到隔壁厂家的厂房，触发联网报警器报警。

因为起火初期烧得慢，扑救难度不大，黄正刚带着队员共同灭火，一会儿工夫便将初期火灾扑灭。经老板自己估算，损失上千元左右，要是酿成大火的话，损失过亿甚至还会殃及池鱼呢！老板当场决定：继续安装联网报警器。

说过东阳，回头再说杭州市安保集团的情况。

分管技防工作的副总经理杜展明告诉我："技防工作我们起步较早，后来却滞步不前。2011年之前，我们技防工作在杭州各城区中排名处于中下水平，与省会城市经济地位极不相称。郑林总经理到任后，转变观念，提出两大口号：以大型活动带动人防基础产业，以社会化视频带动技防产业。社会化视频就是当下所指的大数据技术，技防部按照郑总倡导的口号，落实落实再落实，才有今天的地位。"

首先从运钞车技改入手。原先运钞车只有GPS定位，运钞路线一目了然，运钞车内外的实时图像看不见。他们投入180万元，历时半年多，研发出一款运钞车视频监控系统，并接入公安专网，一旦运钞车异常便自动报警。在当时，运钞车技改工作处于领先位置。

接着，他们又对110联网报警服务中心作了技术改造。郑林对杭州市公安局主要领导说："您能听到现场声音，却还看不到现场图像。"主要领导问他："技术上能不能突破？"郑林肯定地回答："实况转播绝对没问题，届时您既可以听到实时声音，也可以看到实时图像。"主要领导说："好！"有了主要领导的尚方宝剑，郑林大刀阔斧干起来。

技防部与金融系统、公共安全部门对接，将散落各家各户的视频监控与服务中心联网，输入公安系统网络。一家保安公司要与相关部门和银行系统打交道，谈何容易。涉及信息保密、服务费用、链路经费、代码匹配等诸多问题，杜展明一家家耐心做工作，指出公共区域安装视频监控，不存在隐私和涉及泄密情况，并承诺日后维护费分文不取。与通信运营商谈判，链路费从一降到四分之一。各自为政的源代码相互不兼容，又与开发商谈判，使中心平台能够与全市兼容。目前，已有4600多个内保单位、1万余视频监控汇集到中心平台，对内保单位和周界管控起到数据拓展、记录、分析、预警等作用。杭州市某家医院曾经发生一起严重医闹事件，家属将浣纱路围得水泄不通。通过大数据分析，平台立即将这一情况传输到杭州市公安局分管局长手机上，局领导当即处理，医院周边交通秩序恢复、治安状况恢复良好状态。

技防部副经理何杰告诉我："我2006年进入公司时，技防部只有8人，目前超过60人，光平台就有10个。"何杰见证了公司技防的光辉历程。

目前，杭州市安保集团建立6个基础平台、4个创新平台，基础平台有：110联网报警中心、智慧消防平台、智慧用电平台、智慧工地平台、AR实景指挥管理平台、运钞车GPS报警平台；创新平台有：OA系统平台、安保通平台、大型活动业务平台、社会公共安全综合服务平台。公司连续3届荣获"中国报警运营服务优秀企业"、"中国最佳口碑区域联网报警中心管理平台软件"等荣誉。

眼下，他们把目光投向下一目标——第19届亚运会。为此，专门引进一名人才分配给技防部，投入五六百万元研发资金，一套AR实景指挥系统正在用于亚运会场馆建设和管理之中……期待奥林匹克"更高、更快、更强"精神落实到技防工作中去！

从"保笼"到"智安小区"

对技防来说，杭州市安保集团主要用于社会，东阳市保安公司主要用于独家独院，那么千家万户怎么办？

新冠疫情暴发初期，时任浙江省副省长、省公安厅厅长王双全来到嘉兴市南湖区皇都花园小区，检查疫情防控和"智安小区"建设情况。他出示个人身份证，在门禁系统刷了一下，显示"绿码"、体温正常，道闸自动开启，王双全走进小区，前后用时不超过5秒钟。

嘉兴市南湖区保安服务公司驻皇都花园小区一名保安员向王双全汇报情况："疫情暴发后，小区居民走进自家小区，门岗检查健康码、测量体温大约要花2分钟，外来人员进小区检查身份、登记信息费时更长。我们充分发挥'智安小区'智能设备优势，升级加装红外测温仪，并将智能闸机系统与健康码数据库捆绑，绿码、体温正常者自动开门，黄码、红码和体温超过 37.3 摄氏度者自动报警，不开门，并由物业公司将其移送到社区做进一步核实。小区居民刷脸进出，省内凭身份证刷卡进出，无论小区居民还是外来人员，进出门不超过 5 秒钟，实现由人工查验、测温到智能自动化检测，门岗效率提高，方便群众

安装智安小区设备（南湖区保安公司供稿）

出行。"

王双全高度肯定"智安小区"建设工作是一项得民心工程！他勉励嘉兴积极践行"枫桥经验"，努力构建"互联网＋社会治理"新模式，充分运用互联网、大数据、人工智能、物联网等科技手段，全面建设"智安小区"，以社区小平安积累社会大平安；同时，进一步落实落细"一图一码一指数"机制和措施，把好重点人员管控工作，合力抵抗疫情下一波冲击。

"智安小区"全称为智慧安防小区，以提升智慧安防水平推进平安小区建设。"智安小区"建设工程，通过安装视频监控、智能门禁、人脸识别、车辆识别等各种智能前端感知设备，采集防范区域内人员、车辆、证件、移动设备等治安信息要素，运用互联网、物联网、大数据、云计算等手段，实现小区立体化智慧防控。工程实施后，不仅能有效提升治理智能化水平，进一步夯实小区平安根基，还能更好地服务居民群众，防疫期间居民进出方便便是现成例子。

小区是社会最小单元、城市最小"细胞"，也是构筑社会和谐平安

王双全厅长刷脸进小区（南湖区保安公司供稿）

的基石，守好小区"小门"，才能守住千家万户的"大门"。

早在2014年，嘉兴市在嘉善县开展"智安小区"试点工作。嘉善县国有保安企业就一家——嘉善县君泰保安服务公司，我找总经理仲明炎了解情况。仲明炎说："试点工作委托给一家民营企业安装智能设备，全市普及后，因涉及个人隐私问题，县政府常务会议明确由国有企业参与基础设施建设，试点情况并不知情。"我很遗憾。

2019年年初，"智安小区"建设被嘉兴市政府列为民生实事"一号工程"；同年11月，被写入中共浙江省委十四届六次全会工作报告。由于王双全厅长的参观，皇都花园成了"网红"小区。得知该小区"智安小区"建设工作由南湖区保安公司下属企业——浙江禾记电子科技公司施工，我找禾记科技副经理张文娟了解情况。

张文娟告诉我，皇都花园是南湖区"智安小区"试点单位，南湖区保安公司总经理徐敏将"智安小区"当作政治任务来完成。张文娟说："徐总强调，设备采购、人工费用由公司承包，充分利用'智安小区'建设，提升公司品牌效应和社会责任感！"

我问张文娟："公司投了多少钱？"

她说："120多万元。不过，政府允许报销，可徐总坚决不同意。我们已经做了280个小区，其他小区全由政府买单，第一个时徐总偏要公司掏钱。"

我理解徐总心情，从政治上讲，得民心工程；从经济上讲，一笔大买卖呀！

"智安小区"究竟好不好，要让老百姓评说。金杯银杯不如老百姓口碑，金奖银奖不如老百姓夸奖！

在张文娟引导下，我上门走访，倾听群众声音。

紫竹名苑小区业主钱士明侃侃而谈，他说："过去我住老旧小区，没有物业，家里只好安装防盗门、防盗窗，居家好像坐牢一样。后来买了新房子，小区有物业有保安，夜里还巡逻，就没有安装防盗窗，可入室盗窃案件频频发生，不得已只好装上。自从建了'智安小区'，入室盗窃年年零发案，又把防盗窗给拆了，住在家里心情大不一样。"钱士明诙谐地说："嘉兴装了智慧安防系统，贼骨头都到别的城市作案去了。"

路不拾遗、夜不闭户早已成为过去式。我是从那个年代过来的，早期居民区只有物防，围个围墙、拉个铁丝网、安装防盗门窗等，物哪里有人聪明呀？很多物防不攻自破；后来有了人防，小区实行封闭式管理，设立门岗，保安员值班、夜间巡逻，有人勤快有人懒惰，有人细心有人马大哈，人防也有管控不到位、疏忽大意的时候；"智安小区"克服物防、人防一些弊端，设备和技术不会偷奸耍滑，24小时兢兢业业，"智安小区"建成后，可实现"机器换人"，减少保安员配备数量，腾出人手和时间从事别的工作。

截至2020年年底，嘉兴全市建成"智安小区"2447个，基本形成"全域覆盖、互联互通、共建共享"的安防生态系统。公安机关依托"智安小区"，2020年破获各类治安、刑事案件1642起，抓获各类违法犯罪嫌疑人511人，"智安小区"的入室盗窃率、电动车盗窃率、汽车内物品盗窃率等案件，同比分别下降31.8%、42.1%、18.8%。

紫竹名苑物业主管王芳告诉我："人防、物防或多或少存在安全管理的盲区，技防可以做到24小时全天候、不间断防备。我们小区的消防通道不设门岗，业主为了进出方便，有时忘了关门，小区安全始终是个老大难问题。究竟要不要锁死消防门？业主反复争吵，甚至翻脸不认人。有了'智安小区'，业主刷脸出入，消防门自动锁闭，安全得到保障，业主的埋怨争吵声音再也没有了。"

居民小区是老百姓安居的主要场所，人、财、物高度集中。以往，物业要靠一支笔、一本册子，一家一户上门走访记录住户信息，采集效率低，笔误率高，服务模式无法适应小区业主需要。如今，物业从传统人工方法转到智能集成模式，破解物业公司对小区管理的难点、堵点和痛点。

"聪明"的小区，能够自己"管理"和"保护"自己！

我问王芳："建设'智安小区'经费哪里出？"

王芳说："物业公司和业主不用掏一分钱，全由政府买单，业主只管坐享其成就行。"

截至2020年年底，嘉兴累计投入4.53亿元资金用于"智安小区"

建设。

华城右岸业委会主任周鲁仁说："业主买房子，关键看安全，住得放心才能睡得安心！我买华城右岸房产时，听说一楼二楼有红外对射报警装置，每家每户安装一键报警系统，家庭就像堡垒一样，固若金汤。可惜报警装置长时间不用失效了，一个流窜作案团伙从一楼偷到六楼，金银财宝、烟酒礼物、手机现金……户户不剩，6 个家庭全部被偷。住在底楼和顶楼的不少业主敲敲打打装上'保笼'。一个小区光靠保安员站岗、巡逻是不够的，我们小区沿主干道走一圈 1000 米左右，每天巡逻 4 次，其他时间呢？因此，必须人防与技防相结合，小区业主才能安心睡大觉。"他同王芳的观点一致。

张文娟跟我说："嘉兴市物业协会对华城右岸小区前一任物业公司的考核满意度只有 45%，南湖区保安公司接手后，当年满意度提升至83%，2020 年达到 93%。满意度超过 85% 就是顶呱呱的物业公司。业主满意我们，主要是安装了'一杆四机'。"

据介绍，华城右岸于 2017 年安装"一杆四机"，即"智安小区"系统。目前，禾记科技已完成 280 个小区"一杆四机"安装工作。张文娟告诉我："过去，我们在小区大门进口处安装'一杆四机'，一根杆子安装 4 套电子设备：人脸抓拍、车牌抓拍、信息采集、电瓶车采集；后来，公安机关要求出门安装'一杆四机'，进出人员、车辆信息都要采集。"

我与业主有同样的忧虑，害怕公民信息和隐私被滥用。我问张文娟："物业公司和保安员有权查看信息吗？"

她说："无权。所有信息全部汇入公安机关数据库，发生案子和意外情况时，只有民警才可以查看。小区只管使用，不准查看，以防个人隐私被泄露。当然，小区有智控二级平台，不涉及个人隐私的情况是可以看到的。比如孤寡独居老人、残疾人士等特殊群体，小区进行'隔空'守护，一段时间不出门系统就会自动报警，物业或保安员接到通知主动上门查看问候。"

我与业主一样，忧虑统统放下。

"智安系统还帮公安抓到一个通缉犯罪嫌疑人。"张文娟跟我说起一桩趣事。"四大天王"张学友到嘉兴开演唱会，南湖区保安公司负责场内场外安保工作。歌迷人山人海，在潮涌式的人流中，公安机关通过人脸识别技术——禾记科技安装的智安系统，发现一名通缉犯罪嫌疑人于某，散场时将其抓获，破了一桩大案。

"小区业主有需求，我们公司有技术，双方一拍即合就成了。"浙江金盾安保集团公司智能化小区建设负责人何利峰告诉我，在"智安小区"建设中，他们更进一步，将高空抛物、周界布防、垃圾分类等民生事务纳入其中。

我依然要听群众意见。何利峰带我到柳湖花园小区。

柳湖花园是金华城区占地面积和居住人口最大的小区，还是一个城中村，共有2094套房子，8800多人居住。入住居民中有大学老师、机关干部、军人家属、拆迁户、租房户等，感动中国年度人物孟祥斌就曾居住在该小区。

在婺城区服务中心支持和新狮派出所协调下，浙江金盾安保集团在柳湖花园打造"智安小区"样板，开发、设置全市唯一一套智慧服务一体机。"一体机"依托"社区实景综合管控平台"，让百姓不出家门在小区实现"零跑腿"服务，还增设高空抛物预警、沿湖越界预警、AR实景指挥等功能，做到"人过留影、车过留牌、机过留号"的目标。自应用以来，入室盗窃零发案、矛盾纠纷下降88%，车辆剐蹭及乱停车化解率100%……小区业主享有更多幸福感、安全感、获得感。

65岁的冯嫂笑着对我说："除了进门自动测温、自助刷脸、智能显码'三合一'外，还安装智慧门禁系统，有时忘带钥匙也能进门。小区紧靠柳湖，小孩常去湖边玩耍，大人无不提心吊胆。如今沿湖安装周界报警系统，有人闯入，红外对射报警1次，电子围栏再次报警。一旦报警，物业和保安员都会到现场查看。住在这样的小区，真的很放心。"

柳湖花园委托金华市安顺物业公司管理，我到客服中心找到叶金生经理。叶金生说："柳湖花园2003年交付使用，从交付使用到2018年上半年，共发生入室盗窃案件1400多起，年均100起左右，业主苦不堪言。2018年下半年，智慧服务一体机安装后，截至目前零发案。"他解释道，偷之前小偷都会踩点，发现小区监控探头多，往往退避三舍。

汽车乱停、车辆剐蹭是常事，高空抛物甚至将生活垃圾抛下楼的情况比比皆是……告到物业公司的事例数不胜数。自从安装高空球机、主干道监控后，小区变得一览无余，车辆剐蹭自主化解，高空扔垃圾几乎绝迹。11楼业主一个花盆被风吹落，砸伤汽车，肇事业主主动承担责任并按价赔偿……矛盾不上交成为小区业主的自觉。

柳湖花园曾是金华城区最差的小区，如今变得焕然一新，现任金华市委书记在该小区接待过中央领导。金华市委组织部将红色党建基地放在柳湖花园，叶金生说："小区是红色的，物业是红色的。"

柳湖花园成了城中村真正的"网红"。

一项改革方便三家政法单位

技防走进千家万户，走向更高层次——政法机关。

离国庆节差一个半月时间，杭州安邦护卫正在筹备一件大事，对建德市公安局、检察院、法院历年积累的涉案财物进行清点和移交。杭州安邦护卫派出6辆运钞车，从建德市公安局缓缓驶出，开往建德市涉案财物管理中心作统一保管，涉及2.4万余件涉案物品，在双方工作人员监督、全程记录下完成移送工作。杭州安邦护卫对1000余个保管箱经清点后贴上封条，承担刑事物证的全部责任。移送过程中，每辆运钞车安排5名卫士全副武装押运涉案财物，前后运了12趟以上。入库后中心工作人员根据公检法机关的要求，加班加点对各个保管箱的涉案财物录入信息系统。经过一个多月起早贪黑，中心信息系统搭建完成。中心主任宋霞敏谈起移交工作时说："入库信息系统的录入不算辛苦，最辛苦的是移交前的清点工作。这项工作时间紧、任务重、数量多、责任大，那段时间工作人员忙得连吃饭、上厕所都没有工夫。面对密密麻麻的数据清单，工作人员蹲下身子一件件、一个个地认真核对，确保物品所属人、物品特征和数量、案件名称都吻合。清点和

涉案财物保管（杭州安邦护卫公司供稿）

核对一蹲就是十几个小时，一起忙到凌晨2时左右才睡觉，第二天接着干。"中心按照"各区域分类保管、双人双卡、一案一袋一箱"确保涉案财物的安全和完好。

以往公安机关在办案过程中，按照法律法规对涉案财物进行没收并妥善保管，起诉阶段由公安机关将涉案财物移交给检察院保管及处置，审判阶段由检察院将涉案财物移交给法院保管及处置，判决后由法院将涉案财物上缴国库、拍卖充公或利益受害者、发还权益人本人等善后处理。由于多家单位分别保存和管理，涉及场地、设施设备、管理人员、物品移交、制度职责等方面，造成涉案财物遗失、霉变、损毁等时有发生，影响办案工作的正常进行，不利于涉案财物变现上缴或发还权益人认领。

这项改革最早起步于湖州安邦护卫。面对数字货币和各种虚拟支付方式的出现，使用现金的人数越来越少，银行网点、ATM柜员机正在日益减少，浙江安邦护卫集团亟须转型升级。集团公司董事长吴高峻积极争取省委政法委、省公安厅及上级主管部门支持，省公安厅在

大宗涉案保管区（浙江安邦护卫集团供稿）

执法办案新规范中允许涉案财物管理工作进行社会化外包探索与实践，破解项目推进中理念、政策、规范等方面的束缚和阻力。按照"规范、集约、共享、高效"思路，由政府出资建设、政法部门监管、委托第三方实施的涉案财物管理中心初步达到"建设标准化、保管一体化、移送数据化、处置规范化"的工作目标，省平安办还在年度平安考核中纳入涉案财物集中保管考核项目，公安部、省公安厅等领导肯定涉案财物集中委托式管理探索总结出来的经验。目前全省98个县级公检法机关有63个交给安邦护卫看管涉案财物，保管物品超过1500万件。杭州安邦护卫的这一做法，取的就是湖州经。

建德市公安局法制大队队长方威告诉我："根据法律法规，涉及刑事诉讼的案件必须物随案走。过去大部分案件并非物随案走，涉及款项由公检法指定账户进行划转，涉案工具由办案人员相互搬来搬去，其他大部分实物因为检察院和法院没有相应人员和场地，保管的责任全部压在公安机关一家头上。建了涉案财物管理中心委托第三方管理，实行一体化流转、专业化管理、集中处置等方法，极大方便了公检法和当地财政机关。公安机关收缴的实物由中心保管，推送到信息系统进行流转，实物由不同的办案主体开展处置。对公安机关是一桩好事，我们可以腾出更多警力侦破大案要案。"建德市人民检察院副检察长胡建强介绍："过去涉案物品管理比较乱，随案移送形同虚设。自从建立涉案财物管理中心，避免重复劳动，既有体力上的也有脑力上的，如今实物由专人保管，电子卷宗在网上移送，可以说是'最多跑一次'改革在政法部门的成功落地。"胡建强说："只要嫌疑人认可，法院庭审时可以视频连接中心，出示相关物证，法庭实现'零跑腿'。"建德市人民法院副院长许勇说："涉案财物管理中心的建立有利于案件及时审理，有利于保护办案人员，避免承办人犯错误。假如证据丢失或变质，造成案件无法起诉和判决，是一种渎职行为；假如贵重物品是假货，没有得到专业人员的鉴定，无法面对判决和当事人，也是一种失责行为。通过制度化、规范化办案，可以起到意想不到的效果。"许勇还说："有些物品该上交的上交，该销毁的销毁，该发还的发还，中心的实物越积越多，必须想一个两全其美的办法才行。"

运到中心的移交工作，在摄像机全程监视下实施，对每一件物品都要拍照留影，制作"身份证"，记录详细情况，并登记造册；对贵重物品，由公安民警直接交给复核员复核，复核无误后由中心接收。派车到现场去拉的移交工作，由押运员、移交员、驾驶员联合出动，采用执法记录仪方式全程拍摄交接情况。回到中心后，由移交员交给复核员复核，由复核员交给制单员制单，由制单员交给库管员保管。库管员必须凭双人双卡才允许进入库房，无关人员一律不得入内。

正式交接后，公安机关要求48小时之内必须入库，并将全部信息及时上传到政法一体化网络平台，以供公检法机关移诉。涉案财物入库需要扫码，分门别类存放，出库或借调时必须要有指令，同意后方准出库，否则会自动报警。涉案财物每月检查1次，每季大盘点，年底总盘点。案子审判后，作案工具和黄赌毒等物品基本销毁，有价值的物品法院进行司法拍卖，上交国库或赔偿受害人，属于本人物品还给权益人认领。

目前，全省9个地市建了22个涉案财物管理中心，库房和硬件由当地安邦护卫兴建或由公安机关提供场地，软件——涉案财物管理整体解决方案由集团下属的科技公司提供。整体解决方案涉及场地建设标准、管理运营标准、系统平台标准等，其中场地建设标准包括基建装修、监控技防、环境系统、门禁系统、入侵报警系统等技防手段。

科技公司李庆丰是这一项目总负责人。他说："我们综合集成物联网技术、生物识别技术、无线射频技术、无线定位技术等信息技术，结合视频监控、防盗报警、门禁系统、对讲系统、通信系统等技防技术，将涉案财物从移交、入库、保管、流转、调用、处置等环节实行全流程封闭式管控，实现线上线下一体化相结合管理方式。"

李庆丰详细介绍运营流程：登记入库涵盖涉案财物采集，包括信息登记、照片留存、电子标签编码、分配存放位置、打印登记表等；入库代管涵盖自动追溯轨迹，包括出入自动抓拍、异常出入提醒、财物统计分析、库存盘点、历史轨迹追溯等；信息管理涵盖多维查询、高效盘库、智能提醒等功能，其中智能提醒包括时限提醒、逾期提醒、等待审批流程提醒、异常出入库提醒、断线掉线提醒、箱门未关闭提醒等。他说："硬件设施除了库房外，还要安装空调、除湿、新风等设备，配备保险柜、防磁柜、防化柜、冰柜等，以及全套计量工具、耗材等，满足各类物品所需的保管条件才允许入库。"

我很想进入库房实地看一眼，衢州安邦护卫董事长张淑芬给了我这个机会。

门面是蓝色背景、白色文字的"衢州市涉案财物管理中心"，库管员徐丽将我进入库房的指令通过电脑提交给张淑芬审批。在等待审批过程中，徐丽告诉我："中心库房上下共两层，面积 1800 平方米，东港还有另一座库房，那里主要存放汽车和体积大、重量重的大宗物品。中心实行 1+3 模式，即市本级和柯城区、衢江区、开发区、常山县集中在中心仓库存放，江山市、开化县、龙游县在当地建立分中心库，由公司实行统一管理和运营。"电脑一闪一闪显示，张淑芬下达"同意令"。徐丽和另一名库管员陪我走进门禁系统，她们用人脸、指纹打开门禁锁，我则用身份证和人脸技术进行识别，厚厚的大门自动徐徐开启。徐丽说："库房按银行金库标准建造，一般能抗 8 级地震。"好一座坚固的堡垒啊！

进门后，上层是一个个小型仓库，整齐排放着一个个柜子，柜子装着密码锁，双人双卡才能打开。徐丽说："库房设有10个功能区11个保管区，功能区主要分门别类存放物品，电子产品归一类、易燃易爆品归一类、血液和疫苗制品归一类、违禁刀具和仿真枪归一类、字画和艺术品归一类、金银首饰和贵重物品归一类……以此类推。"下层是开阔大房间，摆着排列整齐的一个个架子，架子上搁置塑料箱，透过塑料看得清里面存放的东西，大多是容易保管的物品。

徐丽介绍道："涉案管理系统与公安执法系统、检察院执法系统、法院执法系统、政法委机关平台系统互联互通，涉案财物从公安托管，到公检法办案人员调用、到移交、到最终处置，都能实时对接，真正起到信息互通、相互监督作用。特别是远程示证室，可以为6个法庭同时开庭提供物证，不需要跑来跑去搬运实物。"

我以为涉案财物委托第三方暂时保管，可谓政法单位"最多跑一次改革"好事例之一，想听听政法机关对这一改革的评价。

中共衢州市委政法委执法监督室主任张卫国说："政法机关一体化办案是一项革命性改革，随着司法流程的推送，做到涉案财物不动、办案手续流动，省掉人员来回走动和物资来回搬运的烦恼，衢州安邦护卫为公检法3家帮了一个大忙，做了一件好事。"

原主任徐一虹说："我原来在检察院办理刑事案件，一把锄头搬来搬去当物证，我都觉得吃力不讨好。客观地讲，作案物证容易变质，贵重物品容易丢失。保管难、移交难、处置难一直是涉案财物保管的老大难问题。从2020年开始，中央政法委要求刑事案件必须提供电子卷宗，我省在涉案财物管理方面已经走在全国前列。"据她介绍，这项改革必须得到公检法3家司法机关认可才具有合法性，启动时只能靠政法委牵头，她是这一改革的协调人、负责人之一。她到公检法3家深入调研，上下意见统一，对建立涉案财物管理中心一致叫好。

徐一虹笑着说："一项改革方便3家政法单位，方便群众，这是我在政法委工作最大的收获！"

我欣赏政法委的协调能力和安邦护卫的办事效率。

无人机大作用

仍是衢州安邦护卫，讲讲无人机的事情吧！

"开发区公安分局提醒您，疫情期间请不要出门、不要聚集、佩戴口罩、做好自身防护……"鼠年春节刚过，在衢州市花园前、金桂小区、杨家田铺、童村等地的上空，一架无人机向地面喊话，听到喊话的市民和村民自觉戴好口罩，保持安全距离。

无人机飞手徐伟，是衢州安邦护卫科技防护部业务经理、天鹰飞行队队长，正在协助公安分局开展疫情防控工作。他们利用无人机配备的高清镜头、喊话系统协助政府相关部门对广场、道路、厂矿、村庄、小区等区域进行低空巡逻、抓拍、劝阻。通过远程操控，避免宣传中人员接触相互感染，无人机喊话覆盖范围更广，宣传效果和效率更高。疫情暴发初期，徐伟共飞行367架次，累计飞行2849分钟，航程24.47万米，劝导疏散人员58次360多人，提醒戴口罩人员82次170多人。

随着新冠疫情暴发、温岭槽罐车爆炸等公共安全事件频繁发生，应急处置中无法了解现场立体情况、无法实时掌控救援进度、无法科学调拨救援物资等热点难点问题凸显，徐伟、徐鹤等人积极向公司反映，潜心钻研，走出一条及时搭建应急可视化指挥服务系统新路子。该系统将救援画面实时传回现场指挥部、后方指挥中心或手机端，视频音频双向传输，在此后的抢险救灾中发挥不可替代的作用。

2020年6月4日深夜1时，柯城区九华乡大侯村突发泥石流灾害，多间民房倒塌，多人受困。接到柯城区应急管理局求援指令，徐伟在衢州安邦护卫应急救援支队带领下迅即赶赴现场。泥石流横扫，一片狼藉，电线杆倒塌，通信设施损毁，用常规方法已经无法完成信息沟通和传输。救援到了关键时刻，徐伟及时设置4G布控球，采用无人机升空、搭载4G单兵执法记录仪等设备搭建临时平台，建立新的传输方式，一套应急可视化指挥系统应运而生。他们将一幕幕清晰画面实时传输到区防汛指挥部，为应急救援科学决策提供信息支撑和技术保障，得到区应急管理局高度肯定。

进入汛期以来，衢州地区普降大雨，局部地区出现特大暴雨。水库泄洪，江水倒灌，连续暴雨使常山县母亲河——常山江水位上涨。柯城区航埠镇北二村紧邻常山江，该村唯一一条通往外界的村道被来势凶猛的洪水淹没，村庄瞬间变成"孤岛"。衢州安邦护卫接到区应急管理局紧急指令，迅速制定应急预案，派出救援队赶到航埠镇集结。

风雨交加，黑夜阴沉，北二村笼罩在漆黑之中。据村民反映，有数人被洪水围困，但无法确定被困者位置。情况危急，生死攸关，徐伟果断将探照灯搭载在无人机上，启用无人机进行搜索。黑黢黢的地面一览无余，徐伟将实时画面回传临时指挥中心和区应急管理局。根据实时画面，指挥中心迅速锁定被困人具体位置，派公安民警、红十字志愿者、民兵小分队到坐标位置救援，把围困者一一救出。

时隔不久，北二村再次遭遇洪水包围，房屋进水、村民被困，情况十分紧急。深夜 3 时接到求助电话，衢州安邦护卫派出 10 人火速赶到航埠镇，徐伟动用无人机空中侦察，将航拍画面及地面布控情况实时回传指挥中心。清晨 5 时发现河道有施工人员站在挖掘机顶，水位迅猛上涨，工人命悬一线，徐伟锁定被困人员位置，引导冲锋舟将两名工人成功转移。5 时 30 分徐伟空中侦察时，发现房屋内有两名老人没有撤离，他把房屋位置、周边道路积水情况发给救援人员手机，指引救援队前往坐标位置，协助老人脱离险境。7 时 20 分左右有个村民被困在厂房，徐伟将画面传给救援队，成功救出村民……从深夜 3 时到深夜 22 时，徐伟连续作战 20 个小时，协助指挥中心和救援人员成功让 5 人脱离险境。

每年 11 月 9 日是全国消防日。2020 年 11 月 9 日，天干物燥，衢州智造新城某化工厂发生火灾，周边厂房林立，人口密集，灭火工作刻不容缓，徐伟迅速赶去增援。火势凶猛，浓烟滚滚，无人机飞临火灾上空将有去无回，怎么办？徐伟曾在空军部队服役，从事机场气象工作，凭借气象知识和多年积累演练、实战经验，和同事一起采用多

抗洪抢险（图为徐伟在操作设备，衢州安邦护卫公司供稿）

台无人机同时升空，镜头从不同侧面进行拍摄，将空中侦察情况实时传到区、市、省三级应急指挥中心，为各级领导科学灭火、实施救援提供技术保障。熊熊大火被扼在可控范围之内，没有蔓延扩散，更没有造成人员伤亡。

2021年徐伟被评为浙江省"首届最美应急人"，其中保安员全省只有他1人。

衢州安邦护卫在转型升级过程中，意识到要将无人机业务做得更全面、更专业、更有深度，除了引进人才别无他法。党委书记、董事长张淑芬利用行业资源及各类平台，四处寻找业内专业人才，了解到李柏辰既有理论知识，又有实践经验，遂召开党委会决定引进此人。

李柏辰何许人也？

他是江苏省南京市某科技公司无人机事业部副总经理、教育总监，曾获得中国民航局颁发的Ⅲ类多旋翼教员、Ⅲ类垂直起降固定翼教员、Ⅳ类多旋翼超视距驾驶员，执飞3000余小时，多次参加公安部、江苏省公安厅组织的警用无人机技术比武，并担任有关比武课目教官、技术指导，还被公安部直属高校特聘为无人机警务应用研究中心教员、担任国家统计局某省总队无人机驾驶培训总教员、参与无人机农业样方调查技术方案制定工作，多次组织长江委、江苏省和南通市消防救援队伍、应急救援队伍、城市执法队伍开展无人机培训、技术方案拟定等工作，获得"一种无人机自动驾驶巡航控制装置"等5项专利以及10个著作权的主要参与者，衢州安邦护卫党委任命他担任无人机事业部总经理，让其有职有权。

李柏辰着手分析衢州安邦护卫无人机事业在当地及全省区域内的优势与劣势，扬长避短，利用衢州区位优势、安邦护卫体系资源优势、无人机行业发展预判及个人成长经历，提出要做无人机应用集成服务商的发展思路，制定以无人机飞手培训为引擎、行业服务为基点、低空防空为核心、设备保障为支撑的无人机行业服务标准体系，实现"做无人机应用服务领域专家、为城市立体安防保驾护航"的工作目标。李柏辰的提议，得到公司党委一致赞同。

说干就干，李柏辰开始组建团队，先后从北京、江苏、江西、河南、湖南等省市引进无人机专业人士，无人机事业部进入快速发展阶段。首先从完善资质体系入手。李柏辰带领团队仅用3个多月时间，就取得中国民航无人机驾驶员执照训练机构合格证、AOPA无人机驾驶员训练机构合格证、CATA无人机驾驶航空器驾驶员培训机构合格证、与衢市公安局作为联合申报体取得警用无人驾驶航空器培训机构资质，无人机事业部还推出"新飞手训练营"航拍专项培训。

其次开展专业培训。从获得培训资质以来，已为全国各地公安机关培训无人机驾驶员100余人、消防指战员30余人、社会救助组织40余人，与巨化传媒集团、衢州市交警支队联合培训30余人，在无人机警用、应急救援、航拍等培训方面独辟蹊径，站稳脚跟。

再次开展实践应用。无人机在公安工作中用途很广，李柏辰带着无人机事业部的师弟师妹们，协助衢州市禁毒支队、杭州市建德市禁毒大队利用无人机开展"空中扫毒"。种植毒株的人常常会把罂粟种在屋顶、荒芜院子，涉及地域非常广，排查难度非常大。禁毒工作不准打马虎眼，公安民警对排查工作很为难。衢州市禁毒支队在排查走访时，遇到大面积农田、山林，如进入该区域开展重点排查，警力有限无从下手。市公安局警航办得知此事后，建议禁毒支队委托衢州安邦护卫尝试利用无人机排查。由于任务紧急，李柏辰迅速召集技术人员及飞手进行技术方案研究，根据罂粟处于盛花期的特点，他们用笨办法——"利用可见光＋光学变焦"手段进行肉眼排查。在广袤农田一个废弃房屋后面发现疑似罂粟田，飞手立即操纵无人机飞向疑似区域，利用光学变焦云台相机，将倍数放大至80倍，确认该植物为罂粟。工作人员将无人机视角发到禁毒支队民警手机上，引导民警迅速进入该区域，铲除罂粟400余株，毒瘤被连根拔起。禁毒支队将无人机搜寻、民警执法过程在"无线衢州"直播，教育种植罂粟的人不可心存侥幸。

　　虽然本次排查得到公安机关赞赏，但李柏辰明白，无人机事业部并没有做到精准、专业、极致。从实践上升到理论，再用理论指导新的实践，李柏辰召集工程师及参与罂粟排查的飞手，对细节作深入细

查获毒株（图为李柏辰，衢州安邦护卫公司供稿）

致分析探讨。大家共同对罂粟植物开展特性、特点分析，罂粟处于花期时，阳光照到罂粟花上反射的光谱区别于其他花朵光谱，他们提出利用光谱进行罂粟排查。理清思路后，李柏辰与中科院光机所研发人员沟通，得知有一款挂载设备具备这一功能，但该设备尚无具体作业案例。公司党委让李柏辰有职有权不是一句空话，李柏辰当即决定购买这套尚无实际应用的设备。应建德市禁毒大队委托，前往建德实施"空中扫毒"。第一天，技术人员和飞手对指定重点区域进行排查，发现多处罂粟种植案例，印证技术方向正确，团队坚定了信心。第二天，阴雨来临，由于光谱设备对阳光要求较高，阴雨天影响排查效率，李柏辰立即与光机所科研人员联系，提议能否对光谱设备增添叠加功能，阴天条件下仍能光谱排查。随后，李柏辰带着团队加紧采集暗光样本数据，反馈给光机所研发人员。仅用3天时间就添加了暗光模式，弥补了阴天光谱"睁眼瞎"的缺陷。有了叠加光谱设备，在建德共排查8个镇、4个街道，发现违法种植罂粟16起、毒株400余株，是浙江省第一例利用多旋翼无人机搭载多光谱设备进行毒株排查的案例，得到省、市、县公安禁毒民警一致好评。

无人机首次为大型活动执行安保任务，是在衢州TF国际铁人三项邀请赛上。来自中国、新西兰、新加坡、菲律宾等18个国家和地区的350多名选手汇聚衢州，一决高下。游泳1.5千米，自行车80千米，跑步20千米，3项赛事距离长，涉及江河、公路、山地等不同环境，传统安保需要派遣很多人分赴不同区域，实施秩序维护工作。无人机的加盟，人防与技防有机结合，人力成本大为降低。无人机事业部事先实地勘查，设计飞行线路，制定飞行方案。由于赛程累计时间长，无人机电板极限飞行时间大约为半小时，飞手提前备足电板，采取接力方式弥补电源不足带来画面丢失问题。赛程中，飞手搭载30倍高清变焦镜头，全方位、无死角、不间断提供空中画面，协助地面安保人员把握赛事进程，掌控现场情况，发现问题及早处置。此外，还运用无人机喊话设备实施现场监控，一旦发现可疑人员进入赛程区域，飞手立即喊话予以劝离；同时结合红外热成像、可见光探测等搭载设备，对可疑人员实时追踪，分析研判可能发生的不测和意外。赛事取得圆满成功，也为大型活动安保使用无人机提供了可靠实例。

有了衢州安邦护卫做示范，近在咫尺的浙江金盾安保集团努力仿效。林俊杰"圣所2.0"世界巡回演唱会——金华站演出安排在市体育馆进行，观众达三四万人。入场时间短，观众人数多，体育馆共有7个入场通道，大多数观众从1号、2号入口进场，人挤人通道被堵死，万一发生踩踏事故，后果不堪设想。总经理朱怀斌让系统工程部派无人机升空侦察，将空中实时画面传回指挥中心，交警指挥外围车辆，公安和地面安保人员疏散1号、2号通道人群，引导人流从其他入口进场。通过各方作为，入场秩序得以控制，一场危机成功化解。

第三届中国·金华山水四项、首届全国电动冲浪板锦标赛、安地马拉松赛事、金婺大桥爆破等大型活动安保和工程建设中，都有浙江金盾安保集团无人机升空的情景。

当地医务工作者结束援鄂抗疫任务返回金华时，市委、市政府每次都要举行隆重欢迎仪式。大巴驶出高速公路到市政府大院，沿途有市民列队欢迎，无人机一路跟拍，既保证车队行驶途中不发生意外，又留下影像资料当作见证，成为又一爱国主义生动教材。市领导将无人机跟拍任务，交给浙江金盾安保集团实施。赵琛是一名系统工程师，考取无人机驾驶员执照。前三批援鄂医务人员返金时，他在固定位置拍摄，迎接最后一批医务人员回金华时，他操作无人机一路跟拍，确保任务的完成。

跟拍工作其实技术含量很高。高楼与高楼之间形成穿堂风，乱流足以造成无人机损毁；江面气流不稳，无人机难于控制；汽车转弯半径小，无人机改变航向半径大；尤其是立交桥、跨江大桥，无人机从桥的上空飞越，操控无人机的飞手乘坐汽车从桥洞底下经过，遥控器与无人机之间会发生信号丢失现象。无人机一旦丢失信号，一是可能原地待命，导致跟拍主体移到画面之外；二是可能导致返航，无人机跟拍中止，需要重新检索目标。同时，从高速公路出口到市政府大院的路程，已达无人机航程极限，对电池使用把控要有丰富经验。

赵琛虚心向前3次跟拍飞手请教，实地考察飞行路线，绘制飞行线路图，确定飞行方案。每次通过桥洞前，提醒汽车驾驶员慢速行驶，

飞手组装无人机（图为赵琛，金华市金盾实业公司供稿）

与车队保持距离，待无人机飞过大桥信号遮蔽区后，汽车加速前进，以最短时间冲出洞桥。其间，同步调整天线方向，加大信号发射强度，第一时间恢复与无人机通讯联系。

车队进入市区，转弯越来越多，有时左转弯接着马上右转弯，如果附近空域空旷，赵琛让无人机保持匀速前进状态，直接用云台移动镜头跟拍，镜头慢慢地跟随车队偏移，直至进入直道；如果空中障碍物多，飞行区域很窄，赵琛提前将无人机慢慢升高，确保无人机周围没有障碍物影响飞行和视角，采用远景镜头拍摄，拉近与车队距离，边拍摄边调整镜头角度，直至驶入直道。赵琛跟拍的视频，被当地电视台播出后，效果十分理想。

徐伟、赵琛把无人机当作武器，为防疫、抗疫工作发挥意想不到的作用。

无人机不仅可用于大型安保、应急救援、破案、空中拍摄等，还可用于反制、驱离、捕获闯入重要区域上空的非法无人机。

为庆祝中华人民共和国成立 70 周年，150 架无人机于秋夜中徐徐升空，在空中通过队形和灯光，组成一幅又一幅精美图案。机群在金华婺江上空，首先书写"70"数字，表达庆祝祖国生日之情；其次勾勒心形图案，内书"中国"两字，表达对祖国忠爱之心；再次书写"和美金华""信义之城"等字样，期待金华明天更美好……从无人机组装到表演结束，机群始终安然无恙。其背后有浙江金盾安保集团的保驾护航，赵琛和系统工程部员工应用无人机反制技术，确保空中管制区域内无无人机闯入事件发生。观众看到的精彩，不知幕后有多少不为人知的故事呢！

其实，技防背后是创新，创新要靠人才支撑。

科技核心在人才

2020 年 6 月 12 日，以"创新·融合·发展"为主题的全国守押行业峰会在浙江台州举行，峰会东道主是浙江台州安邦护卫公司。台州安邦护卫党委书记、董事长、总经理李万新在主旨发言中说："创新的核心要义是人才。"

李万新是湖北荆门人。20 世纪 90 年代，台州市普遍缺乏英语教师，这里却是改革开放和外经外贸前沿阵地。李万新被当作人才引进到临海市教书育人，不久又被公开选拔担任乡镇团委书记，进入公务员队伍。李万新在基层摸爬滚打多年，当过镇长和市领导秘书，一路走来仕途比较顺利。台州市组建金融工作办公室时，上级决定调李万新到金融办担任综合处处长，协助领导开展小微企业金融改革试点工作。由于台州在小微企业金融改革方面走在全国前列，李万新开展大量调查研究，参与起草改革方案得到上级充分肯定，工作干得风生水起，绩效比较明显。恰逢全省安邦护卫进行体制改革，台州安邦护卫17 名公安干警在双向选择中，全部选择回公安机关复职。

管理团队主要骨干集体离职，台州安邦护卫成了一家群龙无首的公司。公司承担武装守押任务，那么多员工，谁来领导，谁来管理？

李万新在守押峰会发言（李万新供稿）

这成了上级首先需要考虑的问题。

市里相关领导建议：找一个熟悉金融和银行系统、有基层工作经验的干部到公司任职。

组织部门千挑万选发现李万新。市政府联系副秘书长找李万新谈话，谈到台州安邦护卫基本情况，也谈到公司创始人、总经理个人情况。总经理是市公安局交警支队政委，刚刚确诊肝癌晚期。副秘书长询问李万新："是否愿意到企业任职？"

李万新由事业（教师）进入公务员队伍，眼下将由公务员变成企业身份，毕竟属于人生重大选择和决定，他回家跟妻子商量。妻子很开明，让丈夫自己作决定。李万新想，在金融办跟小微企业打交道，自己有天然企业情结；老政委兢兢业业带领全体员工一道创业，台州安邦护卫已经形成一定规模，体制改革后将有更大发展。他选择不走仕途到企业任职，被明确为公司副总经理。

公司管理层就总经理和李万新2人，总经理不顾病痛，每天坚持上班，履行法人职权，扶李万新上马走一程。总经理病逝的当天下午还到公司转悠，晚上就去世了。李万新感怀病故总经理，短短10年时间，公司由零起步，从最初十几个人、3辆车发展到有1500多名员工、专业运钞车236辆、年产值近3亿元的大型现代安保企业。老政委的

安邦卫士风采（浙江安邦护卫集团供稿）

敬业精神和担当作风，将会影响李万新一生。

2016 年 1 月，党委书记、董事长、总经理三副担子一肩挑，李万新成为全省安邦护卫当时最年轻的总经理。

人才不管到哪里，都会发光、发热，产生新能量和正能量。

父亲为他起万新的名字，果然他新点子特别多。李万新调整工作思路，建立"一体两翼"工作模式。"一体"总部基地管椒江、黄岩和路桥，"两翼"南片管温岭和玉环，北片管临海、天台、仙居和三门，实现武装押运全覆盖。自上任以来，台州安邦护卫在集团考核中年年位居全省前列，其中 2019 年创造全省第一好成绩；党建工作连续两年获得集团第一；全国守押行业峰会主办方主动邀请李万新参会，连续 3 年他以嘉宾身份发表《适应经济发展新常态，深化金融武装守押行业供给侧改革》《试论武装守押业高质量发展的破局求新之路》《行业转型科技先行——新时代安保行业转型升级发展路径探讨》等论文。2020 年更是花落台州，何等荣耀呀！

台州安邦护卫的撒手锏：全国首家区域现金处理中心在总部基地落

户。为适应现金流通和现金处理变化新形势，降低全社会现金处理成本，中国人民银行出台一项政策，允许人民币现金流通工作进行社会化改革试点。区域现金处理中心好比台州全市现金流的总枢纽、总开关，台州人民银行通过中心发放货币；从千家万户回流的现金，在中心经过清分处理，再回流到人民银行；各家银行收储的现金，交给人民银行保管有利息收益，但各家银行总会留下一些备用金，少则几千万元，多则几亿元，这些占用资金没有利息升值空间。区域现金处理中心留出部分备用金调剂银行急需，其余送交人民银行获取利息收益。建立区域现金处理中心可以大大提高现金流通效率、降低现金流通成本、减少银行备用金占比，从而达到中心、银行、储户共赢共享的目的。

李万新主动与中国人民银行相关部门对接，邀请相关领导到台州，谈计划、谈设想、谈方案，通报各家银行积极性呼声很高，得到中国人民银行部门负责人理解和支持。全国首家区域现金处理中心如火如荼地开始建设，李万新全程参与中心设计施工和管理体系设计，以高规格硬件设施、高标准安全保障、高素质人才支撑，起到不可替代作用。

已经建好的区域现金处理中心，在全国银行业首创"四个第一"：第一次将"首标卡"应用到清分系统。李万新说："'首标卡'是一捆人民币的身份证，知道来自哪家银行、经手人是谁，获知钱的前世今生，要想洗钱万万不可能。"第一次实现智能化储运。李万新说："用机器人运送现金可抵8名工人工作量，况且人会出错，机器不知道累也不会错。"第一次将大型超高速"金标"清分系统引进到国内银行业。李万新说："1秒钟清点33张钞票，国内没办法做到，我们负责定做引进才做到。"第一次布设能关联人民币冠字号信息全自动高速封包线。李万新说："每一捆人民币都有二维码，效率更高也更先进。"目前，区域现金处理中心专职人员不到10人，一天要清点、包装、运输亿元现金。

这些年，李万新始终在考虑转型升级，转型必须依靠科技，升级必须提高素质。他的观念比较前卫，李万新把保安企业当作科技企业管理，把保安员培养成技术员。保安员转变为技术员，一靠引进，二靠培养。

中国银行临海支行有一名行长，李万新花1年多时间做她的引进工作，终于如愿以偿，目前她担任副总经理。每年，李万新组织人员到全国高校招收应届毕业生。2021年，他从北京引进一名学安全工程的硕士研究生，经党委开会研究，让其享受部门副经理待遇。公司每年拿出300万元资金，用于各类人才的引进和培养。

对现职人员，李万新要求提升学历，凡行政管理人员，自2019至2021年一律达到大学本科文凭；一线保安员、押运员大多为初、高中毕业文凭，一律要求达到高中文凭；从2018年开始，一律招收高中生。对学历提升实施奖励政策，每次提升加薪0.5个点，相当于平均每月增加工资100元，升一次加一次，并对学费给予一定补助，目前已有2222人次获得学历提升。李万新鼓励员工报考资格证书，考证费用全额报销，少则3000元，多则上万元，差旅费实报实销，凡获取证书者加薪0.5个点，相当于平均每月增加200元工资，考一次加一次。林海挺考取二级建造师资格证书，一下子增加2000多元工资。目前，公司累计620名员工考取各类证书。

北片三中队枪管员冯贻军懂电焊手艺，他用废旧材料做枪架，完全符合公安机关规定要求，存取快捷，非常实用，每个枪架至少节省上万元。冯贻军把手艺发扬光大，为全公司做枪架，节省经费数万元。李万新从总经理专项基金为他发放3000元奖金，鼓励保安员小发明、小创造。随之，创新理念深入人心。

只有引进和培养，没有人才输出是留人不留人心，必将死水一潭。只要年轻保安员提出报考公务员、事业单位，甚至投奔别的公司，李万新持积极态度，极力支持，予以推荐。有名财会专业大学生进公司不到1年，财务部、运营部经理争着抢着要。其实，他已考上事业单位，尽管有多个部门争抢，李万新仍加盖公章放他走。

与李万新持相同观点的大有人在，科技公司总经理叶飞在引进战略人才上同样大胆。小孙对电子市场把握能力比较强，但只有高中文凭。集团规定引进科技人才至少要有本科以上文凭，小孙被叶飞破格引进，让他负责市场公关工作，干得风生水起。叶飞咨询小孙："有没有懂技术的专业人才？"经小孙介绍，又经亿视集团徐总工程师推荐，叶飞认识了陈岚。

陈岚是浙江大学博士研究生，在科技企业拿着高薪搞科研。打动陈岚的不是待遇，而是这里有他施展才华的舞台。

陈岚以为，保安公司属于劳动密集型企业，技术含量比较低，含金量低证明这里是科研工作的洼地，具有开发前景。他当前所在的科技企业在同行中处于领先地位，每一点突破都很艰难。不如换一条跑道，说不定还能跑出一个加速度。陈岚跟我说："年薪待遇不是自己看重那部分，目前暂时吃亏，未来会走得更远、更长久。"他果然做到了，为安邦护卫解决技术难题，为公司创造丰厚利润，也为自己积累专业本领。

第四章　群策群力护峰会

2015 年 11 月 15 日至 16 日，中国国家主席习近平出席二十国集团（G20）领导人第十次峰会——土耳其安塔利亚峰会。在 11 月 17 日本次峰会工作午宴上，习近平作"关于中国主办 2016 年峰会"发言：中国有句俗语，上有天堂，下有苏杭。意思是说，杭州和苏州风景如画，堪称人间天堂。杭州是历史文化名城，也是创新活力之城，相信 2016 年峰会将给大家呈现一种历史和现实交汇的独特韵味。杭州举办 G20 峰会的声音传遍全世界，杭州准备好了吗？全球拭目以待。浙江省委、省政府，杭州市委、市政府把落实总书记指示精神，做好峰会各项筹备工作作为压倒一切的头等大事，举全省（全市）之力，以最高标准、最严作风、最好效果，精心做好 G20 杭州峰会服务保障工作。时任省委书记夏宝龙喊响"平安浙江灵不灵，就看护航 G20"，时任市委书记赵一德叫响"杭州干部行不行，就看服务 G20"。在全省公安机关暨武警部队召开的 G20 峰会安保工作誓师大会上，受省保安协会指派，杭州市安保集团 100 名特保队员代表全省 30 多万名保安员参加誓师大会，接受公安部和省、市领导检阅，展示保安风采、誓保 G20 峰会平安。峰会结束不久，中共中央总书记、国家主席、中央军委主席习近平对 G20 杭州峰会总结表彰工作作出重要指示。总书记在指示中强调，二十国集团领导人杭州峰会取得圆满成功，这是在党中央领导下，筹委会和各有关部门、地方统一思想、各司其职、精心组织的结果。谈判协调有力有效，会议安排严谨有序，安全保障严密稳妥，新闻宣传有声有色，文艺演出精彩纷呈，后勤保障全面可靠，使杭州峰会落实了"西湖风光、江南韵味、中国气派、世界大同"的理念，向世界展示了中国精神、中国力量，在二十国集团进程中留下了深刻的中国印记。

浙江杭州是 G20 峰会主办地，全省有 202 家保安公司共投入保安力量 11.9 万余人。本章节主要反映保安员用忠诚筑起铜墙铁壁，书写"绝对安全"的篇章。

护航 G20，安保看杭州

由于杭州市安保集团在大型安保活动中的出色表现，G20 杭州峰会安保任务基本交给公司承担。郑林感到很惊讶也很荣耀，觉得政治压力特别大。他意识到这是一次史无前例的国际峰会，对中国、浙江、杭州乃至公司都是一次机遇与挑战，作为国有企业，必须实干至上、行动至上，切实增强"万无一失"责任感和"一失万无"底线思维，关键时刻"拉得出、冲得上、打得赢"。公司把护航 G20 作为压倒一切的头等大事，全力配合公安机关协同作战，对全体在编保安员广泛动员，从人力、财力、物力全方位予以保障，一切围绕峰会中心来服务来运转。

从 2015 年 3、4 月份接到任务并立即投入驻点安保力量，到 2016 年 9 月 7 日撤岗结束，公司成立 G20 峰会安保工作领导小组，郑林为组长，寿新国、方浩波、傅振宇为副组长，边国明为安检组长、顾旭为保安组长、杨宣华为保障组长、王毅为数据统计员，下设区域管理员。

安保工作历经"三个阶段"（筹备、迎检、严控），打好"三大战

设置入城口检查站（图为傅振宇，杭州市安保集团供稿）

役"（临战、攻坚战、决战），严守"四大阵地"（奥体中心滨江区 G20 警卫路线制高点、杭州地铁沿线站点、杭州联华勾庄食品总仓库、杭州主城区地下管网窨井盖），实现"以面保点"（面即承担杭州火车东站及周边区域秩序维护、乌镇互联网大会永久会址和西栅景区出入口、环浙环杭护城河 22 个卡点口等处安检；点即负责公安部、省市公安机关、各国元首政要驻地酒店、武警、消防、警卫等 38 个驻点信息化指挥部搭建、调试、连接及维护），确保"四大场所"（杭州国际博览中心主会场及新闻中心、杭州国际会议中心及洲际酒店、西湖国宾馆、西子宾馆等内外场地）绝对安全。共出动安保反恐力量 5687 人，负责安保反恐项目 32 个，派驻安保反恐执勤点 304 个，设立执勤岗位 2585 个；同时"花血本安保反恐处突"，共购买安保设施设备 12457 套，其中安保反恐装备 2500 套、运兵执勤车 30 辆、反恐防爆器械 250 套、安检设备 236 件。G20 峰会期间，协助公安机关抓获犯罪嫌疑人 90 多人，发现制止违法案件 87 起，提供破案线索 195 条，查获各类危险物品

誓师护航 G20（杭州市安保集团供稿）

41779 件、管制刀具 3900 多把。

公司开展为期半年的思想动员和素质提升，按照"最高标准、最快速度、最实作风、最佳效果"要求，提出服务保障 G20 峰会 7 项安保意见，与各部门签订"安全主体责任书"；邀请市公安局领导和有关专家进行授课，分"G20 峰会服务技能"和"G20 峰会安全护卫"两个专题进行，开展"迎接 G20，我们说英语""服务 G20，反恐应急处置""护航 G20，安全我先行"等安全生产月活动，把国际最高安检标准及注意事项印成《安检须知》发给安检员掌握，以杭州萧山国际机场安检标准为训练大纲，拜国际机场专职安检员为师，以师带徒开展一对一帮教，把安检员历练成国际安检能手。

G20 峰会主会场选址明确后，杭州国际博览中心仍处在施工阶段，属地公安机关非常重视，牵头设立专办制度，属地交警、城管和市公安局经文保支队、市警卫局共同参与。"专办"指派杭州市安保集团参与主会场施工装修期间的安保任务，包括施工人员证件制作，人、物、车安全检查等。郑林召集领导小组开会研究，决定设立杭州国际博览中心指挥部，成立 G20 特保大队，首批派出 120 名保安员，最多派出 300 多名保安员，具体工作由傅振宇统领，公安机关依然要进行对抗性测试。傅振宇说了一件小事：杭州市公安局督察队 2 名队员身穿便衣，1 人留在墙外望风，1 人翻墙闯入警戒区。特保队员立即放警犬过去，并将此人扭送至"专办"。督察队员亮明身份，原来是自己人。

当年的 G20 峰会会址面临交通不便、生活设施落后等困难，特保队员住在临时搭建的板房里，没有电、没有水、没有食堂。后来接通电源，施工经常挖断电缆，停电成为家常便饭，钱塘江边夏天热冬天冷，冷气暖气无法开，闷热、低温让人苦不堪言；洗澡要到施工人员集体澡堂，数十分钟接一盆水，从头淋到脚算是洗过了；喝的水要跑很远路程到超市买，一买数十箱；施工人员生活区食堂与特保队员上下班时间对不上，只能就近到路边地摊吃，江风吹得灰尘满天飞，饮食一点不卫生……

生活虽然艰苦，但任务不打折扣。特保大队设立两道门岗，第一道门岗 3 个通道，其中 2 个人员通道、1 个车辆通道，公安机关事先为所有进场施工人员开展政审，合格者由公司制作证件，人证合一才能进场；车辆制作车辆证件，实行报备制，拉进什么东西、拉出什么东西都要核对，过关才能放行。

班长宋利从市府中队调来，负责人员通道值守。5 号门离施工人员居住生活区最近，工人大多从这道门进出，常规每天进场七八千人，高峰时达到 1.2 万人。工人一日三餐到食堂吃饭，每天进出人次超过 3 万多。工人常常遗忘证件，有的甚至挪用他人证件冒充，每当遇到此类情况，宋利认证不认人，让忘带证件的人回宿舍取，对挪用证件的人开展批评教育，屡教不改者送"专办"处理。挪用证件的人有的名字相近，有的长相相似，宋利原本在市府中队站岗，练就过目不忘的本领，每天总能分辨出数十人冒用他人证件，冒名顶替者只要遇见他，纷纷回头取证件。第一道门岗人员和车辆都不能携带违禁物品，场内禁止吸烟，火柴、打火机、易燃易爆品、管制刀具等都不准进场，宋利每天总会查到有人携带，无法说明正常理由的交"专办"查处。

第二道门岗是安检通道，整个场馆分两种证件，一种为普通证件，只能进第一道门岗，另一种为红色证件，可以进第二道门岗，人证合一，人走安检门、物过X光机才能进场；2016年3月以后，禁止进场人员携带手机，须存入储物柜才能过安检。班长罗礼霖是一名安检员，遇到过五花八门的名堂，有人把手机绑在大腿上，有人将火柴塞进安全帽，林林总总不一而足。携带违禁物大多比较心虚，罗礼霖多长心眼，每天总能发现几十例。带出去的东西同样要检查，工具一样不少，建筑材料一件不丢，进出物品都要查。施工人员为了抢时间争速度，经常发生争吵现象，甚至打架斗殴，罗礼霖还要上前劝阻，劝阻困难时便叫"专办"人员处理，像这样接受处理的情况，先后发生十几例。

施工基本在室内进行，环境相对封闭，烧电焊烟熏火燎，弄得两眼充血，鼻孔冒烟；切割声、锯板声声声入耳，弄得心烦意乱，双耳似知了尖叫；灰尘满天飞，弄得头发花白、鼻子发黑、嘴巴作呕……建筑工人一茬茬轮换，特保队员定人定岗，长期固定一个岗位；工人实行8小时制，特保队员一日两班，白班永远白班，夜班永远夜班。从2015年4月15日进驻到2016年9月2日零时中央警卫局接管，特保队员没有双休和节假日，春节仅放假3天。

特保队员们明白：人生能有几回搏啊！

G20峰会指挥部共38个，涵盖公安部、中央电视台、武警、消防、警卫等部门，实现双向传输、可视化。建设工作归省公安厅牵头，搭建视频大屏及通信技术支持归公司承担，郑林将"视频技战法"交给杜展明。杜展明抽调17名懂信息化业务、动手能力较强的技术能手参加，为中央电视台直播铺设光纤、重要会议图像传输、国家首长通话视频等提供技术保障。

指挥部建设与施工同步进行，杜展明将人员进行分工，自己带着团队负责主会场指挥部建设。主会场共设2个指挥部，一个是公安部指挥部，另一个是浙江省公安厅和杭州市公安局联合指挥部。主会场指挥部建设期间生活条件十分艰苦，技术员连水都喝不到，每天上午派保安员外出采购中饭，采购返回时正赶上吃中饭。杜展明怕保安员来回跑太辛苦，大家便吃方便面。省公安厅、市公安局领导搭高低铺就地睡觉，武警部队、公安特警在地下室搭帐篷睡觉，在他们的影响

主会场总指挥部（图为杜展明，杭州市安保集团供稿）

下，杜展明及所有技术员干脆吃住在现场。

攻坚阶段的 19 个日夜，技术员 24 小时连轴转。主会场尽管有空调，但电源没有真正接通，闷得人喘不过气来。那段时间，杜展明头发和胡须很长，人却瘦了十几斤。他清醒地意识到：技术越往前赶就越容易修正失误——哪有一次成功的道理啊！

视频大屏竖得规规矩矩，通信机站与北京、机场、铁路等预留接口，与各个指挥部双向互联。测试电视电话会议系统时，由于电压不稳，杜展明用 UPS 稳定，声音、图像清晰，口型与声音完全吻合。中办主任亲临公安部指挥部检查，口头表扬参与测试现场人员。

其间，杜展明带领团队发挥技防特种兵作用。上级将 G20 杭州峰会设立 3 个安保圈（G20 安保圈、西湖安保圈、B20 安保圈）和 16 条警卫路线，安保圈内和警卫路线沿线的地下管道交叉密集，涉及上水、下水、电力、煤气、通信等 22 家权属单位，郑林接到这一紧急任务，要求对地下管道开展全面摸排，排查合格用"防爆安检专用粘贴"封闭,留给公司完成的时间只有50天。

传统物防主要通过铁马、围墙、防盗门窗、保险柜等工具,采取物理阻断的方式实现。封闭窨井盖涉及万物互联技术,杜展明主动领受这一任务,并把任务交给技防部副经理何杰和110联网报警服务部技术员王悦。两名小年轻向杜展明立下军令状:保证完成任务!

何杰在主会场搭建指挥部,王悦在花港海航酒店搭建总指挥部,指挥部建设进入冲刺阶段与地下管网窨井盖报警系统同时展开,时间有冲突。他们同时兼顾,做到两不误两促进。通宵加班,黑白颠倒,白天他们与22家业主单位沟通,达成一致意见再施工,晚上到工地督促进度,抽查工程质量,并随时回指挥部落实分内工作。何杰每天接听300多个电话,未接来电不是妻子就是女儿打来的,等他有工夫回电时,妻女早已进入梦乡,不打也罢,第二天想起时妻女又已进入梦乡。

窨井盖分铸铁、水泥、复合材料三大类,加装报警装置费时费力。50天时间只争朝夕,他们建议承包商铸铁采取烧电焊、水泥采取打孔、复合材料采取粘贴施工的工艺,节约时间提高效率。杭州雷雨较多,打雷时不准烧电焊,天气预报有雷雨,小年轻就调整承包作业时间,改成打孔或粘贴。

道路施工与地下管网排查同步进行,王悦顶着高温、踩着青烟直冒的沥青,检查施工进度和质量。何杰天天开车上路,私家车公里数比正常上班翻了好几倍。夏季,何杰每每中暑,吃不下饭、睡不好觉,头昏眼花。疲劳一天的何杰,在花港海航酒店倒车时,汽车撞在香樟树上,后备厢严重变形。何杰没工夫修车,开着这辆破车跑了1个多月,直到峰会结束才修车。短短50天时间,两名小年轻使2.1万多套窨井盖实现联网报警,报警前端信号与G20杭州峰会现场指挥部和110指挥中心无缝对接,窨井盖一旦打开立刻报警。"G20峰会地下管网井盖报警系统"获杭州市职工"五小"创新成果奖,技术小组被评为"杭州市服务G20先进班组"。

纵观全球发生的暴恐案件,火车站、汽车站、地铁站是暴恐分子攻击的主要目标。G20杭州峰会期间,世界反恐看中国,中国看杭州,杭州看"三站",杭州市已将"三站"列为全市重大反恐安保项目。杭州市安保集团承担地铁 1 号线、2 号线、4 号线各站台安检任务，公司将地铁反恐作为重中之重紧抓不放，出台《地铁安检奖励办法》，在承包经费不增情况下，拿出 250 万元作为保证安检队伍稳定与促进安检质量提升的临时性奖金；郑林与保安一部经理傅振宇签订《反恐怖工作责任书》，保安一部与各个地铁站点安检员层层签订责任书。通过技术手段，在地铁枢纽倒闸、检票处、出入口等安装视频监控，实现智能化预警。犬防基地经理刘向阳派出 53 条搜爆犬、护卫犬，配合地铁反恐。事后，刘向阳被省委、省政府评为"G20 杭州峰会工作先进个人"。

省、市共分五级检查站，一级为高速公路出口检查站、二级为国道、三级为省道、四级为县道、五级为乡道检查站，傅振宇将一级、二级全部跑遍，三至五级跑了部分。在查看现场时，傅振宇被大雨淋湿，高烧不退，确诊为肺炎，住院治疗。父亲已病入膏肓，医院通知傅振宇把父亲接回家善终。G20 期间傅振宇脱不开身，请求医院让父亲继续住院，用最好的药挽救父亲生命。傅振宇在病床遥想父亲，父亲病危后自己没陪过一个晚上，愧对父亲养育之恩，儿子不孝呀！傅振宇心中全是 G20 安保工作，有国才有家。最终，决定在高速公路出口设置 22 个卡口（检查站）。人、车安检排起长队，傅振宇分析主要受车上存放物品的影响，物品多安检慢，物品少安检快，他一方面增派人手，另一方面设置快速通道，让车上物品较少的车辆快速通过。

光明前进一步，黑暗后退一步……

护城河卡口安全、地铁沿线站点安全、勾庄联华食品总仓库安全、主城区地下管网窨井盖安全、主会场及其他活动场馆安全、信息化指挥部一切正常……万事俱备只欠东风，东风便是 G20 峰会正式召开。

由于 G20 峰会会场建筑面积达 85 万平方米，地上 5 层、地下 2 层，出入通道比较多，中央警卫局接管后，特保队员由保安服换成西装担任现场引导员，协助中央警卫局开展巡逻等工作。会议正式开始前 5 小时，除 3 名保安员外所有特保队员撤离岗位，到备勤点待命。新闻发布厅留 2 名保安员，宋利便是其中之一，远远看见国家主席习近平和夫人彭丽媛。这一刻，他的所有付出和辛苦都值得！

杜展明留在公安部指挥部负责视频切换，大屏共接通 70 多个视频系统。他左耳塞中央警卫局指挥中心主任耳机、右耳塞公安部科技信息化局局长耳机，指令由男声和女声传达给杜展明。公安部部长坐镇指挥部担任警卫安保总指挥，部长想看哪个系统视频，一男一女两位工作人员将指令传达给杜展明。杜展明即刻切换，图像和声音即刻显示。那一刻，杜展明心血和汗水没有白流！事后，杜展明被杭州市委、市政府表彰为"服务保障 G20 杭州峰会先进个人"，荣获"杭州市五一劳动奖章"。

会后，G20 峰会安全保卫组（中央警卫局代印）和安保组办公室通信保障组（公安部科技信息化局代印）分别给公司发来感谢信，38 个指挥部等相关服务保障部门发来感谢信 50 多封。中央警卫局在信中说："9 月 4 日至 5 日，二十国集团峰会在浙江省杭州市顺利举行，习近平主席和 27 位外国领导人集体出席，系我近年来举办的规格最高、规模最大、影响最为深远的主场多边外交活动，也是挑战最多、风险最大、任务最为繁重的重大安保战役。为确保安保工作通讯畅通，贵公司负责搭建安保指挥部和值班室，为领导指挥决策提供有力保障。期间，贵公司工作人员不辞辛劳、连续奋战、全力保障，为圆满完成峰会安保任务做出了突出贡献。在此，谨向贵公司表示衷心感谢。"

郑林说："中央警卫局给一家保安公司书面表扬，全国为数不多。"他坦言，"能参与 G20 杭州峰会安保工作是党和国家以及各级公安机关对我们的高度信任，也是我们自身的政治使命。通过保障全世界规格最高的国际会议，我们业务能力和水平得到全面而快速提升，已经在业务上与国际接轨，更加自信，更有经验！"公司获"服务 G20 杭州峰会立功竞赛工人先锋号"，被江干区委、区政府评为"G20 杭州峰会工作先进集体"。

两天会议转瞬即逝。G20 峰会结束当晚，特保队员如数返回峰会会场，负责现场安保工作。总共设立 100 个岗位，24 小时值班，连续值守 1 个月。罗礼霖被安排在接见厅值夜班，接见厅摆放名贵古董、悬挂名贵书画，是贵重物品较多场馆之一。罗礼霖独自在室内查看，除应急灯外一片漆黑，他用手电筒照明巡逻，查验贵重物品的存放情况。

值守结束，上级将 G20 峰会领导人行走路线作为旅游景点对外开放，特保队员由施工队的管理者转变为引导游客的服务者，且要形象气质佳，五分之四特保队员被分流，分流队员以大局为重，自觉服从分配。在和不在的保安员都觉得：为 G20 峰会出力，是一生最大的荣耀！

宋利和罗礼霖留了下来。宋利负责售票处秩序，刚开始入场票能反复使用，"黄牛"捡拾游客丢弃的废票倒卖给游客，重复利用；后来"黄牛"利用团购价购票，倒卖给游客赚取差价。区区"黄牛"奈何不了宋利，每当遇到"黄牛"，要么把他们赶走，要么扭送到派出所接受处理，"黄牛"见他又恨又怕，售票处秩序逐步好转。

罗礼霖继续负责安检，查到的打火机、刀具、弹弓等违禁物品比较多，他甚至查到过一把仿真枪，上报警务室对人和枪进行处置。空闲时，罗礼霖充当志愿者，捡到手机和钱包特别多，即时送还失主或上交。主会场人流比较密集，恰好有个小台阶，不小心者常常摔倒，罗礼霖提醒游客注意。有个 60 多岁的女游客突然晕倒不省人事，罗礼霖用对讲机及时汇报，疏散周边游客，为她留出足够空间，配合 120 救护车将她送到医院急救，幸亏送得及时，女游客生命无大碍。

郑林看问题更前瞻，他把 G20 峰会搭建的指挥部变成永久性指挥部，向萧山区政府提供指挥部全套设备和技术支持，承担日常维护费用，并将指挥部向参展商全方位开放，政治性活动分文不取，商务性活动收取使用经费，以服务换市场，承接主办方在杭州国际博览中心的安保业务。

与主会场同样精彩的还有 G20 文艺晚会。

为了《最忆是杭州》精彩演出

2016 年 9 月 4 日晚上，天空挂着一弯眉月，人间一片祥和气氛，西子湖畔，灯光灿烂，高朋满座。随着首席指挥家李心草的指挥棒在夜空中划出一道优美弧线，唐代著名诗人张若虚那首千古绝唱《春江花月夜》在中国国家交响乐团和杭州爱乐乐团 100 多位艺术家的指尖流淌开来——G20 杭州峰会《最忆是杭州》文艺晚会在西湖岳湖水面拉开帷幕。

晚会用《春江花月夜》《采茶舞曲》《美丽的爱情传说》《高山流水》《天鹅湖》《月光》《我和我的祖国》《难忘茉莉花》《欢乐颂》9 首经典曲目串联而成，整场演出凝练"创新、活力、联动、包容"G20 杭州峰会主题，具有"西湖元素、杭州特色、江南韵味、中国气派、世界大同"艺术氛围，用西湖天然舞台绘成一幅幅精妙绝伦的中国山水画卷，应用西方交响乐与东方文化元素相得益彰的方式打动观众、打动世界……各国媒体用"惊艳"两字形容《最忆是杭州》的精彩演出和成功。

这里有艺术家辛勤创作付出的心血，也有建设者奋力拼搏流淌的汗水，还有保安员日夜坚守凝聚的艰辛……他们共同组成一部交响曲，响彻在世界和中国人民的面前。

整场演出用时只有 45 分钟，幕后却有 302 个日日夜夜的连续作战和加班加点。

首先是建设者，其次是艺术家，他们轮番作战，工作时间累计不到 302 天。只有组织者和保安员，他们才真正连续奋战 300 多个日日夜夜。我要为保安员写一本书，自然关注他们的一举一动。

"印象·西湖"安保工作由杭州西湖风景名胜区保安服务公司五大队负责，我问现任公司副总经理、时任五大队大队长陈罡："有没有终生难忘、过目不忘的事情？"陈罡回答我："终生难忘的确不假，但都是一些细枝末节的事情，哪能过目不忘呢？"我说："就讲讲细枝末节的事情吧！"

陈罡回忆道："《最忆是杭州》从施工到复演共经历 4 个阶段，施工阶段、施工和排练阶段、正式演出阶段、复演阶段。"

2015 年，经中央和浙江省、杭州市决定，"印象·西湖"被确定为 G20 杭州峰会项目。

"印象·西湖"诞生于 2007 年 3 月 30 日晚上，是继"印象·刘三姐"和"印象·丽江"之后又一部"印象"系列实景演出，由著名导演张艺谋、王潮歌、樊跃"铁三角"联手打造。"印象·西湖"以西湖浓厚的历史人文和自然风光为创作源泉，挖掘杭州古老民间传说、神话故事，借助高科技手法再造"西湖雨"场景，从一个侧面反映雨中西湖和西湖之雨的自然神韵，将一场高水准的艺术盛宴推向观众。景区保安公司组建五大队，立足点正是为了"印象·西湖"演出的安全，可以说五大队是为"印象·西湖"诞生而诞生的。

为确保国家演出任务的圆满完成，"印象·西湖"从2015年11月8日起停止正常演出，进入场地改造提升阶段。施工人员和驾驶员由公安机关进行资格审查，合格的工作人员和车辆发放通行证，五大队派保安员在现场维持秩序，保障施工期间的安全。

李峰是保安中队长，302天天天参与现场安保工作。那段时间李峰瘦了七八斤，嗓子也哑了，事后到医院看病，医生让他多喝盐开水，原来是氯化钠流失太多造成的。施工场地用塑钢板将四周围起来，留

开演前动员（景区保安公司供稿）

下两个进出通道，门口有保安员 24 小时值班。北山路门是人员和车辆出入通道，苏堤门只准车辆进出。李峰说："保安员要对施工人员和驾驶员核对身份信息，无误者才放其入内；车辆拉进什么东西、拉出什么东西都要事先报备，保安员要对车上物品进行核对，无误后将其放行，并对进入车辆指定到合适位置处停放，直到卸货、装货完毕才撤离。"

上级部门工作人员进入施工场地，布置、检查也要提前下达通知，由"印象·西湖"工作人员到门口接应他们，保安员才允许领导和检查人员入内。保安班长姜家民在北山路门人员通道值班，杭州市公安局八处（市警卫局）处长（局长）想进入施工场地，"印象·西湖"工作人员没有到门口接应，姜家民也没有得到任何通知。市警卫局办公楼就在苏堤北口跨虹桥边上，离"印象·西湖"演出场地非常近，尽管姜家民确认此人是局长，但仍把局长大人挡在大门外。意想不到的一幕发生了，局长狠狠表扬姜家民，说他工作认真很有责任心。局长说："能遇到这样讲原则的保安员，我心里一块石头落地了。"

姜家民再接再厉，常有工作来往、联系紧密的水域管理处、岳庙管理处领导和熟人想进去看一眼，都被姜家民一概拒之门外。哪怕天王老子想入内，一律不准！

姜家民脾气很倔，其实这是保安员的一种原则性、责任心，希望顶头上司和熟人别怪他。姜家民说："我们保安员很敬业，连吃饭都不离开值班工作岗位。"整个 G20 下来，姜家民瘦了 20 斤。

普通保安姬乃超在苏堤门值班，白天货车进出比较稀少，一到晚上 10 点过后，货车似流水般地汇聚到施工现场，值班员忙得不可开交。尽管如此，姬乃超仍不忘检查违禁物品，比如汽油、菜刀等物品。姬乃超说："有的施工队在现场搭建工棚住，他们违规使用热得快、电炒锅等大功率家电，保安员一旦发现，立即通知驻点民警到现场处理。"姬乃超还告诉我，每次烧电焊，保安员一个点一个点地围在电焊工身边，手持灭火机，他们都经过消防培训，掌握火灾扑救的办法和技术。姬乃超说："火灾一次没有发生，电线短路出现过好几次，电线着火我们也能救。"

除了门口值班的固定岗，还有周边巡逻岗。刚开始，半个岳湖围起来，后期整个岳湖围起来。白天，由公安民警带保安员巡逻；晚上由保安员独自巡逻，遇到意外情况向驻点民警打电话，报告可疑情况。不论白天还是晚上，每小时巡逻 1 次雷打不动。夏天，岳湖无遮无挡，保安员皮肤被晒得通红；冬天，湖风干燥阴冷，保安员皮肤多处龟裂。

施工期间，保安员管了许多不该管的事情。自动伸缩雨棚建造时，要打很多深桩，弄得泥浆四溅，现场根本无法走路，而上级部门又隔三岔五地来检查。"印象·西湖"工作人员大多数是女孩子，哪能干这样又苦又脏又重的活儿呢？保安员义务承担起冲洗泥浆的工作。整整两个月时间，姜家民天天像个泥冬瓜，好在家离得比较近，弄脏后回家洗个澡，换上干净衣服再来上班。

张艺谋既是"印象·西湖"的"铁三角"之一，也是《最忆是杭州》的总导演。在他的指挥安排下，排练工作在各个剧场先后展开，随着施工逐步成形，特别是水上舞台正式启用，"老谋子"让演职人员进入现场开展排练和合练。施工、排练阶段，保安员特别辛苦、特别累，除了承担安保任务外，同时兼任后勤辅助工作，为演出团队搬运道具，替演员送水、送饭等上门服务。演员早上起床都很晚，晚上却精力充沛，常常排练到深夜两三点钟。排练结束，保安员要收拾场地，归置道具，忙得不亦乐乎，一天睡眠不到 3 小时。

有演员抽烟比较多，要携带打火机进场。演员们不知道事情轻重，打火机属于违禁物品，查实是要处理的。李峰不忍心他们被查处，只能耐心劝说，没收携带的违禁物品，久而久之抽烟者大大降低。

2016 年 9 月 4 日下午，离正式演出不到 4 个小时，突然暴雨倾盆，下了半个多小时，观众席上全是积水。红地毯是为习近平总书记和国外元首铺设的，"印象·西湖"工作人员和全体保安员开展紧急排水。他们用扫把扫，用拖把拖，甚至用电吹风吹，终于在贵宾到来之前将积水彻底清理干净，体体面面地迎接中外元首出席，观赏《最忆是杭州》精彩表演。

正式演出时，场内只留下 3 名保安员，李峰在消控室值班，也是警卫局的一处备用场所；姬乃超在座椅仓库岗位，负责自动调节座椅位置；姜家民在岳湖戏楼船上，随时扑救燃放礼花而引发的火灾。他们听

蹭演员照片（图为姜家民，景区保安公司供稿）

得见声音，却看不到画面。事后，他们通过电视回放，将精彩演出美美地欣赏一遍。

演出结束的第二天清晨6时，公安、武警与五大队进行"印象·西湖"演出场地交接仪式。场地内有舞台设备、灯光音响、道具等贵重物品，容不得任何闪失，场地仍归五大队看护。当时只有6名保安员有通行证，其他保安员都已遣散，无法进入演出场地。陈罡安排4名保安员看大门，2 名保安员巡逻，看大门的保安员 1 人站岗、1 人坐岗，每小时轮流看护；巡逻的保安员每小时巡逻 1 次，角角落落都巡到。他们每天工作 16 个小时以上，三餐都吃方便面。其中李峰、姜家民、姬乃超都有通行证，他们坚守五天五夜，直至 G20 峰会完全撤岗为止。

"印象·西湖"主办方将峰会版节目进行缩减，保留 70% 左右，于 9 月 16 日开始复演。连续复演 40 天，每天演两场，每场 50 分钟，保安员又管了许多不该管的事情。白天岳湖为开放式景区，下午 5 点封场，他们先把演出场地用帐幔围起来，将座椅摆整齐；晚上开场前，一方面维护场内秩序，另一方面在苏堤北口、曙光路口、北山路与杨公堤转弯处，配合交警维持交通秩序；正式演出时，义务担任消防员和救生员，火灾从来没有发生过，女演员曾经失足落入西湖，都是保安员救她们出水的；演出结束，疏散观众，捡拾丢失手机、钱包等物品，并自觉上交；他们还将舞台冲洗干净，等待下一场演出……周而复始。等两场演出全部结束，再拉着手推车拆除、回收帐幔。

"印象·西湖"安保部经理叶国庆说："保安员虽然做了一些细枝末节的事情，但他们的工作非常有意义，为《最忆是杭州》精彩演出起到保驾护航的作用。"

大事件中的平凡人

一群平凡之人，普通得不能再普通了。当国家有重大事件、重要政治任务下达时，他们挺身而出，撑着脊梁，与党和国家共担当，并始终保持默默无闻的低姿态。我要说的这群人，有一个共同称呼——保安员。

G20 杭州峰会正在紧锣密鼓地筹备，离开幕剩下不到 1 个月时间，西湖区文新街道骆家庄农居点和新金都城市花园小区接连出现邪教"FLG"传单，矛头直指党中央。有居民反映，自家信箱收到传单；有村民诉说，自家门缝发现传单，消息一一汇集到文新派出所。邪教组织如此猖獗，遏制邪教是 G20 杭州峰会安保工作的重要组成部分，派出所高度重视，在所领导带领下成立专案组破案。

杭州西湖安保集团公司驻文新派出所保安中队有一支便衣队，负责侦破此案工作的所领导将任务布置给便衣队员，王南南、罗小琴分别接受新任务。所领导吩咐他俩，到出事小区收集情况、调取该小区视频监控，查找破案线索。

王南南、罗小琴在新金都城市花园小区地下车库，搜到大量邪教传单，他们调取车库监控，从视频中发现一个二十来岁、学生模样打扮的年轻女子很可疑。王南南和罗小琴将视频监控看了整整一晚上，搜到她的一张正面照，锁定散发邪教传单的嫌疑人，案件取得突破性进展。警方通过人脸识别技术，查找嫌疑人行动轨迹，终于找到她租住的一处出租屋。

次日上午，民警带领便衣队按迹循踪，可他们扑了一个空，嫌疑人没在家。带队民警出示搜查证，让房东打开出租屋，进门一看，出

便衣队回放监控（西湖安保集团供稿）

租房面积很小，看样子不像长期居住。房内有一台笔记本电脑、一台打印机、一刀刀白纸，地上杂乱堆放着邪教的传单。

为了打一个措手不及，民警没有惊动她，而是让便衣队员留在出租房附近蹲守，一旦发现她回来立即告知，由公安民警实施抓捕。

8月的杭城格外炎热，气温高达三十七八度，地面温度更高。王南南、罗小琴在无荫可蔽的小区主干道，头顶西晒太阳，柏油马路犹如烤箱，上晒下烤衣服湿了很多遍，湿了晒干、干了又湿……一层层盐渍像花朵一样好看。

他们在大太阳下整整暴晒4个多小时，终于等来"姗姗来迟"的嫌疑人。只见她上身穿白色短袖套头衫，下身搭配橙红色的裙子，背一个双肩包，晃晃悠悠从西门进入小区。王南南仔细辨认，她的衣服、裙子、双肩包与监控视频中一模一样，走路姿势亦相同。确认无误后，罗小琴一边打电话报告派出所民警，一边亮明身份，请她出示身份证、居住证等证件进行核对，故意拖延程某回出租屋的时间，等待民警实施抓捕。公安民警及时赶到，要求程某打开双肩包检查，嫌疑人乖乖打开双肩包，包内藏着上百张邪教传单。民警进入出租屋，将她的笔记本电脑、打印机、邪教传单等物品统一收缴，还将嫌疑人和收缴物品一并移交给国保大队，程某受到刑事拘留处理。

为此，王南南荣立杭州市公安局颁发的一等治安奖章，罗小琴获二等治安奖章。由于众多保安表现出色，公司被杭州市委、市政府评为"服务保障G20杭州峰会先进集体"。

杭州市下城安保服务公司驻浙江省公路运务大楼保安员杨智贤，通过视频监控发现一名形迹可疑人员；与此同时，运务大楼的一名工作人员也将情况反映给保安六大队：有一个外来人员，背着一只鼓鼓囊囊的挎包。与杨智贤报告大同小异。

运务大楼地处杭州闹市中心，面朝体育场路，隔着一条马路与省政府相邻，运务大楼有任何风吹草动，都将影响省会城市的声誉。从今天开始，离G20杭州峰会开幕只剩7天时间。杨智贤怕他做出出格事情，要是影响G20峰会如期举行，自己将愧对身上的保安服，对不起杭州人民，辱没党和国家的声望。

慰问锦绣公寓驻点保安（下城安保集团供稿）

　　杨智贤离开监控室，跟随可疑人员一层层地爬楼梯。可疑人员爬上 15 楼走进楼道，当他打开面朝马路的窗户时，杨智贤和运务大楼其他工作人员迅速将可疑人员控制住。运务大楼保卫科长从可疑人员挎包中，搜出一条长约 20 米、白底黑字的横幅（大意为反人类、反社会）。由于杨智贤及时发现并快速处置这一突发事件，当地街道和运务大楼对他作出表彰奖励的决定。

　　下城安保公司具有光荣历史和传统，是首届"全国先进保安服务公司"、第二届"全国十佳保安服务公司"，整个 G20 峰会期间，共投入 5688 名保安员参与峰会安保工作；在会议召开前两个月，为公安机关提供破案线索 72 条，配合公安机关破获各类刑事案件 47 起，协助民警抓获各种犯罪嫌疑人 37 人，保安员因公负伤 1 人。很多保安员舍小家、为国家，有的生病，轻伤不下火线；有的亲人去世，没有看最后一眼；有的将妻小送回老家，一心扑在工作上；有的连续作战，不说半个不字……

　　在 G20 杭州峰会进入 70 天倒计时时，浙江省安防协会召开专项动员大会，向全省技防部门倡议：护航 G20，当好技防兵！

下城安保公司技防工作走在全省乃至全国前列，连续 3 届获"中国联网报警运营优秀企业"。工程部积极响应省协会号召，建立 24 小时值班制度，经理沈涛、副经理吴雪辉以身作则，带头吃住在工程部，没有回过一天家。其间，吴雪辉妻子做锁骨钢板手术，他没到医院护理；岳父突发急病住院 18 天，他没到病床尽孝。西泠印社与楼外楼交界处等西湖周边重点路段存在监控盲区，上级要求及时增补。鉴于文保单位施工有特殊规定，正常施工少说要一两个月，沈涛、吴雪辉带领工程部员工加班加点，只用 20 天时间便啃下硬骨头。

俞磊是工程部应急响应小组负责人，修复损坏线路和设备是应急小组主要职责。无论刮风下雨，晴天烈日，俞磊都带着大家穿行于马路小巷，有时登高，有时钻入窨井盖下，工作环境比较险恶。环城西路省人民大会堂门口发生黑屏故障，应急小组立即响应。他们开着登高车赶赴现场，俞磊站在登高车上，摸了摸球机，火烫火烫，皮肤不小心被烫起水疱。省人民大会堂地理位置特殊，俞磊来不及多想，立即换了一台新球机，打电话询问，黑屏故障消失了。那段时间，来杭州游玩的旅客特别多，入住登记与公安联网，武林路汉庭酒店电脑出现故障，不能与公安机关平台联网。半夜三更打电话给俞磊，他只身前往修复。经检查，并非身份证读卡机发生故障，而是整个酒店网络设施没有规划到位，问题出在核心交换机上面，属于"胎里"毛病。俞磊帮酒店换了一套临时设备，前后花了两个半小时，到单位已是后半夜。G20 峰会召开当天晚上，俞磊例行到百井坊附近巡检，发现两个机箱被莽撞司机开车撞破，带电导线裸露在机箱外面，危害过路行人安全，后果不堪设想。老机箱与电线杆子联结在一起，需要切割才能更换机箱。俞磊守在机箱旁，打电话报告故障情况，增援队即刻赶到。监控设备仍在使用中，更换机箱就要切换电源和视频传输线，正常切割要影响视频监控两个多小时。G20 峰会正在召开，监控不应该长时间空白，俞磊仅用十几分钟完成电源更替，大大缩减视频监控空白时间。

人防工作同样在紧锣密鼓地展开。特保部对危化品开展拉网式排查，不让个别人心存侥幸。班长张洁排查到某小区一幢单元楼时，闻到一股刺鼻气味，顺着门缝看见室内堆放大量瓶瓶罐罐，不知为何物。张洁拍照取证，及时向社区汇报，派出所民警及社区工作人员纷纷赶到。经化学鉴定，室内堆放大量二甲苯、乙醇等50多种危化品，及时清除主城区内"定时炸弹"。驻兴业银行杭州分行保安员赵从武，发现一名形迹可疑人员拎着汽油桶走进银行，并在大厅东张西望。赵从武向他敬了礼，说道："请问您办理什么业务？"可疑男人说："我不做什么，随便看看。"赵从武说："这里是银行，无关人员不能随便参观。"接着又问道，"您手里拎着汽油桶，里面装的是汽油吗？如果有，请您速速离开！"男人亮明身份，原来是派出所民警，穿着便衣拎着空汽油桶实地检验保安员是否负责，赵从武通过了上级部门的暗访。

下榻温德姆酒店的为一位外国元首。温德姆酒店与别的宾馆不同，北边是温德姆酒店，南边是锦绣公寓，两幢楼窗户对着窗户，比邻而居。经公安机关和下城安保公司联合排查，锦绣公寓长租户共33户38人，有中国人、日本人和韩国人，全是外国人和外地人。峰会前后10天，锦绣公寓安保工作由下城安保公司安保二部负责。经理胡青峰对队员做出分工：一是定点守护，每个楼层安排5名保安员，白班从早7点到晚7点，晚班从晚7点到次日早7点，上厕所和吃饭由别的队员顶岗。长租户出门时保安员送到安检口，进门时到安检口接人，并陪同送进房间；外来人员进出公寓，保安员一律陪进陪出。二是机动巡逻，每次安排5名保安员，半小时巡逻1次，巡逻队员不准乘电梯，只能走楼梯，一旦发现长租户打开窗户，及时提醒。

8、9月份，正是杭州炎热的季节。锦绣公寓中央空调全部关闭，房间内有空调，走廊上无空调，走廊像蒸笼一样难受，一班岗下来人会虚脱。保安员早出晚归，住公司集体宿舍，除了早餐在公司吃，中餐、晚餐、宵夜全是方便面、八宝粥，吃得胃酸直冒。一人例外，24小时长住公寓楼，他叫赵天奇——锦绣公寓现场负责人。10天时间，赵天奇在公厕洗澡，单人沙发睡觉，时不时爬起来顶岗，检查队员脱岗、打瞌睡情况，每天睡眠不足3小时。他说："驻点期间，队员都是好样的，不叫苦不叫累不打瞌睡，精神抖擞值班和巡逻。"我问赵天奇："有没有看见外国元首的模样？"他说："总统到银泰百货商店买鞋子，远远看到过。"我问他："你们为总统值班、巡逻，总统浑然不知，值不值呀？"赵天奇说："当然值！我们代表的不是自己，而是国家，公司被市委、市政府评为'服务保障G20杭州峰会先进集体'。峰会之所以开得这么成功，也有我们一份力吧！"

我赞同他的观点。

连老外都对G20杭州峰会安保工作赞不绝口。

浙大一院是G20峰会医疗保障定点医院之一。作为杭州市安保集团派驻浙大一院的保安中队长，黄忠德从准备到结束整整忙碌1个月。这段时间，黄忠德母亲患病住进老家医院抢救。黄忠德3岁丧父，上有姐姐和哥哥，母亲改嫁时只带走他这个小儿子，母子俩相依为命，感情深厚。同母异父的弟弟打来电话：母亲病危通知已发出，再不回来恐怕连见最后一面都难。

工作在左，至亲在右，拷问黄忠德。如果回去看最后一眼，保安中队就会群龙无首，定点医院安保工作怎么办？黄忠德跟母亲的主治医生打电话，请他使用贵重药物，尽量延长母亲生命，等峰会结束回老家尽孝。

那段时间，黄忠德和队友们加班加点，睡觉时间都没有。G20峰会期间，每天深夜会有三四位重要贵宾入院治疗。接到通知，黄忠德根据预案做好一人一策安保方案，设计好行车路线，精确到分秒，不出任何差错。其中最重要的贵宾随身携带四五个保镖，保镖对黄忠德安保动作很满意，竖起大拇指夸奖他。黄忠德不知道贵宾姓甚名谁，只知道他带着一大群保镖，肯定有来头。峰会结束当天晚上，黄忠德接到弟弟来电，告诉他母亲下午去世了。黄忠德泣不成声。

峰会前3天，浙江卫邦保安服务公司派驻招商银行监控中心保安班长杨永锋从监控视频发现，两个男人进入文晖支行自助银行，他俩没有办理正常业务，而是对存取款设备插卡口、出钞口反复查看，对自助银行防护舱、卷帘门进行观察。二人的反常举动引起杨永锋警觉，G20峰会对杭州各行各业都是考验，他立即按自助银行远程监控防范预案开展远程对讲："你们好，我是招商银行监控中心值班员杨永锋，请问你们有什么需要帮助的吗？"他俩听到对讲不作回答，自行离开自助银行，前后不到 1 分钟时间。

杨永锋将情况立即报告招商银行监保部领导，监保部向杭州市公安局作了汇报。当天，市公安局反馈这两人是外国记者，他俩在巴西很有名，专门调查和试探中国自助银行安防情况。当天晚上，新闻联播报道外国记者接受中央电视台记者采访，他们称赞 G20 杭州峰会安保工作做得好！

这可不是我说的。引起国内外媒体关注的，还有 G20 女子巡逻队。

"西湖十一景"

西湖边，白堤上，春意渐浓，和风轻拂，杨柳依依。

在平湖秋月景区，依稀听到"立正，整理服装"的口令声，着装整理完毕，一名姑娘娴熟地下达"向右转，起步走"的命令。两列队伍迈着整齐步伐，由平湖秋月出发，往断桥方向徒步巡逻，一列 10 人，一名指挥位于左侧，共 21 人，清一色的年轻女性。

她们身着藏青色春装，肩章上有三潭印月图案，臂章上有"女子巡逻队"中英文字，头戴贝雷帽，脸上架墨镜，肩背执法记录仪，腰扎武装带，武装带上挂着对讲机、自备水壶以及随身携带"百宝袋"，袋里装着西湖旅游地图、果壳袋、小孩玩具等，其中有 4 名队员肩背小药箱，箱内装有晕车晕船贴、创口贴、冰宝贴、绑带、纱布、酒精棉、AED 心脏除颤仪、针线、女性卫生用品等常用药品和应急物品。

"英姿飒爽，美哉西湖！"

"西子巡逻西子，绝配中的绝配呀！"

"太酷啦！"

"真拉风！"……

围观群众一波接着一波地跟在女子巡逻队两侧，人们用照片和视频向朋友圈、向全世界发布消息，使用频率最多的二字——"惊艳"。

白堤巡逻（女子巡逻队党支部供稿）

到达断桥口，女子巡逻队分成 4 个小组，一组折返白堤，沿孤山、北山街巡逻，每趟大约 4.5 千米，一日巡 3 趟；二组沿一公园至六公园、西湖天地、钱王祠巡逻，每趟大约 6 千米，一日巡 2 趟；三组折返白堤，沿苏堤、雷峰塔巡逻，每趟大约 6 千米，一日巡 2 趟；四组乘车到灵隐寺，在灵隐景区巡逻，每趟大约 3 千米，一日巡 4 趟。每组 5 至 6 人，最后一名肩背小药箱，兼具简单医疗救助服务。

这是发生在 2016 年 4 月 30 日上午 9 时杭州西湖边的新闻。那天，"五一"小长假刚刚开启，白堤、苏堤、湖滨景区人头攒动，一派和美景象。

事后知道，为了服务 G20 杭州峰会圆满召开，杭州西湖风景名胜区行政执法局专门组建一支 G20 女子巡逻队，采用"贴心服务 + 柔性管理"的方式，向世界展示西湖山水之美和人文之美。

对杭州而言，没有哪次活动超得过 G20 峰会，全市上下、各个部门全力以赴认真对待，积极主动服务。西湖是中国的，也是世界的，联合国教科文组织于 2011 年将杭州西湖纳入世界遗产名录，外国友人凡到杭州，必看西湖。G20峰会期间，国内外政要、国内外媒体记者、国内外游客纷至沓来，首选之地、必到之地是西湖。如何在G20峰会期间展示杭州大气、西湖神韵，成为杭州西湖风景名胜区各个部门首要任务。

世界互联网大会落户乌镇，景区执法局赴乌镇学习取经，当地城管部门介绍乌镇"巾帼女子方阵"情况，令前来学习的景区执法局G20保障办公室主任赵丹眼睛一亮。她向局领导建议：组建G20女子巡逻队。局领导和上级机关一致同意，其职责定位：维护西湖景区面上管理秩序，为游客提供咨询和服务，对不文明行为进行劝导，配合处置突发事件。

"欲把西湖比西子"，苏东坡把西湖比作天生丽质、倾国倾城、沉鱼落雁的西施。想在西子湖畔巡逻，女子与西子须相得益彰啊！既要有容貌，也要有素质。招聘设置硬条件：符合年龄要求、身高1.65米以上、英语四级以上、全日制本科应届生，最终从浙江理工大学、浙江财经大学、浙大城市学院、浙江传媒学院等高校物色21名女大学生。她们平均年龄24岁，平均身高1.68米，英语四至六级，一名懂日语，一名会韩语，组建起一支25人的G20女子巡逻队。其中4人由公务员兼职，赵丹兼队长，女大学生采取编外用工方式聘用，编外队员日常工作和管理归景区执法局负责，人事关系归景区保安公司负责。21名女大学生全部考取保安上岗证，是正宗保安员！

仅有颜值和大学毕业证书远远不够，她们需要学习相关业务，养成军人作风。集训在封闭环境中进行，为期1个月，上午学理论，涵盖法律法规、城管业务、西湖文化知识、急救知识、礼仪礼节、英语会话、媒体应对等；下午训体能，包括队列、仰卧起坐、五公里越野等。军事教师翟成杰，曾在中国人民解放军陆海空三军仪仗队服役，他的动作达到国内最高水准，队员一举一动规范而标准；化妆教师金承源，曾任迪奥国际首席彩妆师，他把绝活亮给她们，女子扮相容貌焕然一新、非同一般；服装设计师胡琼，现任浙江理工大学副教授，她把西湖元素融入3套巡逻制服设计中，其中春秋装和冬装获得国家专利，不爱红装爱武装成为姑娘们的最爱。

刚开始，学理论显得枯燥乏味，例如西湖周边景点介绍、宗教知识普及、公交路线、车站位置、游船班次、码头位置、车船票价格、洗手间位置等，都要一一背出来，做到有问有答，对答如流。这些"90后"姑娘大多为独生子女，从小在家中备受宠爱，加上身单力薄，每天体能训练 12 个小时以上，弱不禁风的她们累得筋疲力尽，脚底起泡，甚至发生晕厥倒地的现象。

"护航 G20，最苦最累都不怕"的光荣感、使命感深入姑娘的血液，激发起士气和斗志。30 个日日夜夜一晃而过，人文景观知识测试、与中国新闻社记者面试、双语会话交流、心肺复苏、急救包扎……人人过关，女大学生以优异成绩迎接即将到来的使命与担当。她们曾到天安门国旗护卫队训练队列动作，护卫队一名教官点赞道："你们动作标准，跟女兵一个样子！"

黄方玥用"终生难忘"定义这次封闭式集训，凭借努力、韧劲、使命、担当精神在众多姑娘中脱颖而出，被任命为副队长，成为站在指挥位置、下达口令的那个人。

正式亮相前，姑娘们着便衣进行实地考察，依照巡逻路线走了一遍。精彩亮相后，市级、省级、国家级媒体纷纷报道，护航 G20，杭州多了一张新名片。

在好评如潮的正面报道中，夹杂着"作秀""花瓶"等负面议论。这些还没有拿到大学毕业证书、初入社会的年轻姑娘笼罩在"网络暴力"阴影之中，不少队员感到委屈，偷偷落泪。黄方玥是全队主心骨，她鼓励大家："越是出现杂音时，我们越要挺直脊梁、脚踏实地，用实际行动反驳那些不和谐的声音。翟成杰教官的口头禅是：好男儿流血流汗不流泪。姑娘们，宁肯流汗不流泪！我们全心全意为市民游客服务，为 G20 峰会多做贡献，就一定有我们女子巡逻队存在的意义和价值！"

队员来自五湖四海，G20 峰会落户杭州，是杭州和浙江的荣耀，也是中国的荣耀，有幸服务 G20 是自己的荣耀，人生能有几回搏啊！姑娘们擦干眼泪，将委屈咽进肚子，她们装扮一新："花瓶也罢，作秀也罢，我们就要做西湖的护花使者，为 G20 峰会增光添彩！"

西湖周边寸土寸金，个别商家摆摊超出店门是个老大难问题，女队员一旦上门劝说，商铺老板立刻整改，并将整改进行到底。游客踩踏草坪、在西湖里洗脚、乱扔烟蒂、跨越栏杆、摘花爬树、躺卧座椅、投（喂）鱼、遛狗……经常发生，男性管理人员劝说时常常与市民和游客发生争执，G20女子巡逻队有专门劝导用语：

——遇到踩踏景观草坪：游客，您好！（敬礼）请从草坪里出来，感谢您的配合！

——遇到洗脚：游客，您好！（敬礼）请您注意安全，西湖边不允许洗脚，感谢您的配合！

——遇到躺卧：游客，您好！（敬礼）请问您身体哪里不舒服？我们有小药箱或许可以帮助您（如果没有身体不适，提醒长椅不允许躺卧），感谢您的配合！

——……

女队员只要开口，甚至使个眼神，市民和游客都会予以配合，自觉纠正，劝导不文明行为的成功率和游客满意率始终保持在100%。

大部分时间，G20女子巡逻队要为市民和游客提供服务与帮助。游客问路，她们答；老人小孩走失，她们找；小病小伤，她们治；突发急病，她们叫120；失足落水，她们救……黄方玥曾经遇到过因生理期而没有卫生用品尴尬不已的女士；江会芳为一对非洲裔夫妇找到走散的小女孩……本地人、外地人、各国游客都为她们竖起大拇指，表扬信雪片一般飞来。

队员每天要走12千米至15千米，双休和节假日超过20千米，每月的生理期也不例外。走着走着，粉嫩的脚丫起了老茧，脚底板大了一圈，江会芳原先穿37码鞋子，后来穿38码还嫌小。

6、7月份是江南梅雨季节，天气又潮又闷又热，呢料做的贝雷帽戴在头上，不一会儿便汗津津、湿答答，头发像有小虫子爬一样难过，翟教官要求走队列不允许做小动作，姑娘们咬牙忍耐。巡逻衣帽武装带等装备一应齐全，齐步走讲究队列和队形，手臂摆动自然，前后步伐一致，每步75厘米，每分钟120步左右，尤其是巡逻距离比较远，走不多久姑娘就大汗淋漓，厚厚的衣衫被汗水湿透。深颜色的制服特别吸汗，江会芳每天下班乘地铁回家，发现很多乘客离她远远的，是身上散发出来的阵阵臭馊味令乘客对她敬而远之，为此，景区执法局专门为她们盖了一个简易浴室，使姑娘们清清爽爽、漂漂亮亮地回家。

杭州盛夏特别难熬，烈日当头，骄阳似火，西湖边游人稀少，在气温直逼 40 摄氏度的"烧烤"模式下，G20 女子巡逻队照样巡逻。黄方玥说："天气这么热，最怕游客突然中暑，所以我们备了仁丹和藿香正气丸等解暑药品。上午刚巡了一半路程，藿香正气丸已经用完，只剩一盒仁丹了。下午气温更高，我们准备多带点。"

盛夏的白堤处在 360 度无死角暴晒之下，地面温度高达 50 多摄氏度，尤其是下午 3 至 5 点，太阳西晒，两侧湖面反射强烈阳光。怕游客中暑，年轻姑娘自身难道不怕中暑吗？有女队员晕倒在马路上，队友将她转移到阴凉处，帮她服药，替她扇扇，驱散体内热量。中暑女队员苏醒后站起来继续巡逻，职责告诉她们：轻伤不下火线！

有了经验的积累，她们变得愈加成熟，出发前先吃下一粒藿香正气丸，脸上、手上再涂抹防晒指数最高的防晒霜，一涂好几层，单位配了多套夏装——巡一天至少要换 3 套服装。天长日久，习惯成自然，她们渐渐适应"蒸笼天""烧烤天"。

高温天气，西湖夜游的游人摩肩接踵，G20 女子巡逻队自我加压，开启夜间巡逻模式。从早到晚累了一整天，姑娘们回到宿舍已是半夜，洗完澡后相互按摩按摩，听听音乐看看书，玩玩自拍发发朋友圈……累并快乐着，等待她们的是一个崭新的明天！

秋风阵阵，钱塘江畔白云朵朵，秋高气爽，杭州高朋满座。G20 杭州峰会取得圆满成功，在 G20 发展道路上树立中国丰碑，展现中国精神，彰显中国气派，显示中国力量，让各国政要和经济大佬"最忆是杭州"。

习近平总书记在 G20 杭州峰会总结表彰大会上强调："要在全社会大力弘扬广大干部群众表现出来的主人翁意识、爱国主义精神、无私奉献精神，使之成为培育和践行社会主义核心价值观、推进社会主义精神文明建设的重要内容，为实现'两个一百年'奋斗目标、实现中华民族伟大复兴的中国梦提供强大精神力量。"

主人翁意识、爱国主义精神、无私奉献精神在 G20 女子巡逻队每位队员身上得到充分体现。从4月30日亮相到9月5日峰会结束，共129天时间，据不完全统计，姑娘们累计巡逻距离相加超过5万千米，绕地球一圈多，劝导不文明行为1万余次，为游客提供咨询服务和帮助1.1万余次，提供医疗服务近千次，妥善处理各类突发事件3起，劝导不文明行为成功率100%，游客满意率100%。

峰会期间，国内16家主流媒体、境外12家著名媒体纷纷报道G20女子巡逻队的消息，国务院新闻办公室以"西湖别样美"进行跟踪报道，评价女子巡逻队在G20期间代表中国的国家形象；新华社称这与当初打造"服务型""贴心型"队伍目标不谋而合；《人民日报海外版》称"女子巡逻队，靓丽风景线"；人民网称赞她们"让西湖有颜值还有温度"；香港《南华早报》写道："这些女性巡逻队员……是杭州最受欢迎的旅游景点"，报道称"在西湖景区巡逻时，游客纷纷给她们拍照"……

峰会结束后，G20女子巡逻队或保留或解散的问题摆到景区执法局面前。

前一阵子，国家住建部倡导城市管理"721工作法"，即：70%服务、20%管理、10%执法。管理有刚性与柔性之别，执法有暴力与非暴力之分，柔性和非暴力更容易被接受、被采纳，G20女子巡逻队与"721工作法"完全吻合。作为编外队员的她们没有资格执法，只能起协助配合作用，女子巡逻队存在的全部意义和价值所在是服务与管理；中国新闻社则认为她们的身份远不止文明旅游倡导者与城管形象塑造者，而是致力于西湖文化的传播者、杭州城市国际化建设的参与者。在这些方面，女子巡逻队还可以发挥更大作用。

时任杭州西湖风景名胜区管委会主任刘颖拍板：保留现有队伍，改名"西湖女子巡逻队"。她们如今都成了网红，尤其是历经半年左右的艰苦历练，成熟、成长了很多。尽管不少单位抛出橄榄枝，愿凤儿们停栖，但21名姑娘悉数留队，继续她们的巡逻事业。

入冬后，滴水成冰，湖边寒气袭人，嗖嗖的冷风吹透大衣，侵入肌肤，冻得姑娘们牙齿打架，她们靠贴暖宝宝抵御寒冷，巡逻在西子湖畔。疫情期间，她们戴着口罩巡逻，尤其是高温季节，憋得喘不过气来，回到驻地摘下口罩，深深地呼吸几口新鲜空气，弥补缺氧产生的头晕目眩。当然，贝雷帽于次年夏季便由呢绒改成丝网，透气性能良好，头发不再臭烘烘令人讨厌。

真正的考验是亲情和友情。一年四季天天巡逻，越是节假日巡逻任务越重。景区有景区的规律：节假日必须全员上岗！在别人团聚时，她们却在西湖边巡逻，服务市民游客。姑娘们自嘲：没有朋友、没有亲人，甚至连谈男朋友的时间都没有。外省市队员攒下假期，一年回去1次，不能陪伴亲人和小孩，令她们心生愧疚。江会芳怀孕后，妊娠反应时便到公厕呕吐，洗把脸接着巡逻，4个月时肚子显大才暂停巡逻，之后从事文秘后勤工作；休完产假照常巡逻，哺乳期间婴儿长时间不吸奶，乳房发胀，便去公厕挤奶，宁肯白白浪费，儿子却喝不到母乳，江会芳心痛得落泪。

西湖女子巡逻队的故事见诸报端，走进荧屏，光鲜背后是她们的艰辛和付出。

87岁高龄的杨节乐，亲手制作一张精美画板，上面有从报纸剪贴的西湖女子巡逻队照片和自己创作的诗歌，老人独自从下沙乘坐公交、地铁来到涌金广场，期待一睹姑娘们的风采。那天天气特别冷，杨节乐老人在寒风中等了很长时间。老人在原地站着不动，引起驻地一名保安员的注意，保安员走到老人面前，问道："我是保安，您有事情需要我的帮助吗？"杨老说："我想跟西湖女子巡逻队打个招呼，用我写的诗歌向她们表示感谢！"保安员告诉他，上午巡逻已经结束，下午巡逻还要等很长的时间。杨老说："女队员为G20做了很多工作，我为她们骄傲。一个退休老师，我不着急，慢慢等。"保安员有女子巡逻队的电话，此刻黄方玥正在返回途中，她让驾驶员掉头，带着5名队员赶到涌金广场与老人见面。老人在电视上看见过她们，双方相见分外亲切，他们互留了地址和电话。

两个多月后，黄方玥带着队员回访老人。杨老和老伴喜气洋洋，把她们当作孙女看待，黄方玥和队员亲切地称他们"爷爷""奶奶"。逢年过节，她们派代表上门嘘寒问暖，送上节日礼物；每逢队里搞活动，她们派车接杨老夫妇到队里一起欢乐。杨老对西湖女子巡逻队十分关心，冷了怕她们挨冻，热了怕她们中暑，还写了很多赞美诗，歌颂她们的事迹与精神。杨老为所有队员写了"嵌名联"，其中写黄方玥——方兴未艾无止境，玥光异彩正风华；写江会芳——会聚贤良诚报国，芳名志士最深情。

杨老想在晚年出一本诗集，苦于经济拮据没能如愿。央视《开门大吉》有一笔家庭梦想基金，队员叶露露获得参赛资格，队友江会芳、罗婧加盟亲友团。叶露露凭才艺赢得3000元奖金，全部贡献给杨老，为出版《白杨余韵》尽绵薄之力。

由于年龄的因素，截至目前，有的姑娘考上公务员或事业单位，有的姑娘出国深造，有的姑娘改行调换工作，只剩下7名老队员，其中黄方玥依然担任副队长。

新老交替，作风不改，西湖女子巡逻队先后获得全国巾帼文明岗、浙江省巾帼文明岗、杭州市劳动模范集体、第五届最美杭州人集体、杭州市青年文明号……如今，上午9点到断桥看西湖女子巡逻队巡逻成为网红打卡项目，"西湖十一景"由此诞生。

乾隆皇帝把西湖的"形"带到北京，颐和园被称作"皇家园林博物馆"，西湖女子巡逻队走进颐和园，在皇家园林好好"秀"了一把。颐和园党委书记马文香为西湖女子巡逻队颁发徽章和"颐和园特别通行证"，获得在颐和园巡逻的资格。她们分两组沿昆明湖巡逻，每组走半圈，不光把巡逻的"形"带到颐和园，更把"神"留在北京市民心中。

有名游客不小心将一块展板踢倒，造成一名女士脚部受伤，女士很生气，说："怎么有这么不讲礼貌的人呀？"恰好一列5名队员巡逻走到十七孔桥，看到这一情景，江会芳上前向男人敬礼，规劝道："游客您好，刚才您不小心碰倒了展板，让这位女士受伤。出于人道主义精神，您应该向这位女士道歉。"

在姑娘面前，男人很绅士，向受伤女士道了歉。女士的气消了，可受伤的脚出血不止。一名队员打开小药箱，江会芳敷药为女士消毒，采取喷雾包扎的方法止血。

女士很开心："幸亏遇到你们，我的气消了，伤也好了。你们是颐和园的警察吗？"

姑娘们告诉她："我们是西湖女子巡逻队队员！欢迎到杭州，欢迎游西湖！"

　　女士和周围游客齐声赞叹：西湖美，西子姑娘更美。

在"诗画浙江文旅周"期间，杭州西湖女子巡逻队在北京颐和
园为游客服务（女子巡逻队党支部供稿）

第五章　铜墙铁壁阻疫情

2019 年年底，湖北省武汉市疾控中心发现不明原因肺炎病例，经诊断为新型冠状病毒感染的肺炎疫情。党中央高度重视，习近平总书记第一时间就疫情防控作出重要指示；大年初一，主持召开中央政治局常务委员会会议，决定成立党中央应对疫情工作领导小组，在中央政治局常委会领导下开展工作。中国进入紧急状态！面对毫无预兆且没有任何准备的病毒之战，中国迅速控制住疫情，再次让世界见识中国的强大并非只会耍耍嘴皮子而已。疫情暴发初期，中国各大省份和城市都遭受疫情冲击，但在中国共产党领导下，各级政府、卫生部门、科研机构和城市社区及广阔农村齐心协力、众志成城，牢牢将疫情控制在可控范围。医护工作者成为最美"逆行者"，他们分秒必争，抢救病人，冒着极大风险，有的甚至献出生命；更多社会组织和人员承担起隔离任务，成为最美"坚守者"，其中包括众多保安员，他们默默无闻，任劳任怨，同样面临风险和牺牲。中国的成功之道，在于世卫组织紧急项目负责人迈克尔·瑞安所指的"战略和战术方法都是正确的"。中国战略是有组织的人海战略，战术是最原始的物理隔离。全国医护工作者驰援武汉，武汉"封城"便是有组织的人海战略和最原始的物理隔离。中国有最坚强的党中央，老百姓按防控要求居家、戴口罩。

截至 2020 年 1 月底，除湖北一些城市外，疫情最严重的城市是温州。本章节主要讲述广大保安员在抗击疫情中的所作所为。

守好"第一道门岗"

农历腊月二十三，中国人称之为小年。

当天上午，温州市第六人民医院召开紧急会议，浙江省第一例新冠确诊病例将转入该院治疗。全院上下齐动员，温州市保安服务总公司驻该院保安队概莫能外。温州六院共有 10 名保安员，其中 5 名保安员回家过年，尽管只剩一半"兵力"，但保安队责无旁贷，守护该院防疫的"第一道门岗"：除了要在大门处设卡，登记车辆、人员信息，测量体温，维护秩序外，还要承担确诊患者的引导任务。

每次确诊患者入院，由保安员担任引导员在前面带路，身后患者、消毒员、医护人员排成一列按指定路线行走，消毒员一边走路一边朝空中、地面消毒。从救护车停车位置到隔离区电梯大约有 20 米路程，引导员疏散无关人员，将患者安全护送到隔离区，待乘坐电梯到达指定楼层，消毒员对电梯内外消毒后方可离开。隔离区与 CT 室有 100 多米距离，每次患者做 CT，引导员提前到电梯口等候，引导患者做 CT 并按原路返回，路上同样需要做好人员疏散，避免病毒传染。

殷继峰对 5 名保安员作出安排，2 人设卡、3 人担任引导员，交叉轮换。身为队长，殷继峰将危险留给自己，一直担任引导员。

救护车一路鸣笛，将第一例确诊病例拉进医院。殷继峰严阵以待，车一停稳就在后车门等待，原以为病人躺着进来，殊不知连轮椅都不用，行走自如。毕竟是第一例病例，殷继峰毫无经验，不知该不该跟病人打招呼，如何正确引导。想了一下觉得不说话为妥，殷继峰做个带路手势，领着病人走进隔离区；路上空无一人，不需要警告和疏散。

殷继峰指指电梯，告诉病人自己不能上楼，又帮病人和消毒员关好电梯门，等消毒员下楼帮自己消毒后，才回到值班室。

温州六院专治感染性疾病。刚开始，保安员并不知道新冠病毒传染性很强，目睹第一例确诊病例入院过程：消毒员紧盯病人不放，从确诊患者到随行人员，从空中到地面，从救护车到电梯，一遍遍喷洒消毒药水。随车司机和护士不光要消毒，还要洗澡，更换衣服方可离院。不久，武汉传来病例死亡消息，据说空气也会传染病毒……各种传闻沸沸扬扬、莫衷一是，保安队中弥漫着一股恐慌情绪。

疫情暴发初期，保安员只配发 N95 口罩和一次性手套。那天，殷继峰带病人做 CT，返回时电梯停在楼上，四五个病人将殷继峰团团围住，令他异常害怕。殷继峰打电话向上级反映，过硬的"铠甲"终于配发到位。

毕竟与病人面对面，3 天后一名保安员经不起家人劝说，吓跑了；10 天后，另一名保安员说"给再多钱也不干"，不辞而别。保安队发生"逃兵"现象，令队长殷继峰觉得"很没面子"。

我问殷继峰："你们每月多少工资？"

他说："全部加一起，白班到手 3000 元，晚班到手 2800 元。"我不明白，殷继峰继续解释道："白天事情多，干得辛苦，晚上相对轻松，多劳多得，没错吧！"

我问："疫情期间有没有额外奖励或补助？"

"有。从 1 月 17 日第一例病例入院，到 3 月 5 日温州六院'清零'，总共 49 天，每人每天补助 200 元。不过这笔钱由医院财务打给公司财务，听说要扣 20% 税费。公司觉得这段时间保安队辛苦，额外补贴 10%，实际到手每人每天 180 元。"

吃饭花钱、租房花钱、来回路上花钱、养家糊口花钱……工资接近温州市最低标准，我理解"逃兵"现象。他们不是战士，不是警察，更不是党员，纯粹为有一碗饭吃而已，通情达理地看问题，由不得埋怨和指责。

人手严重紧缺，殷继峰一方面整合保安队力量，自己充当引导员，安排另 2 名保安员设卡；另一方面呼吁公司增派力量。

整整 49 天，殷继峰 24 小时开机，寸步不离温州六院，吃住在值班室。我去过值班室，那里只有 2 张桌子、2 把椅子，难不成坐在椅子、趴在桌子上睡觉？

　　"这里是救护车的必经之路，即使晚上，呜呜声也会把人吵醒。"生怕起床穿衣服耽误时间，殷继峰始终和衣而卧。一切为了病人，一切为了防控，一名普通保安队长的所思所想，深深感染着我。

　　殷继峰的老家在黑龙江省依兰县。16 岁那年，殷继峰参军入伍，成为保卫北京南大门的炮兵战士。19 岁退伍，没有文化、不会手艺，唯有一身使不完的力气，殷继峰到鹤岗兴山煤矿做了一名矿井顶棚支护工。一天至少架 6 个顶棚，每个顶棚 3 根木头，一根木头重达 200多斤。尽管年轻有力气，可一天搬运 18 根木头，每天累得腰酸背痛，什么时候是个头呀？殷继峰起了外出打工的念头。首先来到"下有苏杭"的苏州，干了几年，掰着指头算没有赚到钱，殷继峰回家干回老本行——下矿井。

　　煤矿塌方是家常便饭，当班班长被掉落的石头砸断大腿，殷继峰硬是将班长背出矿井，转危为安。煤矿暗无天日，又苦又累又危险，一旦变鬼魂，自己都不知道怎么一回事。

　　殷继峰追随姐姐南下温州，一同在羽绒厂干活。姐姐干缝纫工，他充填羽绒。当年春节，姐弟俩回老家过年；元宵节后，殷继峰回温州继续干活儿，不料殷继峰来早了，充填羽绒为时尚早。不干活儿等着终究不成，看到温州市保安总公司招人，殷继峰凭着一本退伍证，成了国有公司保安员，一干干了 10 多年。

　　"只要穿上保安服，又有回到部队的感觉。"军人以服从为天职，以牺牲自己为己任。49 天，温州六院一共收治确诊病例 241 例，其中90% 由殷继峰引导，最多一天引导 18 例。大部分病例半夜或后半夜入院，殷继峰常常一夜无眠。

　　我问殷继峰："有没有印象特别深刻的病例？"

　　殷继峰告诉我，一例是小患者，他被爸爸抱着送进隔离病房。爸爸没有被感染，反倒妈妈被感染，被送进同一间隔离病房治疗；另一例是一对夫妻，男的为确诊患者，女的并未确诊，但老婆硬要陪老公一起住院。3 天后，老公体温恢复正常，连续两次核酸检测为阴性，夫妻俩 1 周后康复出院。殷继峰羡慕这对夫妻的豁达与恩爱。

2020 年 2 月 4 日中午，温州市公安局下达指令，要求温州市保安总公司抽调安保力量，增援温州六院抗疫工作。

疫情就是命令，防控就是责任。自疫情暴发以来，温州市保安总公司在温州市人民医院、龙湾区第一人民医院、瑞安市第二人民医院、平阳县人民医院、平阳县中医院等多家医院开展抗疫。以往，派驻保安员一般实行"三班倒"，目前变成"二班倒"，甚至"一班倒"，各大（中）队叫苦不迭，都嫌人手不够，哪有多余的保安员支援呀！

总经理林川江最了解情况，二话不说，克服时间紧迫、人员紧张等困难，从公司各部门、各大（中）队迅速抽调安保力量，组建一支 15 人的增援队伍，其中 5 人服从殷继峰调度，10 人机动待命。殷继峰体谅总经理难处，机动人员从未动用。

如今抗疫工作已成过去式，惊心动魄的场景萦回脑海，让殷继峰久久难忘。

"谢队长，谢队长，听到请回话。"对讲机里传来乐清市人民医院保卫科长余顺友的声音。

乐清市保安服务公司驻该院保安中队长谢仲雨马上应答："余科长，听到了，有事请吩咐。"疫情期间，凡是余科长用对讲机呼唤，肯定有紧急情况发生。

"二楼有病人吵闹，不服从管理，请派保安员上去，阻止事态进一步发展。"

余顺友所指的病人是确诊患者。谢仲雨穿好防护服，戴上护目镜，全副武装走进感染大楼病房。原来，一名当地做水果生意的女患者，担心店里存放的水果烂掉亏本，吃不下饭，睡不好觉，天长日久急火攻心。在隔离病房，找不到发泄对象，恰好护士进来测体温，便朝护士发脾气，将体温表砸烂，摘掉口罩大骂护士。护士怕被她撕破防护服，不得已只好退出病房，并将情况报告保卫科。

谢仲雨站在门外，见她情绪激动，见东西就摔，折腾得没完没了。

谢仲雨请她戴好口罩，她不听，并用脚将口罩弄脏。谢仲雨递给她一只新口罩，"你住院好几天，眼看就要治愈出院，病房全是病毒，难道不怕重新感染吗？"女患者听着有道理，接过口罩戴好。谢仲雨劝她："你这样大吵大闹，影响其他病人休息，既不礼貌，也伤自己身体，何苦呢？"

经商之人，什么风浪没见过，女患者渐渐平静下来。谢仲雨见她是个明白人，劝她向护士赔礼道歉，她点头答应。护士再次测量体温时，她向护士道歉，并照价赔偿体温表费用。

谢仲雨告诉我，有个患者犯上酒瘾，医院不准病人喝酒，隔离区管理更加严格。酒瘾患者力大无穷，医生护士近他不得，医院保卫科请求保安中队"火力支援"。谢仲雨带着队友，首先亮明身份，"我们是医院的保安。"然后义正词严警告道："如果继续破坏公共财产，我们就报警。"酒瘾患者见保安员一副动真格的样子，头脑不再犯迷糊，酒也一下"清醒"了，乖乖接受医生治疗。

像这样处置突发情况，谢仲雨和队员经历过好多次。

2020年1月19日，乐清市人民医院收治首例确诊病例。余顺友科长要求中队开辟特殊通道，守护好"第一道门岗"，与120开展交接工作，负责核对信息，将患者引导到隔离病房，交给医护人员收治入院。

随着病例不断增加，隔离病房急需安保力量，乐清市保安公司派出12名特保队员，增援乐清市人民医院抗疫工作。

何熠是本地人，原本获批第二天回家过年，得知消息后主动请缨，要求参加增援任务，并出任队长一职。除夕之夜，何熠带着12名特保队员准时入驻，负责隔离病房两个通道24小时秩序维护：一个是病人通道，由引导员将病人交给特保队员，只准进不准出；另一个是医护通道，查验出入医生、护士及其他人员的姓名、证件、上下班时间，核对无误方可放行。隔离病房为每个岗位配备一张凳子，因为要接送患者、替他们搬行李、带去验血或做CT，一站便是8小时。特保队员人手少、任务重，何熠比其他队员加班更多，常在轮班间隙抓紧补觉。"站立时间太长，腿和腰像灌了铅一样沉重，睡眠太少，

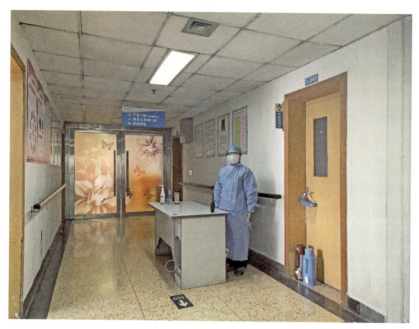

坚守隔离病房（图为章春琳，乐清市保安公司供稿）

眼皮使劲才能睁开。可我知道，特保队员多站一会儿、少睡一会儿，医护人员和病人就会更放心，这是我们的职责和使命！"何熠说："我们都是平凡人，能够在关键岗位站岗放哨，觉得很应该、很值得。"从1月23日领受任务，到4月10日离开隔离病房，何熠和特保队员一直无休。

医院感染科主任赵晖说："疫情开始后，特保队员很敬业，没有地方躺，他们就站着；病人不理解，吵吵闹闹，他们维持秩序。看到他们冒同样风险，受这么多累，吃这么多苦，拿这么少工资，平心而论真替他们感到心酸。"

感染科病房不够用，医院将外科病房大楼改造成隔离病房，两个隔离病房仍然不够，临时建了简易病房，医院要求外科大楼和隔离病房像感染科病房一样配备保安员。原本，特保大队还有剩余队员，因为柳市疫情刻不容缓，剩余队员已全力以赴奔赴柳市。

省内温州疫情最重，市内乐清疫情最重，防疫力量空前紧张是预料之中的事情。让特保大队承担最危险的工作，谢仲雨一肚子不服气，这回他拍着胸脯向保卫科保证：保证完成任务！

余顺友信任保安中队，更信任中队长谢仲雨。医院共58名保安员，基本一个萝卜一个坑，别无他法，只能延长工作时间，谢仲雨绞尽脑汁，将在岗时间延长一倍。尽管如此，人手依然不够，不得已将两名女保安一并调入隔离区病房。

我问谢仲雨："她们在吗？"谢仲雨说："其中一个走了，另一个还在。"我问："能把她叫来吗？"谢仲雨通过对讲机，呼叫章春琳。

在等候章春琳期间，我问另一名女保安叫什么。

谢仲雨告诉我："她叫陈莉娜。余科长曾经问过陈莉娜：害怕不害怕？她说害怕，但这是工作，没有办法，只能上。余科长说，听了陈莉娜的话心里很感动。疫情缓和以后，陈莉娜离开公司，另谋他职。"尽管陈莉娜找到心目中的理想工作，但在疫情急需时刻能挺身而出，我向她表示敬意。

章春琳急匆匆走进值班室，50来岁，齐耳短发，显得干净利索。"中队长派我到隔离区病房，上面怎么讲，我就怎么做。"

以前，妇科门诊只有男保安，服务不太方便，医院要求换成女保安。疫情暴发后，章春琳服从指挥，承担外科大楼病人通道值班工作，一天站10多个小时，她感激中队照顾女保安，不值夜班。我问她："派你进入隔离区，怎么想的？"章春琳说："毕竟有许多女病人，女保安方便服务。看到女医生、女护士干得那么累，能为她们分担一些杂七杂八的事情，我愿意。"我又问她："你老公不怕你感染？"章春琳笑眯眯地说："家里我当家。"谢仲雨点破其中奥秘，"她老公跟她一样，也在医院当保安。"夫妻双双做保安，同在一家医院同样参加抗疫，是巧合，更是一种担当。

谢仲雨用对讲机叫来章春琳的老公林坚兵。我问林坚兵："你老婆进隔离病房，不担心吗？"林坚兵说："只要她愿意，我都同意。在她面前，担不担心没有用。"我问他："真的不在乎老婆的安危吗？""担心是担心，工作还得做嘛。"林坚兵不像名字那样坚强如兵，单位听领导，家里听老婆。我问他俩："在隔离病房，夫妻碰得到吗？"章春琳快人快语，"在外科大楼没有遇到过，到了简易病房，我守医护通道，他守病人通道，常常碰到。"在隔离病房，章春琳坚持两个多月，林坚兵坚守时间更长。

保安队伍中，有多少夫妻、父子、兄弟、姐妹奋战在一起成为亲密战友，我不得而知。他们既不是医生护士，也没有特别专业的护理知识，但在疫情面前，他们无所畏惧，冲在疫情抗击第一线，用血肉之躯筑起一道安全屏障。

谢益龙，温州市保安总公司驻温州市人民医院信河院区保安队长。疫情暴发后，谢益龙每天带领30多名保安员，手持体温测量仪，为每一例来院患者测量体温，不漏掉任何体温偏高者。

陈德泺，温州市保安总公司驻平阳县医院保安队长。曾是退伍战士，也是共产党员，他把"我先上，跟我上"常常挂在嘴边。一次，有名发热的疑似病人等待核酸检测结果中，偷偷跑出医院大门。陈德泺第一时间发现，带着保安员用手拉手的方法将疑似病人围起来，用

坚守隔离点（温州国泰保安公司供稿）

身体筑起"隔离墙"。

洪丽强,温州国泰保安服务公司驻雁荡山景区保安员。2020年2月1日起,乐清市大荆镇因防疫工作需要,数百名隔离人员被转移到雁荡山山庄、百乐大酒店、芙蓉宾馆等场所集中隔离,洪丽强由驻点临时抽调到隔离点工作。每个楼层安排两名保安员防止隔离人员出门、串门,承担一日三餐送餐及回收厨余垃圾工作。

他们没有豪言壮语,只有迎难而上;他们没有白天黑夜,只有随时在岗。余顺友科长对保安员赞赏有加,"我目睹保安中队在抗疫中的辛勤付出,随叫随到、加班加点无怨无悔,面对危险,挺身而出,医院和我都持肯定态度,报酬必须给他们。"

余顺友眼里保安就像孩子一样,他时刻关心惦记他们的安危,甚至跑了好几家眼镜店,为保安员购买护目镜等防疫物资。余顺友所说的"报酬",指他向医院申请给隔离区保安员每人每天300元补助费。谢仲雨告诉我,公司一次性奖励每人800元。

难道这是钱的问题吗?我认为不是,这是一群"位卑未敢忘忧国"的普通人的责任与担当!

坚守引导岗位(温州市保安总公司供稿)

"宅家"时光

温州何以成为湖北域外确诊病例人数最多的"重灾区"？与温州人做生意密不可分。温州在湖北商会总数达 7375 家，在鄂经商人士达 17 万人。大数据分析，确诊患者 60% 左右有湖北接触史，30% 左右无湖北接触史，是被当地感染者感染的。

经国务院批准，国家卫健委发布第 1 号公告：将新型冠状病毒感染的肺炎纳入乙类传染病，并采取甲类传染病预防、控制措施。传染病分甲乙丙三类，乙类传染病中将传染性非典型肺炎、肺炭疽、人感染高致病性禽流感和此后的甲型 H1N1 流感、新冠病毒肺炎均采取甲类传染病预防、控制措施。

2020 年 1 月 29 日，温州市召开打赢疫情防控阻击战视频会议。时任市委书记陈伟俊强调，正月十五前是疫情防控最关键时段，绝对不容错失防控"窗口期"。市委、市政府下达"奋战十天、拿下拐点"攻坚任务。根据省、市有关要求，决定自 2020 年 2 月 1 日 24 时起至 2 月 8 日 24 时，在全市范围实行村（居）民出行管控措施，每户家庭每两天可指派一名家庭成员出门采购生活物资……2 月 8 日，第二次发布通告，将此决定延长至 2 月 15 日 24 时；2 月 15 日，第三次发布通告，提出倡导性意见，倡导非强制性举措，其出发点一目了然。

温州常住人口为 925 万，仅次于杭州，位居全省第二。人口密度为 774 人 / 平方千米，是全国平均值的 5.5 倍、浙江平均值的 1.4 倍。市委、市政府以"不怕兴师动众、宁可十防九空"和"宁可严一点、不可松一毫"的工作力度，严格落实"乡自为战、村自为战、社自为战、楼自为战"战略战术，尽一切可能切断病毒传播渠道。

截至 2021 年 6 月 30 日，全球累计新冠肺炎确诊病例突破 1.8 亿例，累计死亡突破 393 万例；美国确诊病例超过 3365 万例，死亡超过 60 万例；英国等一些欧洲国家，虽然人口没有中国多，但确诊比例远超中国。美国等西方发达国家人均医疗资源远超中国，可疫情犹如乌云压城，迟迟挥之不去。中国的"人员管控、阻断传播"是重中之重的关键举措，非典如此、高致病性禽流感如此、新冠病毒如此……管控是中国抗击一切疫情最美诗篇。

在这场人海战术中，保安队伍是一支不可或缺的辅助力量。温州市保安总公司成立以党支部书记陈体令、总经理林川江为组长的领导小组，停止一切保安员返乡休假，要求中层骨干 24 小时开机，每天出动 2000 余名保安参与政府机关、医院、企事业单位、街道社区、车站码头等地的防控工作。

阻断传播链是疫情防控的重要环节，如何强化史上最严"管控令"，精准落实"2 天 1 户 1 人一出门"措施，成为公安、街道（乡镇）、村（社区）和广大居民头痛的问题。有人"宅"在家里怕清静，有人急需出趟门，有人盼着上班多挣钱……尽管人员外出有登记，但小区住户多，检查台账必须仔细，容不得半点差错，工作效率低，群众意见一大堆。

保安员将一线情况反映给林川江，林川江认为不难解决。温州市保安总公司既注重人防，也讲究技防，他要求技防部用最快速度搞研发，缓解一线燃眉之急。

技防部经理叶成光把这次工作当作政治任务对待，会同相关单位不计成本不讲代价，没日没夜开展产品设计、设备安装、现场试验。针对人流管理、疫情预控、感染防控等要素，短短数十个小时研发出一套"疫情防控人员出入管理系统"。该系统依托乡镇（街道）网格化管理资源，对接公安机关人证比对数据库，通过四个步骤完成对人员出入自动化应用管理。他们在松台菜市场首次试用，结果不尽如人意，信息采集仍较繁琐，管理员和群众普遍不满意。

试用效果不理想，叶成光带领原班人马，再次将自己和团队"封闭"起来，由 1.0 版本升级为 2.0 版本。该版本简化信息采集方式，一旦发现人员违规出入，比如隔离人员出入或 2 天 1 户多人或本人两次及以上出入会自动预警。采集的相关数据，自动录入"智安小区"数据平台，同时系统可接入各类体温检测硬件设备，如道闸、安检门、手持测温仪、热成像摄像机等设备，实现来访人员非接触式快速测温，一旦出现异常自动预警，极大方便管理员识别和处置。

"疫情防控人员出入管理系统"在永嘉县推广后，减少管理机构人力浪费，加快居民通行速度，还能自动生成统计报表，基本解决"手工登记繁、管理效率低"等实际困难，得到用户和主管单位一致好评。

能以最少人力、最小物力、最短时间掌握最为全面的人员出入管理信息，不啻大旱之望云霓。消息不胫而走，政府机关、各大院校、村（居）小区纷纷找上门来，向公司求购"疫情防控人员出入管理系统"。

无论国企还是民企，生存之道都在于利益最大化，林川江偏不这样，他于第一时间捐赠1000套"疫情防控人员出入管理系统"，并向上级和求购单位郑重承诺：无论本地外地，一律免费供应、免费安装、免费维修。

我问叶成光："研发共投入多少经费？"

叶成光说："不计零件采购价格，光研发投入总有好几十万吧！"技防部不管投资，只管研发和维护，不知道具体经费。这本账，只有林川江总经理最清楚。

截至2020年2月3日24时，温州累计报告确诊病例340例，其中乐清108例，占全市31.8%。2月4日凌晨，乐清相关部门召开紧急会议，决定自2020年2月4日18时起，全市所有动车站、高速公路、国省道等对外交通一律暂时关闭；乡镇（街道）之间、村（社区）之间所有通道一律暂时禁行（标本送检、医疗急救、防疫物资及人员运送、指挥调度、民生物资运输等五类车辆除外），恢复时间另行通知。全市所有企业（除疫情防控工作外）一律停工，非群众必需商业、商场一律停业，学校一律不得开课。市民从即日起自行居家两周，每户家庭每周不超过两人次外出采购生活物资，无其他特殊情况一律不得外出。

乐清全境有3个动车站、8个高速公路出口枢纽，其中乐清北高速公路出口枢纽开通不久，监控系统没有安装到位。监管最怕"木桶效应"，补齐短板响应才彻底。2020年2月3日，乐清市保安公司接到通知，要求于2月4日傍晚前加紧安装抓拍系统，供防疫之需。按常规工程至少要4天，技防部经理徐金挑选精兵强将，带着20余人、4辆登高车紧急出动。夜里，寒风刺骨，敖定国、陈照等技术员站在登高车上，手指发麻、眼皮打架，直到拧紧最后一颗螺丝，接好最后一根导线，最后一次调试成功，才从登高车爬下来。他们连续奋战26小时，终于完成安装任务。

技防部又接到乐清市交警大队及相关部门通知，要求对全市1352个卡点的监控设备开展跟踪排查，确保正常运转。技防部人手紧缺，外地员工大多数回家，徐金叫回乐清籍员工，确保技术员24小时在职在岗。尽管技防部工程车辆比较多，但上级只给技防部发了一张"五类车辆"通行证。大荆镇离市区比较远，技防部将这张通行证优先用于大荆巡检使用，其他技术员一律徒步检修。由于卡点量多、面广、线长，技防部兵分多路，提着工具箱、背着电脑包、扛着零部件，穿行于大街小巷、国道省道和村道。他们随身携带统一颁发的通行证，可村与村之间管理方式不同，有的村庄允许经过，有的村庄认证加认人，如果人员不熟悉有证也不许抄近路。技术员只好打电话求助，有

增设高速出口监控（乐清市保安公司供稿）

时电话打不通，只能绕道而行，最远一次绕了 20 多千米。

"老实待在家里，就是对社会最大贡献！"

要求民众"宅"在家里，技术员手机每天计步数万步。

经排查，有的设备老化，有的接触不良，技术员做事认真，总能及时发现，就地修理，没有耽误疫情防控。

雁荡山景区卡点的监控不是闪爆灯不闪，就是抓拍器出故障，徐

安装疫情防控出入管理系统（温州市保安总公司供稿）

金和技术员检查故障原因，发现是电缆老化造成的。徐金决定连夜抢修，换电缆可不像换个零部件那般简单，要挖土、要埋管、要爬上爬下，是个力气活。他们既像民工一样拼命挖土、牵电缆线，又像工程师一样连接线路、仔细检查，直到设备正常运营，将故障全部排除。徐金抬腕看手表，已是凌晨2点30分。疫情期间各街道、各小区实行封闭管理，技术员过家门而不入，回技防部办公室和衣而睡。

一次，技术员金子程完成设备调试任务返回途中，走到柳市镇柳青北路汽车客运中心门前马路时，发现一段护栏严重损坏横在马路中间，影响车辆通行。金子程知道，如今跑的全是用于抗疫的运输车辆，耽搁分秒将直接影响防疫。天冷雨寒，金子程不顾衣服淋湿，坚持清理损毁护栏，一趟二趟三趟……直到将散落一地的护栏清理干净。一辆运送抗疫物资的车辆正好路过，驾驶员特意下车，拉着金子程的手说："去的时候只能绕道而行，回来的时候竟然直行。要是人们像你一样，有一颗金子做的心，还怕什么台风、还怕什么经济危机、还怕什么疫情啊！"

这场没有硝烟的斗争，医护人员为最美逆行者，还有一群最美坚守者，他们筑起铜墙铁壁，切断疫情传播渠道。在这群最美坚守者中，我看到一个个保安员的身影，他们令我动容动情。

王鸿，老家在重庆市石柱土家族自治县石家乡九龙村。由于家乡贫穷落后，王鸿常年外出打工，曾在大连做过铝合金门窗，不慎从三楼失足摔下造成内肋骨折。此后，王鸿干不了重体力活，跟随老婆来温州，成为温州市保安总公司驻龙湾区政府监控管理员。已经3年没有回家的王鸿，请好探亲假，买好高铁票，还给年迈父母和留守小孩购买过年礼物，一切准备就绪。可疫情突然暴发，区政府有五分之一的保安员已经回家，王鸿毅然选择有难同当。他向大队长递交请战书："由于春节期间一部分同事请假，适逢新冠病毒暴发，岗位人员紧缺。作为老队员，自愿申请调往人员出入量较大的工作岗位，并保证做到严格把好第一道防线，确保区政府大楼人员安全。"得到大队长史海伟"同意，调往2号岗亭"的通知，便让老婆退掉车票，留在温州抗疫。2号岗是区政府主要出入口，人车密集，这段时间区政府人员进出频繁，全力以赴忙抗疫。机关干部进门王鸿测量体温，检查健康码；外来车辆、外来人员上门，王鸿增加登记环节，以便追踪备查。疫情暴发初期，捐赠物资比较多，王鸿不顾旧伤，一叫就到，拣最重的箱子搬，成天累得满头大汗。累了，到值班室休息一会儿，困了，在值班室睡觉，40多天没回家。虽是小人物，却有大情怀，王鸿得到区机关、同事一致好评。

柳市镇被称为"中国电器之都"，自2001年以来每年正月会举办一届声势浩大的"中国电器文化节"。2020年1月22日，突然传来取消"中国电器文化节"确切消息，乐清市保安公司副总经理赵高林敏感地意识到，疫情最关键时刻到来了。

赵高林负责人防工作，当即要求人防大队成立抗疫工作微信群，确保24小时开机。为方便人员调度和防疫物资采购，赵高林干脆搬到办公室吃住，住了32天。正月初四，是赵高林48周岁生日，家里刚刚添了胖孙子，全家等着为他过生日。赵高林编托词："怕传染给刚刚百日的孙子，不过生日了。"那段时间，赵高林早晨四五点起床，凌晨后睡觉，一天只睡两三个小时。正月初五半夜1点多，乐清市中医院保卫科打来电话，上级决定中医院增设新隔离区，并给公司下达抽调100名保安员的任务，其中60名保安员务必于当日晨5时到达，赵高林满口答应。军中无戏言，60名保安员准时到岗，随后40名保安员抽调到位。针对防疫物资紧缺情况，赵高林调用大型活动积压的2000件一次性雨衣，替一线保安"遮风挡雨"。

应柳市镇政府要求，乐清市保安公司二分公司经理邵明旭带着40名特保队员进驻柳市。起先，镇里将湖北返温人员居家隔离，由村、特保各派4人，实行"两班倒"轮流值班。值守人员仅配一把椅子，尽管日晒雨淋数星星，北风刺骨夜里寒，但是村民和特保没有一个叫苦叫累。3天后，上级决定由居家隔离改为集中隔离，特保队员承担11个隔离点值守任务。每逢佳节倍思亲，除夕那天，邵明旭带队赴柳市，年夜饭没吃成；元宵节白天，邵明旭特意买来几袋速冻汤圆，等隔离人员入睡后，他下锅煮汤圆，将汤圆分送给每一名特保队员。特保队员接过一杯杯热汤圆，感到很意外，原来铁汉也有柔情时刻啊！

献上热血献出爱

我所采风的保安公司，没有保安员感染，他们响应号召，献热血。不为别的只为尽公民义务、尽社会责任，传递一份爱、温暖每颗心。

疫情之外，仍有患者等待血浆挽救生命，他们是难产的孕妇、白血病患者、肿瘤晚期病人、急诊外科手术者……

手术告急！血浆告急！！

乐清市保安公司积极开展"战疫情、献热血"无偿献血活动。在活动现场，参加献血的保安员严格遵守防疫规定，全程佩戴口罩，保持间隔距离，在血站医务人员引导下，依次登上采血车献血。有的已经多次参加无偿献血，邬春清便是其中之一；有的第一次献血，采血过程中显得有点紧张。他们像冲锋陷阵的战士，用热血支援眼下全民的抗疫工作。

2009 年春天，邬春清出于好奇第一次撸起袖子捐献 300 毫升血浆，10 余年来一发而不可收，累计献血 43 次，共计献血 11600 毫升。人体的血液总量占体重的 7% 至 8%，邬春清体重 60 公斤，血液总量在 4200 毫升至 4800 毫升之间。若按他献血的总量计算，邬春清已将全身血液换了两遍还多。

邬春清告诉我："献血有献全血和血小板两种方式，手术病人需要全血，大出血病人需要机采成分血止血。国家《献血法》规定，单采 1U 单位量的血小板 1 次，计作采全血 200 毫升。"

血液中的水约占 50%，红细胞中的水约占 20%，可见血液中的水占全血的 70% 左右。每份单采血小板相当于 8 至 10 袋常规浓缩血小板的总量，含有血小板数量至少在 2.5×10 的 11 次方以上，占人体血小板总量的六分之一左右。国家明确规定，健康人献全血的间隔时间不得少于 6 个月，献血小板间隔时间半个月以上，邬春清在献全血的同时，单采过 4 次血小板。在这次"战疫情、献热血"活动中，邬春清献全

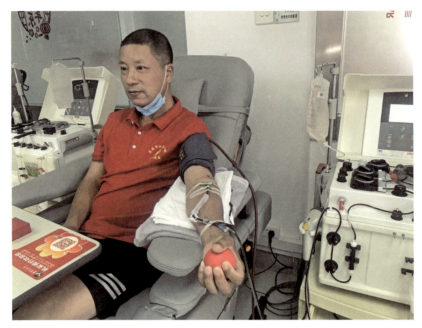

献血达人（乐清市保安公司供稿）

血 400 毫升，是一次献全血的最高限量。

《全国无偿献血表彰奖励办法》规定，无偿献血 20 次以上者获奉献奖铜奖，无偿献血 30 次以上者获奉献奖银奖，无偿献血 40 次以上者获奉献奖金奖。在保安队伍中，邬春清可谓献血达人，铜奖、银奖、金奖全获得过。

"最美空港人"之一的任晓飞，曾经献血 100 次以上，是浙江机场集团保安服务公司驻航站区国内到达及飞机看护中队长。疫情暴发后，任晓飞从新闻报道获知，杭州市萧山区中心血库库存血浆急剧下降，临床用血严重告急。疫情无情、热血有情，病毒隔离、爱不隔离，因为离上次献全血时间不到 6 个月，任晓飞赶到区中心血站，无偿捐了 1U 单位量的血小板。

像这样逆行的"蒙面侠"，全省保安系统还有很多：

浙江嘉兴安邦护卫公司 63 名党团员自发参与无偿献血，献血总量 18600 毫升；

浙江绍兴安邦护卫公司管理层以身作则，上下齐心，55名保安员前往血站献血，献血总量20950毫升，人均献血380毫升，人均接近献血极限；

　　东阳市保安公司开展"学雷锋、见行动、战疫情、献热血"活动，51名保安员参加献血，总量16300毫升；

　　宁波市奉化保安服务公司技防部俞志伟是名老党员，这是他第16次无偿献血，他对首次参加献血的同事戴莹说："献血不仅可以帮助他

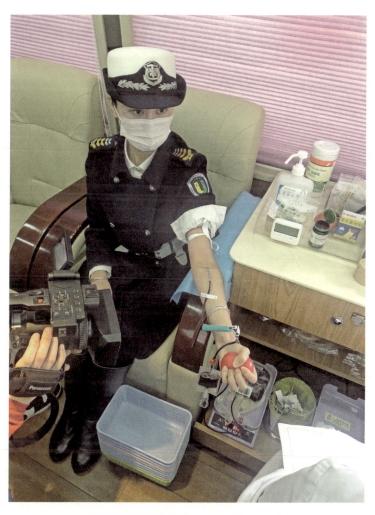

女子巡逻队员献血（下城安保集团供稿）

人，还能促进自身血液循环。一方面积德行善，另一方面有益于自身健康，何乐而不为呢？"戴莹献血后笑着说："平生第一次献血，有点紧张。听了俞师傅启发，想到献血能够传递正能量，有益于身心健康，心里踏实许多。"12 名保安员无偿献血 3500 毫升。

第 110 个国际妇女节到来那天，杭州市下城安保公司女子巡逻队的姑娘们来到武林广场"爱心小屋"——采血车前，她们勇敢地挽起衣袖，握紧拳头，涓涓热血汇成一袋袋生命期待。滴血传爱，热血情真，"爱心小屋"如沐春风，荡漾着暖暖的人间真情。那天，姑娘们无偿献血 2000 毫升……

疫情暴发初期，防疫、抗疫物资特别紧缺，各地保安公司和保安员个人纷纷捐款捐物，他们万众一心，筑起众志成城的钢铁长城。

温州市保安总公司将价值 200 万元的物资捐赠给浙江省安防协会，用于全省安保领域技术抗疫；先后两次向浙江省慈善总会捐款，一次捐 2 万元，驰援全省购买抗疫物资，另一次捐 43.6 万元，支援一线抗疫的公安民警；同时，他们向武汉市慈善总会捐赠 1 万元，转入新冠病毒防控专项基金。总经理林川江向武汉市慈善总会捐赠 3000 元，表达个人心意。

总经理收入相对高一些，普通保安月薪都在当地最低工资标准线附近徘徊。收入不高的普通保安，自愿向武汉市慈善总会捐赠 1000 元。疫情暴发初期，银行网点照常开门，保安员是银行网点的第一道门岗，理应自觉戴好口罩，可是口罩供不应求。这名保安员使出浑身解数，花高价购买 100 多只口罩分发给同事，相当于又捐了 500 多元。这名保安员家庭经济相当拮据，捐赠却很大方，令我感到意外和惊讶。

徐岩仕，温州市保安总公司驻金融系统保安员，扣除他本人向社保交付费用，当月实际到手 2541.43 元，只留下千元养家糊口。

据我了解，2019 年温州市最低工资标准第一档为每月 2010 元。徐岩仕家庭经济条件不富裕，上有 84 岁的爸爸和 75 岁的妈妈，下有 14 岁正在上学的女儿，妻子是一名乡村小学老师，每月工资 4500 元左右，一家五口全靠双职工夫妇来养活。父母年事已高，且患有老年性疾病，

捐款（温州市保安总公司供稿）

爸爸脑血栓，妈妈高血压，看病吃药得花钱。为了贴补家用，徐岩仕养了100多箱蜜蜂，空闲时间漫山遍野放蜜蜂，年成好、蜂价高时赚点钱，遇到冰冻灾害天气，常会颗粒无收，甚至倒贴赔本。徐岩仕曾经当过兵，在部队入了党，"舍小家为大家"让他知道情怀与担当。退伍后，徐岩仕毅然加入永嘉县战狼救援中心，成为一名公益活跃分子。2020年"黑格比"台风正面袭击温州，哪里有危险就往哪里冲。永嘉县桥下镇一片汪洋，埠头村6名群众被洪水围困，命悬一线。徐岩仕与战狼救援中心队员及时赶到，协助当地派出所勇斗台风，抗洪抢险。那场台风，战狼救援中心出动17名队员，成功转移出17名被洪水围困群众。村民以救命恩人的最高待遇招待他们：男女老少扛着锦旗，敲锣打鼓送他们出村。

　　温州的老百姓将保安员无私精神看在眼里，他们自发烧好饭做好菜，将"爱心餐"分送到各个防疫执勤点和卡口的保安员手上。

　　一棵大榕树，一座红日亭（红日亭是温州市民的"道德地标"）。

看到驻温州市行政服务中心保安大队没日没夜奋战在抗疫一线，机关食堂不开伙，红日亭义工将香喷喷的早餐、热腾腾的宵夜送给保安员吃。红日亭义工的爱心举动极大鼓舞保安大队士气，为了将这份爱心和精神传递下去，在大队长带领下，全大队60名保安员在线上捐款，大队长将全体队友捐赠的2100元现金交到红日亭义工手中，两双手紧紧握在了一起。

疫情无情，人间大爱！

18138.31元，一串有角有分的数字，是浙江红鼎保安服务公司全体保安员为抗击疫情捐赠的款项，代表着位卑未敢忘忧国的拳拳爱心，也代表着普通保安员的深深祝福——阳光普照的那一天总会到来。董事长收到员工捐款后非常感动，决定好事成双，按照员工捐款额的同等数量，由公司捐赠相应款项，当天即把36276.62元捐赠给浙江省红十字会，定向用于疫情防控相关支出。

44099.14元，是西湖安保集团保安员捐赠的款项，也有的保安员捐物，共筹集6500余件医疗防护物资无偿给一线医务工作者，300余件生活物资赠送给困难群众。

南湖区保安公司向南湖区政府捐赠20万元，并向该区建设街道捐赠10万元，定向用于防疫开支。

龙泉市长途运输公司驾驶员要开车跑运输，将抗疫物资运到各个乡镇。口罩紧缺难倒了运输公司，紧急关头，龙泉市金盾保安服务公司送来500只口罩，解了运输公司燃眉之急。龙泉市金盾保安公司口罩也不多，保安员在口罩里面衬一张餐巾纸，延长口罩使用寿命，一只一只省着用，挤出500只口罩捐赠给驾驶员。一只口罩不值多少钱，中国有句老话：礼轻情意重。运输公司驾驶员感受到保安员"勿以善小而不为"的感人细节，全体驾驶员写来热情洋溢的表扬信，向雪中送炭的保安员深表谢意。

舟山市普陀区邦安保安服务公司发起"慈善一日捐"活动，493名保安员共捐款22425元，人均虽不到50元，但这笔钱全是保安员从牙缝里省下来的。

在商店关门，居民生活物资最紧缺时，衢州金盾保安公司向属地荷花街道 80 户困难群众每户捐赠 1 袋大米、1 壶食用油，解决困难居民的一日三餐；同时，向衢州市慈善总会捐赠两万元，定向用于抗疫一线人民警察和医务工作者。

江山市金盾保安公司向派驻的各所学校捐赠 5000 个口罩，缓解了学校口罩供不应求的局面；还向当地公益部门捐赠 1 万元，用于防疫工作。

远在斯里兰卡的汉卫国际公司安全官们紧急采购国内紧缺防疫物资，寄回中国，捐赠给湖北省洪湖市老湾回族乡和武汉市第六医院……

像这样的事例举不胜举，很多很多。

助力复工复学

雾霾总会吹散，阳光总在风雨后。

突然而至的疫情，打乱了正常的校园生活，老师在网上上课，学生在网上听课。上半年毕业的学生，等待毕业典礼的到来。

温州肯恩大学安排 2020 年 5 月 31 日毕业生返校，毕业典礼于 6 月 6 日正式举行。参加毕业典礼的学生提前在网上提交返校申请，下载承诺书，签名承诺。温州市保安总公司驻温州肯恩大学保安中队凭学生返校申请和承诺书，在学校门口检查健康码、测量体温、佩戴口罩才放学生入校。体温超过 37.3 摄氏度者，引导到临时隔离室隔离，并报告校医务中心，由校医用水银体温表测量，体温不正常者送定点医院做核酸检测。返校后，体温异常的学生需要单独隔离 72 小时，由保安员全程看护，其间负责为学生送饭送水，体温正常者解除隔离，确诊为新冠阳性者送定点医院治疗。

中队长石教锋说："500 多名参加毕业典礼的学生，好在没有一例阳性患者，否则我们作为密切接触者也要隔离，会很麻烦的。"

保安员为带行李的学生开电瓶车摆渡，送他们到寝室门口，行李较重的帮他们分送到寝室里面。每次开电瓶车均消毒，采用 84 喷雾剂和清水擦洗消毒。

温州肯恩大学提倡师生一律平等，老师返校与学生返校同等对待，也要凭返校申请、承诺书、检查健康码、测量体温、佩戴口罩方准入校。

毕业典礼在大礼堂举行，学校规定隔一个位子坐一名学生，前后交叉，位子不够又开设分会场，采用视频方式举行。每个会场出入口由保安员严格把守，依次按"一码一测一戴"引导学生入座。

送走毕业典礼学生，又要为开学准备。

石教锋已3年多没有回老家探亲。鼠年春节前，他向公司和学校请好假期，想利用高速公路大年三十不收费开车回家陪老母亲过年，后备厢塞满买给母亲的营养品以及儿子的服装、玩具等礼物。腊月二十九下午，公司下达命令：所有保安员不准回家，众志成城，与疫情抗争！

石教锋是湖北黄石人，家乡成为疫情最严重灾区，十分担心亲娘和儿子的生命安危，温州成为全国第二个重灾区，让他意识到责任与担当。绝大多数保安公司采取准军事化管理方式，军人以服从命令为天职，保安员与军人一样也要服从命令听从指挥，他们面临忠孝难两全的考验。

石教锋专门带我到温州肯恩大学陈列室参观，兴奋地指着照片对我说："温州肯恩大学是习近平总书记一手创办起来的，在中国具有不同凡响的意义啊！"

据《浙江日报》2006年4月20日讯，"时任浙江省委书记、省人大常委会主任习近平今天下午在省人民大会堂会见了美国新泽西州前州长詹姆斯·麦格瑞维一行……并希望温州大学与肯恩大学的合作能取得成果。"2014年教育部正式批准设立温州肯恩大学，其办学资金来自温州市政府投入，其办学模式采用美式教育，引进美国肯恩大学90%以上的课程和教师，并招聘全世界著名教师，实行全英文小班化教学，毕业后授予双学位，被人们称为"在家门口上美式大学"的办学模式。

我理解石教锋的心情，懂得他肩上的担子有多重。

学校放了一个有史以来最长的寒假，直到盛夏才开学。石教锋从"一支能力过硬的保安队""一条安全畅通的校园路""一次全覆盖的

巡逻抗疫（温州市保安总公司供稿）

大检查"三方面入手，提前做好开学安保方案。考虑到学生返校人流密集且来自全国各地，他特意向学校提出分批次进入校园的建议，让新生先报到，再让老生分批次轮流返校，学校后勤部原则上同意。

新生按入学通知书提出申请，老生依然在网上提交返校申请并下载承诺书，凭"两证"进入校园。无论新生、老生都要在学校隔离14天，允许走出寝室自由活动。

新生报到时，很多家长送子女上学，保安员不让家长进门，引导他们到学校租借的肯恩小街接待室。每接待一批，石教锋带着保安员消毒一遍，以防人传人。保安员起早贪黑为学生和家长服务，电瓶车一天摆渡二三十趟，家长目睹保安员帮子女提行李、送子女到寝室，都放心地离开学校。

温州肯恩大学以圣诞节放假为寒假，学校共有外籍教师108人、家属40人，他们来自30多个国家和地区。圣诞节前外籍教师基本回国，留下的外教屈指可数。开学之前，浙江省政府以特殊人才邀请方式向海关总署发函，允许外籍教师进入中国境内继续任教。外籍教师进入中国国境后，就地隔离14天，无异常后回温州任教。保安中队凭外籍教师"解除隔离证明书"，检查健康码、测量体温，经检查正常后允许通过专用通道进入外教公寓。外籍教师大包小包行李挺多挺沉，保安员帮他们拉拉杆箱、提重行李，外籍教师纷纷向他们道"thank you"。

石教锋说："温州肯恩大学是一所没有围墙的大学，这是向美国学习的。"据他说，全中国只有温州肯恩大学没有围墙。保安中队设立12个门岗，门岗与门岗之间可以对视，24小时值班，发挥类似围墙的作用；除门岗外，巡逻队每小时巡逻1次，及时处置异常情况。

为了对师生负责，疫情期间校后勤部门设置临时围墙，石教锋带着大家用铁丝网将学校围起来，加密巡逻次数，打消师生离校念头和外人误入校园等异常情况。师生进出校园须事先申请，门岗凭学校同意证明才放行。国庆长假后，疫情形势不再严峻，师生进出校门相对宽松自由，安保工作终于走上正轨。

不承想建筑工地出现了幺蛾子。温州肯恩大学一边教学一边进行基建，施工人员进出也要检查健康码、测量体温、登记造册。疫情暴发以来，石教锋长住学校，手机始终开机。半夜1时许，11号岗亭打来电话，3名建筑工人不配合防疫流程，辱骂保安。石教锋翻身起床，一会儿工夫赶到现场。原来是3名工人喝醉了酒发酒疯，经多次规劝，仍然拒绝登记、测量体温，石教锋向当地派出所报警。最终保安中队与建筑工地搞共建，动之以情晓之以理，建筑工人不配合防疫流程等情况基本没再出现。

2020年2月22日，温州市各大公园恢复开园，有关部门要求温州市保安总公司维护现场秩序，尤其要做好疫情的防控工作。保安二大队副大队长陈永芳领受任务，迅速进入现场实地勘查，公园出入口比较多、人员流动密集性强，防疫工作不可小觑。他建议封死其他通道，设置前、后两个大门；针对大门通道狭窄，容易造成拥堵现象，建议摆放景观花卉，既美观又起到进门和出门人员互相隔离的作用。公园晨5时至晚10时开园，其中晨5时至上午10时和下午5时至晚10时由保安二大队负责，上午10时至下午5时由公园门卫负责。陈永芳带着队员提前上班推迟下班，在大门口检查健康码、测量体温，提醒佩戴口罩，劝阻门口小商小贩和遛狗者入园，一共坚持38天，直至公园正常开园。

温州工博会以"2020新智造链未来"为主题，举办第27届中国（温州）国际工业博览会，共启用6个场馆，汇集国内外参展品牌及企业600余家，参会人数逾3000人，是浙南闽北地区专业性强、展示设备高端、具有较大影响力的制造业盛会。温州市保安总公司高度重视，党支部书记陈体令作动员，要求做好防疫、安保两件大事。保安员克服天气闷热、空间密闭、人和车流量大等不利因素，在做好自身防护同时，逐人逐车检查健康码和戴口罩情况，紧盯测温仪测量体温，每天工作十几个小时，用忘我精神为博览会画上圆满句号。

"以商立市"的义乌，市场可谓是命根子！

与往年相比，义乌国际商贸城推迟13天开市。市委、市政府召开全市作风建设大会，号召全市广大干部群众齐心协力，以又快又准作风抢回13天！

义乌火车站和机场是外来务工人员到达义乌的第一站，也是疫情防控的第一根接力棒。义乌市保安公司派出临时人员入驻火车站和机场，负责对外来人员检查健康码、测量体温、提供服务等工作，让外来人员一到义乌就享受到温暖如春的感觉。假日酒店负责接收"三省六市"外来人员核酸检测，也是隔离点之一；第二根接力棒同样交给义乌市保安公司，为入住的新人讲明入住要求，尤其是不能擅自外出，配送一日三餐，收到核酸检测报告后，为检测合格者登记放行，保安员事无巨细，亲力亲为。篁园市场是诸多来义乌经商和购物观光的必选之地，也是疫情防控的第三根接力棒，市场安保人员上午实行三班倒，下午实行两班倒，为进出人员查验健康码、测量体温，通过"义信购"查看外来人员行程和轨迹，劝导进场人员规范佩戴口罩，维护市场秩序。保安员一旦接过接力棒绝不松手，他们知道肩负着千万人的安危，与疫情赛跑，抢回丢失的13天。

组织部门要求，选派机关干部担任驻企服务员，国企与机关和事业单位在政治上同等对待，义乌市保安公司推荐余鹏飞作为千名驻企党员之一。余鹏飞到北苑街道"三服务团"报到,他到服务企业实地走访,了解到该企业在北苑街道属地只有仓库,新厂房已搬迁至城西街道跨境电商园区。余鹏飞立即向上级党组织汇报,又被调到城西街道"三服务电商组"。刚开始,余鹏飞得知该企业只有两名工人正常上班,包括老板在内的大多数为温州籍员工。由于缺乏工人,在义乌港积压很多产品,余鹏飞奔走于义乌港和海关等机关之间,帮助企业清运积压货物,保障复工复产顺利进行。复工后,每天到该企业报到,建立员工"一人一档"健康卡,检查防疫工作落实情况,包括办公场所配置洗手液、室内外环境消毒、外来人员登记、体温检测登记等,核对无误后才放手。查验完毕还要回公司处理日常事务,两头跑两头不耽误,发挥共产党员的模范带头作用。

第六章　警保联动显身手

　　警保联动是一种借鉴"枫桥经验"建立的联动联防社会安全保卫机制，通过加强公安机关与保安公司联系，建立联勤联防体系，搭建工作对接通道，将保安员这一庞大群体转变为公安直接使用的辅助力量，为社会治安防控体系提供新动力。传统"片警"已经不能满足人民群众日益增长的安保需求，基层警力不足的现状将维持很长一段时间。保安员是民警的好几倍，警察和保安联勤联防，可以有效激活基层一线"平安细胞"，实现警方、保安、群众共赢的局面。一方面既看好"自家门"又照顾"邻家院"，接警民警采用就近原则，带领事发地保安员及时赶到现场，控制局面，防止事态升级；另一方面开展巡防巡检，发挥"治安第二方面军"作用，协助民警对现场作案人员进行调查及控制。公安机关领导说："警保联动弥补了基层警力不足的问题。"保安公司管理者说："警保联动提高了保安员的责任感、使命感和荣誉感。"

　　浙江是"枫桥经验"发源地，也是全国最早提出并全面部署"大平安"建设战略的省份。本章节主要反映保安员在平安浙江建设中的贡献。

头破血流只管冲

海宁中国皮革城名闻遐迩，让海宁人变得富有。富有的背后埋藏着隐患，全国各地三教九流纷至沓来，大多数作案动机为偷一点、抢一点，当地居民人心惶惶，社会治安形势一度比较严峻。

维护人民群众生命财产安全是公安机关的神圣使命，当地派出所安排人员巡逻，为属地百姓保驾护航。由于缺乏警力，派出所派一名民警带队，海宁市保安服务公司派三四名保安员配合，成立警保联合巡逻小组。小组成员穿便衣巡逻，从当日傍晚 5 时 30 分出发，到次日晨 5 时结束，对辖区街道、商业区、居民区全方位巡逻。路程远的配备一辆面包车，路程近的配几辆自行车或徒步巡逻，有时会杀几个"回马枪"，入室盗窃发案率明显降低。

2001 年 3 月 27 日傍晚 5 时 30 分至次日晨 5 时巡逻任务，轮到硖石派出所民警周海明带队。那天，本来应有 4 名保安员一起参加，由于一名保安家里有事，另一名保安接警后担负临时任务，只剩两名保安员参加，其中有入职不到半个月的严峰。

次日晨 3 时左右，巡逻小组在人民路海宁市文化宫附近，擒获一名外省流窜的犯罪嫌疑人，从其身上缴获管制刀具等作案工具。周海明和小组成员将此人扭送到派出所，据他交代另有合谋的同伙。以防万一，巡逻小组反复巡查，加大"回马枪"次数。

晨 4 时 40 分许，周海明驾驶面包车巡逻至海昌路与工人路交叉口时，发现海宁大厦边上高山弄口，有两个一明一灭的小火点闪烁。周海明停下车辆，严峰下车查看，发现垃圾桶旁边两个黑漆漆的人影正在蹲着抽烟。严峰想，看装束不像捡垃圾的，即使收破烂不该起得这么早吧？

见被人发现，这二人由蹲变站，起身后让周海明看见了。周海明亮明身份上前盘问，一个说河北人，一个说四川人，都称对方是亲戚。

周海明继续盘问，请他俩出示身份证，他俩说没带身份证，企图蒙混过关。其中一个自称"四川人"的中年男子悄悄将手伸进口袋，严峰离得最近，怕他掏凶器行凶，一把抓住他的右手。周海明从他口袋中搜出一把锋利小刀、一支手电、一把锉刀、一张插片等物，入室作案意图十分明显。情知不妙，二人一个朝东、一个朝西分头逃窜。周海明带一名保安向东去追所谓的"河北人"，结果被他脱逃。严峰向西，去追所谓的"四川人"，最后被公安民警成功抓获。

严峰个子矮小，一副文绉绉的模样，看似弱不禁风，根本不是高个子"四川人"的对手。其实严峰曾经当过兵，早已练就长跑意志和耐力。上高中时，严峰全班跑步成绩靠前；部队服役 4 年，经常与战友跑 5 公里。严峰沿工人西路、勤俭路方向穷追不舍，不比高个子"四川人"逊色。追了 200 多米，严峰与"四川人"仅一步之遥，眼看伸手就能抓住。

人算不如天算。西山路上路灯昏暗，公交车站正在施工，建筑垃圾随地堆放，路面坑坑洼洼、凹凸不平。"四川人"逃无可逃，俯身捡起一块砖头想砸严峰，期待作拼死挣扎。严峰身手更为敏捷，伸出右脚，将他绊倒在深约半米的工程沟里，一把揪住"四川人"不放。不料对方反戈一击，严峰不仅没能制服对方，反遭嫌疑人歹毒暗算。

严峰右侧太阳穴被砖头重重一击，犹如一壶滚烫的开水兜头浇下，眼冒金星，头痛欲裂。"四川人"从埋水管的工程沟里爬起来继续逃窜。向东是公园，晨练的人们正在锻炼，严峰由头脑模糊变得异常清晰，不能让嫌疑人逃脱！

严峰强迫自己振作精神，不管不顾伸出双手，鲜血从右侧头部不停流淌，模糊双眼。严峰瞎子摸象一般，伸手再伸手，终于抓住嫌疑人一只手腕。嫌疑人疯狗似的用牙齿咬住严峰的手指和手掌。20 年过去了，严峰手上依然有 6 个伤痕累累的结疤，其中右手食指伤痕最大、最深。

我问严峰："十指连心，一定很痛吧？"

公安民警已经亮明身份，竟还敢痛下毒手，决不能让嫌疑人贻害老百姓。严峰回答道："嫌疑人就在面前，有什么理由不抓住他呢？"

此时此刻，严峰将疼痛彻底遗忘，唯有群众安危牢记心中。

严峰与嫌疑人扭在一起搏斗，一只眼睛看不清用衣袖擦一下，甚至擦到嫌疑人衣服上，将嫌疑人弄得满身血迹。搏斗中，掉在地上的手机响了，可能是小组成员与他联络，严峰生怕嫌疑人逃脱没有接听。那一串串铃声仿佛冲锋号角，战友们在为自己加油鼓劲，严峰信心百倍、士气大增。

嫌疑人想逃，严峰紧抓不放。假如严峰没有受伤，完全有能力制服嫌疑人，但由于流血太多，力气越来越弱。嫌疑人身强力壮，当严峰抬起手臂擦眼睛时，让他趁机逃脱。嫌疑人朝西逃窜，那里是工地，严峰用一只眼睛盯住嫌疑人逃窜方向，起身去追，终因体力不支，两腿发软，倒在马路中间。

此刻，正好有一辆小汽车驶来，严峰朝小汽车挥手。浑身血迹斑斑的严峰，让驾驶员以为有人碰瓷，没有停车。

严峰昏倒在马路上，失去追击嫌疑人的最佳时机。

抓小偷小摸，严峰可谓身经百战。1990年，严峰参军入伍，成为广州空军地勤部队一名机械员。那时候，机场经常发生物资被盗事件，严峰和战友们挑选窃贼自认为作案机会的下雨天气，整夜整夜守候在野外，成功抓获数个盗窃嫌疑人。退伍后，严峰参加碛石镇联防队招聘考试，以较高分数被录取，到河西派出所当反扒队员。那段时间，自行车失窃呈上升趋势，每天接到四五十起失主报案，非自主报案更多。当地流行山地自行车，窃贼瞄准此类价格不菲的高档自行车，得手后以二三百元价格贱卖，由此造成恶性循环。公安机关要求打掉这股嚣张气焰，还人民群众朗朗乾坤。

记得当反扒队员的第二个月，新建小区——碛石镇相院里成为盗窃自行车的窝藏点之一，碛石派出所让民警和反扒队员端掉这一窝赃据点。在民警带领下，严峰和反扒队员白天在小区摸排治安状况，从楼道长处得知，夜里常有一些不明身份的人将自行车推进推出。严峰分析，自行车推进表明偷盗得手，推出意味赃款到手，显然这是一个组织严密的盗窃团伙。那时小区入住率较低，更没有安装视频监控，全靠人为发现。他向民警建议，仿照空军机场蹲点守候方式，打掉这个作案团伙。

当时正值冬季，夜里气温异常寒冷，北风呼啸，浸入骨髓，冻得牙齿打架。第一夜，盗窃团伙成员虽然没有露面，但队员们依然在某幢房屋的储藏间里发现数把老虎钳和扳手，很像窃贼遗忘或丢弃的作案工具。严峰认为，自己分析得有道理，只要坚持，离抓获盗窃团伙又近一步。

第二夜，严峰和另一名反扒队员冒着严寒依然在小区里蹲守。20来岁小伙子，前半夜不想睡觉，后半夜睡得叫不醒。严峰忘我意识和责任心特别强烈，他瞪圆眼睛，雷达一般扫视居民都已经入睡的相院里小区，毫无瞌睡之状。下半夜时，两个鬼鬼祟祟的人影各骑一辆自行车进入小区。一个人推着自行车进入楼道，另一个人把着自行车在楼道外望风，可谓配合默契。

严峰搭档不懂得配合，当推自行车藏匿的人走出楼道，望风者正要推自行车进去时，队友大喊一声："站住，我们是派出所的，半夜三更干什么？"

听到喊声，推自行车的人翻身上车，想带同伙上车一同逃跑。严峰和队友撒腿追击，踏自行车的人力不从心，速度越来越慢。要不然怎么说他俩配合默契呢？眼看两人束手就擒，倒不如分开行动或许得以逃脱。后车座上的人弃车逃跑，严峰自知两条腿追不过自行车，转身朝跳车逃跑之人追去。

骑惯自行车的人，长跑功夫基本不行，那人肯定不是严峰对手。跑了没几步，便被严峰抓住。据他交代，相院里小区推进推出的自行车，是该团伙作案。公安机关顺藤摸瓜，将这个以自行车盗卖为作案动机的犯罪团伙一举打掉。

随着反扒经验成熟，严峰被安排到海宁中国皮革城担任联防队员。皮革城警组辖区的洛隆路夜间经常发生抢劫案件，闹得周围居民人心惶惶，小区住户天黑后不敢出门，路过的行人宁可绕远道，也不抄近路。在警组民警带领下，严峰和联防队员从晚上七八点钟进入稻田，一直埋伏到天亮，整整守候 3 个月时间。

当时正值炎炎夏季，为了减少蚊虫肆虐叮咬，严峰和联防队员身穿长袖长裤，不一会儿就大汗淋漓，衣裤湿透。严峰的前胸后背、腰围大腿被捂出一片片痱子，瘙痒难忍；面孔以及裸露在衣服外面的双手和脚踝，全是蚊虫咬出的斑块，肿胀奇痒，越痒越挠，有时挠破皮肤仍嫌不过瘾。经彻夜埋伏，一个个实施抢劫的嫌疑人被民警和联防队员当场抓获，洛隆路夜晚重归宁静，周边居民、过路群众拍手称快。

在皮革城当联防队员3年时间，严峰一共抓获抢劫和偷盗嫌疑人共计121人。

2001年联防队撤销后，严峰又被刚刚评为首届"全国十佳保安服务公司"的海宁市保安服务公司聘用，当上了保安员。严峰当保安时间虽短，但他用头破血流只管冲的大无畏气概，为"全国十佳"保安公司增光添彩。

尽管当时严峰没能亲手将嫌疑人抓获，但他拖延了嫌疑人逃跑线路长度及逃跑时间，将嫌疑人弄得狼狈不堪。在硖石汽车站西侧一家旅社附近，群众发现衣服沾满鲜血的外地人躲躲闪闪，马上打110报警。半小时后，民警将嫌疑人带到硖石派出所询问。

经查，所谓的"四川人"叫冉瑞刚，曾是上海警方通缉犯，他由上海流窜到海宁作案。2001年3月17日和3月27日，冉瑞刚伙同他人2次窜入海宁，3次入室偷盗得逞，共窃取现金及贵重物品价值1万余元。正当通缉逃犯冉瑞刚沾沾自喜之际，遇到不顾生死的保安员严峰，最终栽在海宁警方手里。

据冉瑞刚交代："追我的那个人太厉害，我个子比他高，他被打得头破血流，还敢追我，跟我拼命，自认倒霉吧！"冉瑞刚对审讯民警表露无奈的样子。

周海明和另一名保安循着追击路线回头寻找严峰，发现他倒在血泊中，不省人事。民警、保安员喊他，严峰半梦半醒，有人叫他，似乎听见，没人叫他，立马迷糊。民警和保安员把严峰小心抬离马路边，等待救护车救治。严峰眯缝起左眼，前方的马路好似波浪起伏，一波一波朝自己涌来，仿佛钱塘江潮水一样。

严峰被送往海宁市人民医院紧急抢救。据医院脑外科专家介绍，严峰入院时由于失血过多处于休克状态。经检查，严峰头部一共受伤

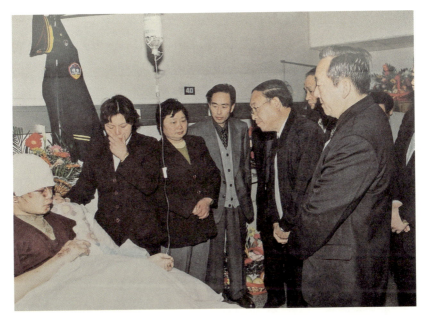

上级看望慰问严峰（海宁市保安公司供稿）

30 多处，属于头颅开放型创伤，其中一处为撕脱性骨折，出血量比较大。严峰的伤势极其严重，如果再延迟几分钟送到医院，就有生命之虞。

严峰先后动过两次手术，由于太阳穴缺了一块头盖骨，医生给他补了一块银圆大小的钛合金，一共缝合 120 多针才修复。至今，严峰额头布满伤疤，许多伤疤残留碎屑还没有清理干净。

当天下午，海宁市委政法委、市公安局、硖石镇有关领导前往医院看望严峰，并对抢救工作提出要求；次日下午，正在海宁参加会议的时任浙江省综合治理委员会副主任李步星、时任浙江省公安厅副厅长黄子钧和嘉兴市有关领导到医院，向严峰表示亲切慰问。

严峰毫不畏惧、勇斗歹徒的英勇事迹受到当地市民的广泛称赞，他被嘉兴市公安局授予一等治安奖章，成为海宁市保安荣获一等治安奖章第一人；此后又被评为浙江省优秀保安员、海宁市优秀共产党员等。

考虑到严峰的伤残程度，海宁市公安局调他到交警大队监控室担任辅警，不用没日没夜、风里来雨里去地野外作业。

严峰是好样的，他的保安生涯虽然时间不长，但用实际行动证明保安队伍的坚强和勇敢。

医院和医生给了严峰第二次生命。都说医者仁心，但医生也会被误解、被伤害。

对暴力伤医大声说"不"

25 岁的小伙子终于下定决心走出大山，误打误撞地来到美丽的西子湖畔，投身杭州市保安总公司行列。一晃 25 年过去，如今年过半百的黄忠德当队长已有 20 余年。10 年前，他平职交流到浙江大学医学院附属第一医院当队长，一晃又过去 10 年。黄忠德热爱安保工作，想扎根浙大一院干到退休，一辈子为医院和患者朋友看家护院。

过去的 15 年，黄忠德在工厂当保安、当队长，曾经两次冲进火海，奋不顾身抢救工厂产品和救火，黄忠德和队友却被送进医院急诊室救治，跟医院结下不解之缘。没想到 15 年后，公司调他到浙大一院当队长，该院名气在全省数一数二，黄忠德胆战心惊地到医院上岗。

上岗第二天，医患矛盾给他来了一个下马威。萧山区有个病人因并发症不幸去世，病人家属、亲戚朋友和村民一起到医院"讨说法"。善后处理被安排在 2 号楼医务科会议室进行，医院派出 3 名医生，死者家属和村民一下子来了五六十人，楼道和会议室被挤得水泄不通，严重影响其他患者就医环境。死亡病人家属狮子大开口，要求赔偿 80 万元精神抚慰费，医院本着人道主义精神，象征性地给死者家属少量补助。协商谈判陷入僵局，死者家属语言越来越偏激，甚至动手打医生。伤医可是大事，黄忠德获知消息立即带着保安队赶到现场，他们采取物理隔离措施，将医生和死者家属分别隔开，以防死者家属暴力伤及无辜医务人员的身体。推搡中，死者家属将黄忠德穿的保安服撕烂好几个口子，吃了好几拳误伤。黄忠德忍气吞声，坚定站在死者家属正对面。因为涉嫌违法，其他保安打 110 报警，在公安民警调解下，死者家属与医院达成协议，以握手言和告终。

那是一个天寒地冻的深夜，零时左右，正在值班的黄忠德听到对讲机传来呼叫声，半夜三更呼叫都是紧急情况。黄忠德问："发生什么情况？"保安员回答："有名护士被住院病人打了。""严重不？"回说："不严重。""我马上赶过来。"

黄忠德即刻赶到住院部大楼，看到护士台趴着一名护士不停抽泣。这名护士跟他女儿年龄差不多，黄忠德一阵心酸。事情起因：女护士一人忙不过来，心急病人打她一个巴掌。了解到女护士已经原谅打人病人，黄忠德仍要替"女儿"讨回公道。他跟打人病人和病人家属沟通，让动手打人的病人真心诚意向挨打女护士赔礼道歉，化解他们之间的误解和医患矛盾。那天夜里，黄忠德陪着女护士值班到天亮。

黄忠德说："过去，像这样暴力伤医的事情经常发生，作为保安没有执法权，我们也是无能为力呀！自从公安机关对暴力伤医事件采取'零容忍'态度，我们更有底气啦！"

2021 年 1 月 22 日，浙大一院发布一则"突发事件通报"：上午 10 时 55 分许，我院 6 号楼 5 楼发生一起嫌疑爆炸物燃烧事件，保卫部门第一时间控制住犯罪嫌疑人。医院领导迅速赶赴现场指挥应急处置，爆燃事件造成 4 人受伤，伤者正在接受治疗，均无生命危险……本次突发事件与医疗活动无关，医院各项工作开展正常。全院职工强烈谴责犯罪行为。

面临突发事件重大考验，黄忠德说："保安队交了一份满意答卷。"

犯罪嫌疑人卢某系淳安县人，因长期患有肾脏疾病久治不愈，对曾经做过血透的几家省内医院产生不满情绪。2014 年夏天，卢某于晚上八九点钟在浙江医院放火，次日凌晨两三点钟到浙大一院放火。黄忠德带着保安员及时赶到失火的 5 号楼 4 楼救火，一方面转移外科手术病人，共转移出 34 位病人；另一方面扑灭卢某投放在污物间里的明火。由于卢某用汽油作燃料，燃烧速度迅猛，保安队长年累月进行消防演练，扑灭装在可乐瓶里的汽油绰绰有余。他们熟练控制住火势，在 119 到来之前将明火扑灭。卢某因犯纵火罪被法院判处有期徒刑 3 年，出

讲解安防知识（杭州市安保集团供稿）

狱后卢某不思悔改，继续实施对医院和医生的报复。

据调查，卢某于 2020 年 12 月至案发前，在其居住地自制爆燃物，意图选择其中就医过的医院作为报复对象。浙大一院每天人流达四五万人次，处于人满为患状态。

1 月 22 日上午 10 时 52 分许，卢某窜至曾经做过血透的浙大一院 6 号楼 6 楼，在电梯口点燃自制爆燃物，被一名护士及时发现并踩灭引燃线，该楼层没有爆燃。卢某不死心，又窜至同样开展血透治疗的 5

组织消防演练（杭州市安保集团供稿）

楼血透室，点燃另一枚自制爆燃物扔到护士台，迅即发生爆燃，致使一名医护人员当场被灼伤，救火中另一名医护人员被烧伤。随后，卢某穷凶极恶地从背包掏出一把菜刀疯狂砍向无辜群众，致使患者和医护人员各1人受伤。

黄忠德和保安员首先接到消控室指令，有详细位置和突发原因，接着又收到6号楼5楼一键报警。黄忠德有要求，遇到突发情况10层以下2至3分钟到达，10层以上3至5分钟到达；如果是火灾，穿全套消防服，戴氧气面罩，利用各楼层设置的消火栓、水带、水枪进行灭火；如果是一键报警，携带钢叉、盾牌、脚锁等应对，控制暴力伤医嫌疑人。他们每周至少训练1次，平时怎么练，战时怎么做。

就近的6名保安员2分钟不到迅速赶到现场。整个楼层烟雾弥漫，他们发现有明火，还有叫着"杀杀杀"的犯罪嫌疑人，便自发分成两组，一组3人灭火，另一组3人制服犯罪嫌疑人。在葛松、王路平、扬德明眼里，疯狂砍人的嫌疑人就像小菜一碟，三下五除二便夺下他手中挥舞的菜刀，将他控制住。黄忠德一边吩咐保安员转移病人，一边组织保安员扑灭火灾，现场安全在保安队掌握之中。黄忠德回头看了一眼卢某，发现是老熟人，多年前曾在浙大一院放过火，保安队将犯罪嫌疑人移交公安机关处理。

由于保安队及时控制住了暴力伤医事件，浙大一院对及时赶到现场的 6 名保安员各奖励 1 万元，表彰他们勇于保护群众和医务人员的职业精神。

便衣队在行动

说过浙大一院保安队，再来说说便衣队。

西湖区公安分局文新派出所接到阳光地带小区业主报案：一对卡地亚情侣钻戒、两条黄金项链等首饰被盗，总价值 50 多万元。

入室盗窃如此猖獗，文新派出所组织专门警力实施侦破，由民警、辅警和西湖安保集团驻文新派出所保安中队便衣队组成。便衣队员李丹丹、王南南、罗小琴负责查看视频监控回放，小区监控清晰度不高，看了一通宵，只发现两个人影形迹可疑，看不清人的面孔，无法进行人脸识别。民警通过走访，了解到失主隔壁邻居有人养狗，平时狗不声不响很老实，那天晚上七八点钟，狗发疯似的叫起来。狗主人觉得可疑，将这一情况告诉民警。

知道确切作案时间，李丹丹等人调取马路路面交通监控，发现一老一少两个男人背着双肩包，从下午两点开始一直逛到天黑，他们围着小区转悠，李丹丹判断是作案前踩点。天黑后，一老一少进入小区，朝失主家方向走去。得手后他们从东门走出小区，连走带跑离开，随后乘上一辆开往余杭仓前方向的公交车，去无踪影。

为了追踪作案人逃跑去向，李丹丹等人兵分三路，一路去余杭公交公司调取车内监控，一路去余杭交通局调取沿途监控，一路在所内调取治安监控。调取公交车内监控发现，他们在朱庙公交站下车；调取沿途监控发现，他们在附近小公园闲逛 1 个多小时，后来打网约车离开朱庙，并锁定年轻嫌疑人的手机；调取治安监控发现，那天深夜他们乘坐去往昆明的班机离开杭州。

李丹丹等人已经两个通宵一个白天查看监控，看得眼睛发胀、双眼红肿、泪水直流。饿了，啃几块面包填饥；困了，趴在桌上打个盹，便衣队员齐心协力，硬是将一老一少嫌疑人锁定。

案发第三天清晨，派出所组成6人追捕小组，由民警带队、辅警和便衣队配合前往昆明捉拿嫌疑人，李丹丹是追捕小组唯一的便衣队员。

秋天的昆明，树木郁郁葱葱，鲜花盛开，美丽不输杭州。李丹丹从未来过春城，与破案工作相比，旅游根本不值一提！

当地公安机关派出2名民警、1辆警车协助杭州公安机关破案。李丹丹从视频监控发现，他们到昆明后打的去往东川区。杭州和昆明的民警连夜赶往东川区，在嫌疑人可能藏身的地方守候一个通宵。李丹丹等人坐在车上，轮流值班、轮流休息。山区蚊子特别凶、特别毒，一咬一个包，留下一块块红肿，瘙痒难耐，守了一晚上，嫌疑人没出现。

东川地处云贵高原北部边缘，山区视频监控极少，常规方法已无法发现嫌疑人行踪，当地刑侦大队通过技术手段，将年轻嫌疑人手机定位，发现此人在玉溪。民警带李丹丹等人赶到玉溪，找了一天没找

查找监控（西湖安保集团供稿）

到，在年轻嫌疑人可能藏身之地，又守了一通宵，依然在车上。

第三天下午，传来年轻嫌疑人开房的消息，民警带领大家到酒店布控，抓住年轻嫌疑人余某。据余某交代："女朋友一直嫌我没有钱，现在有钱了，逼我开房鬼混，才暴露了行踪。"

民警将余某带回东川审讯，余某坦白交代，同案犯姓邱。余某因犯盗窃罪判刑，在监狱服刑期间与被判无期徒刑的邱某相识，邱某出狱后无家可归，便在姐姐家借宿。邱某、余某出狱后无事可做，重返不归路，他们相约在杭州做笔大买卖，踩点时发现阳光地带小区有户

押解嫌疑人回杭（西湖安保集团供稿）

人家比较富裕，动起歪脑筋。得手非常容易，回到昆明他们开始销赃，邱某不识货，将最值钱的一对卡地亚钻戒送给余某，其余黄金首饰卖了3万余元，两人平分赃款。余某将一对卡地亚钻戒卖给另一个收赃贩子，得赃款5万元。

鉴于余某没有将卖钻戒的事情告诉邱某，民警让余某打电话约邱某分赃，邱某同意凌晨1时在姐姐家实施分赃。

邱某姐姐的房子四通八达，门前还有池塘，邱某是亡命之徒，很可能铤而走险。当地派出40名警力配合杭州警方实施抓捕，终于将邱某抓获。随后，杭州警方兵分三路，一路突击审讯邱某，两路分头追赃，抓获两名收赃贩子，赃款赃物一并收缴。杭州警方带着"战利品"，乘高铁回到杭州。

发案以来，李丹丹已九天九夜没有睡过囫囵觉，都是坐在凳子、趴在桌子或坐在车里迷糊一下，眼皮子打架，心情却格外好。

便衣队主要职责是在民警领导下，对辖区开展巡逻、配合民警破案和追捕嫌疑人。破案是刺激的，蹲点守候是无聊的，回放视频更加枯燥乏味，便衣队没日没夜、兢兢业业协助民警工作，生活过得很充实，很有成就感和荣誉感。

王南南开始在西溪湿地当保安，后来到文新派出所干巡逻，最终成为便衣队一员。

杭城金秋十月丹桂飘香。重阳节那天，林语别墅小区有位业主在宾馆宴请双方老人，全家在宾馆睡了一宿。次日上午回到家里，发现房间被翻得一塌糊涂。经清点，业主发现有现金、首饰、收藏品等财物失窃，总价值达200多万元。业主及时向公安机关报案，西湖区刑侦大队当即赶赴现场进行勘查，民警在阳台提取一枚脚印。文新派出所立即成立合成作战小组，其中民警10人、便衣队12人，王南南参与破案。

前期，王南南主要回放监控录像。小区监控几乎瘫痪，只能调取治安监控。业主说，除了失窃财物还丢失一只紫色拉杆箱。王南南以紫色拉杆箱为目标，查看治安监控，看了一天一夜，没有任何有价值线索。王南南不死心，又从城管部门调取紫荆港河游步道监控，紫色的拉杆箱终于出现在画面中。嫌疑人很敏感，一直低头走路，始终不露真容。

看不清此人面部特征，无法向上级汇报。王南南不死心，专程跑进林语别墅，实地调查私人安装的视频监控，发现位于围墙边一户业主装了摄像头。王南南请物业上门做业主工作，通过家庭监控，发现此人从小区围墙翻墙而出。翻围墙时此人抬头，摄像机拍得一清二楚，王南南锁定入室盗窃嫌疑人，警方查到他的手机。网警定位手机，发现此人在丽水，恰巧丽水警方打来电话，原来他在丽水又一次入室盗窃，被业主发现，逃跑中丢失手机，业主捡到交给警方。

嫌疑人为广东人，通过人脸比对技术，网警查到此人在福州市网吧上过网。合成作战小组兵分两路，一路去福州追捕，一路去广东守株待兔。每一路安排2名民警、1名便衣队参加，王南南赴福州。此人的确在福州上过网，上完网直接去广东，守株待兔的一路人马反倒抓住了他。

通过提取嫌疑人脚印，与阳台脚印完全一致，从发案到破案只用3天。王南南的功劳在于及时锁定嫌疑人，为破案赢得时间。

李丹丹、王南南、罗小琴，听名字好像是女士，在协助民警破案方面，他们是真正的铁血男儿！

罗小琴是江西井冈山人，作为红军后代，他从小就有参军入伍的梦想。他如愿在武警杭州市支队服役，退伍后成了一名新杭州人，一直在文新派出所做辅警、当保安。铁打的营盘流水的兵，服兵役有年限，干事业无年限。罗小琴觉得，最早的公安民警来自解放军，配合公安当便衣，能够实现个人梦想，体现自身价值，做自己喜欢做的事情。

喜欢就投入，就钻研，他向民警学习便衣跟踪技术。近期，群众反映手机失窃较多，派出所要求加强便衣巡逻，打击扒窃分子嚣张气焰。

杭州的春天，细雨绵绵。罗小琴骑着电瓶车在辖区周边巡逻，骑到文三西路五联西苑附近时，发现两个行踪鬼祟的人正在用夹子夹手机，因为离得比较远，无法抓他们现行。二人得手后，钻进一辆小汽车，电瓶车无法追小汽车，只能眼睁睁看他们逃之夭夭。回到所里，罗小琴调取视频监控，一路追踪，发现这个团伙共有6人，在三墩一家小旅馆落脚。他将情况汇报，文新派出所决定打掉这一团伙。

当天夜里，这个团伙再次作案，到深夜12点多才回旅店睡觉。副所长带领民警和便衣队将3个房间分头包围，趁他们熟睡之际将该团伙一一抓获，搜出上百部手机，人赃俱获，等待扒窃团伙的将是法律严惩。

面包车沿着文三西路不紧不慢行驶，车上坐着4名便衣队员，他们盯上骑在两辆摩托车上的4个小年轻。两辆摩托车围绕文三西路、竞舟路、天目山路、紫荆港路闲逛好几圈，罗小琴怀疑他们是"飞车党"。果不其然，两辆摩托车在竞舟路上突然加速，与一名中年妇女擦肩而过，后车座上的小年轻一把抢夺中年妇女肩上挎包，害她一个趔趄险些栽倒。罗小琴下车对中年妇女说："我们已经盯上这伙人了，你赶紧到文新派出所报案吧！"

"飞车党"朝文二西路方向逃窜，他们不知道已被便衣队盯上，自认为逃之夭夭，在放松警觉等红灯时，面包车紧随摩托车戛然而止，车上冲出4名便衣队员，将两名骑手牢牢控制住。后车座上两个嫌疑人见势不妙拔腿就跑，一个朝西溪湿地方向跑，另一个朝登新公寓小区跑，罗小琴向逃进登新公寓的嫌疑人追。

嫌疑人发现只有一人追他，俯身捡起一块砖头，想砸追他之人。罗小琴与嫌疑人兜圈子，只要拖住他，增援队马上就赶到。小区居民认识罗小琴，在居民的协助下，罗小琴成功将嫌疑人抓获。朝西溪湿地方向追的队员因年纪较大，跑不过小年轻，让嫌疑人脱逃了。便衣队将3个嫌疑人带回派出所，中年妇女的挎包完璧归赵。据嫌疑人交代，他们在石桥出租屋落脚，便衣队随即赶到落脚地蹲点布控。

罗小琴每月亲手抓获二三个嫌疑人，每年二三十个，干了10多年便衣队，抓获嫌疑人肯定超过300个。

我问罗小琴："抓了那么多嫌疑人，有没有遇到危险分子？"

罗小琴说："当然有。"

在抓捕毒品贩子时，他搜到过手枪，还与艾滋病患者有过近距离风险接触。

骆家庄一带经常发生入室盗窃案件，通过技术手段，锁定犯罪嫌疑人。他曾经是一名成功商人，因为有钱开始吸毒，并染上艾滋病。入不敷出的他开始干起盗窃勾当，隔一天作1次案，入室盗窃不下20起。派出所派罗小琴等10多名便衣队员在农居点布控，嫌疑人正在作案时被逮个正着，被带到派出所审讯、做笔录。嫌疑人衣袖、裤脚等处藏了不少刀片，趁民警不注意吞刀自裁，并用刀片割脖子、割手腕，弄得浑身上下都是血。派出所派罗小琴等4名便衣队员送他去同德医院救治，需要马上动手术取出刀片才能保住性命。麻醉之前，嫌疑人一心想死，疯狂地挣扎，不让医生做手术。若他的血液溅入别人的眼睛和嘴巴，可能会感染艾滋病。4名便衣队员在手术台旁，按住他的双手双脚，辅助医生做手术。

事后，罗小琴说："想想都后怕，可嫌疑人的人生之路很长，保命要紧，顾不了那么多。"

我心想，没有过不去的坎，云开雾散那一天，这个人会感激便衣队员的保命之恩吧！

巴图与它的主人

说过人，再说犬。

巴图是一条警犬，它的主人叫程志文，是杭州市安保集团犬防基地的队长。

2021年1月9日晨5时30分许，急促的电话铃声突然响起，杭州市刑侦支队要求犬防基地带两条警犬，协助公安机关侦破一桩杀人大案。

犬防基地派程志文带巴图、陈道设带黑豹配合公安机关破案，目的地为淳安县姜家镇附近724县道。

从犬防基地到姜家镇，汽车开了3小时，到达姜家派出所，民警带程志文、陈道设来到谢家村抛尸现场。据民警介绍，上海松江发生一起绑架案，嫌疑人驾车逃窜至杭州境内，上海警方通报杭州设卡拦截。深夜2时左右，湘A牌照的小轿车从千岛湖高速公路出口驶出，

巴图与训导员（杭州市安保集团供稿）

发现前方道路警灯闪烁，慌不择路驾车朝山上逃跑。当地民警知道，那是一条断头路，警车紧追逃跑车辆上山。见无路可逃，湘A牌照后车座上的嫌疑人将被绑架者抛尸（途中已被注入大量毒品，导致被绑架者死亡）并弃车逃跑，驾驶员嫌疑人因解开安全带延误逃跑时机，被设卡民警当场抓获。

出警（杭州市安保集团供稿）

民警询问驾驶员嫌疑人另一个嫌疑人朝哪个方向逃跑，驾驶员嫌疑人左手指东，右手指西，忽上忽下，一问三不知状态。警方从手机定位发现，逃跑的嫌疑人在方圆 1000 米范围内，决定搜山。那天，寒潮侵袭，当地气温低于零下 7 摄氏度。经多次搜山无果，遂向杭州市刑侦支队求助，派警犬配合搜索。

程志文进入小轿车，挑选逃跑嫌疑人遗留物品。经驾驶员嫌疑人确认，黑色双肩包为逃跑嫌疑人物品。程志文检查背包，大多为干净衣服，其中在夹层发现逃跑嫌疑人穿过的内裤，从内裤提取嗅源，存入密封袋。

当地有名伐木工人，清晨 7 点多时，发现陌生人从山上下来，沿着马路下山。逃跑嫌疑人反侦查能力较强，他虚晃一枪，又重新择路上山。

程志文和巴图来到伐木工人遇见陌生人的地方，程志文取出嗅源让巴图识别。巴图闻过气味后，不是下山，而是上山搜查。程志文跟着巴图进山，大约离马路 100 米的地方，巴图趴在原地一动不动示警，逃跑嫌疑人就在巴图鼻子下方。

山坡全是狼其草，严丝合缝，遮挡人们的视线。不仔细观察，难于发现蛛丝马迹，怪不得搜山无果！狼其草虽然不易倒伏，但踩过后重新直立需要时间，经仔细辨认，程志文发现刚刚踩过的细微足迹。

程志文拔出甩棍大喊一声："出来吧，我发现你啦！"

狼其草窸窸窣窣晃动起来，草丛中露出人头。程志文让嫌疑人双手抱头，跪倒在地，嫌疑人听话地跪地。其实，嫌疑人早就看见身穿迷彩服的搜山人员和虎视眈眈的警犬，根本想不到栽倒在保安员之手。

将嫌疑人完全控制后，程志文叫来民警，将他移交公安处置。经上海公安机关证实，他确是实施绑架和杀人的嫌疑人之一。从到达姜家镇到抓获，前后不到 1 小时，程志文和巴图凯旋，受到时任浙江省副省长、省公安厅厅长王双全的赞扬。

程志文从小爱犬。7 岁那年，用舍不得吃、舍不得用的 50 元压岁钱买了 1 条田园犬。田园犬的皮毛呈白的底色间隔黄的斑纹，程志文叫它"小花"。小花带了不到 1 天就走丢了，当地村民相信，狗能带来财运。父亲埋怨儿子，花那么多钱买了条狗，结果好了，别人闷声不响发大财。

因学校离家太远，读小学期间程志文住在姑妈家。程志文从牙缝挤出可怜巴巴的伙食费，花大价钱又买了 1 条毛色全黑的成年犬，取名"小黑"。小黑调皮，将姑妈养的 1 只下蛋鸡咬死。姑父气不打一处来，将死鸡挂在狗的脖子上，警告小黑："再咬鸡就杀掉你，吃狗肉！"

狗通人性，小黑果然听得懂人话，从此不再惹事。姑父种西瓜，每逢瓜熟之际，程志文让小黑在瓜地守夜。天黑后小黑乖乖出门，天亮后一身露水回家。上中学时，学生可以住校，程志文想让小黑回自己家。小黑任性，习惯住在姑妈家，不肯搬家。姑父渐渐喜欢上小黑，表示愿意收养。每当双休日和寒暑假期间，总要赶到姑妈家看望小黑。小黑老死在姑妈家，程志文将小黑埋在姑父地里，让它继续替姑父看护庄稼。

程志文是江西上饶人，父母在杭州打工。高中毕业后，程志文随父母到杭州一起打工，从事铝合金门窗装修工程。全家积累部分资金，父母让程志文回老家造房子、娶媳妇。习惯城市紧张愉快的新生活，新婚夫妻嫌农村枯燥乏味，在妻子提议下程志文再次到杭州，从事热爱的犬防工作。

2015年5月，杭州市刑侦支队和杭州市安保集团合作开展社会化犬防基地建设。刘向阳不负众望，为公司的犬防事业作出贡献。

刘向阳是杭州本地人，从小养狗，最多时养过10条狗，结婚买家具时，不买家具先买狗，取名"家具"。"家具"后来出意外，刘向阳犹如失子般伤痛。刘向阳从事过许多份工作，觉得人际关系过于复杂，不如与动物打交道单纯，便主动申请到犬防基地工作。犬防是新生事物，工作地点偏僻，养犬又苦又累又脏，公司鉴于他的资历和才能，任命他为犬防基地经理。目前，犬防基地有驯犬教员、训导员15名，犬只35条，其中追踪犬1条、物证搜索犬1条、搜爆犬5条、搜救犬3条、护卫犬25条。犬防基地圆满完成G20杭州峰会主会场、部分贵客下榻宾馆、地铁所有站点、变电所等场地设施的犬防任务，协助公安机关开展搜爆、搜救、侦破、备勤等工作；还与公羊队、西湖区人武部民兵组织等专业救援机构建立合作关系。

2020年3月7日晚上7时14分，位于福建省泉州市鲤城区的欣佳酒店所在建筑物发生坍塌。事发时，该酒店为鲤城区新冠肺炎疫情防控外来人员集中隔离观察点。事发后，习近平总书记第一时间作出重要指示，要求全力抢救失联者，积极救治伤员。当天深夜11时许，刘向阳接到公羊队电话：增援泉州，抢救失联人员。刘向阳领队，带训导员曲明涛、李彪、程志文、宋灿奇和搜救犬瑞姆、巴图、马六前往事故现场。坍塌酒店一片废墟，刘向阳便让队员仔细搜寻。3月9日零时左右，瑞姆借助体型小巧优势，钻进倒塌房屋缝隙，摇晃着尾巴，发出强烈信号。公羊队用仪器探测，发现废墟下有心跳迹象。刘向阳将情况汇报给当地救援部门，一对母子终于得救。

犬防需要人才，公司刊登广告招聘训导员。程志文天生爱狗，要是能够从事这份职业，天天跟狗一道玩耍，一起摸爬滚打，简直太美了。犬防基地的第一批队员想以退伍军人为主，程志文优势不明显。见程志文热爱犬防事业，又有爱狗养狗的经历，终于通过面试，成为第一批7名队员之一。犬防基地出资，送首批训导员赴公安部南京警犬研究所培训。3个月的基础理论和实操课程，让程志文懂得尊重犬、爱护犬、训导犬的基本常识。公安部派出专人进行结业考试，程志文实操成绩全部优秀，取得警犬技术（治安防范）资格证书。

返回犬防基地，刘向阳分配给程志文一条取名"蛋蛋"的马犬。马犬是比利时马里努阿犬的简称，无论智商、灵活性、服从性、可训性都胜过其他工作犬，尤其是它的弹跳爆发力惊人，经常被训为军警犬、护卫犬、牧羊犬等，程志文想把蛋蛋朝追踪犬方向训导。杭州市刑侦支队警犬基地教导员发现程志文有驯犬天赋，专门安排两位民警辅导他的驯犬技能。民警带他到功勋警犬陵园，像祭奠亲人那般尊敬虔诚，程志文蓦然间找到亲密战友的感觉。

G20杭州峰会期间，程志文带蛋蛋到地铁1号线杭州城站地铁车站巡逻。他和蛋蛋每天清晨5点起床，深夜11点后返回，持续时间长达半年。蛋蛋就像战士那样，服从命令，听从指挥，直到G20峰会圆满结束。

一次，程志文带蛋蛋外出训练模拟抓捕犯人，蛋蛋不慎扭伤大腿，程志文不得不让蛋蛋退役。退役的警犬仍会被养老送终，程志文每天照顾蛋蛋的饮食起居。

蛋蛋的退役，让程志文苦恼不已，他想亲手从幼犬训导出合格警犬。巴图是从绍兴民间买来的，出生只有40天，程志文特意赶到犬主人家里，一窝总共7条马犬，那条脖子上系着红丝带、肉嘟嘟的犬只特别惹程志文喜爱。他把犬抱到陌生地方，一点不害怕，兴奋度、捕捉力比它的兄弟姐妹都要强，程志文意图将它训导成搜救犬和物证搜索犬。程志文愿意花两倍高价买下这条犬，主人见有利可图于是成交。程志文给它取名"巴图"。

幼训是一桩苦活和累活，程志文天天打扫犬笼，确保犬宿干燥。犬笼有股难闻味道，程志文以抽烟驱散，每当闻到烟味，巴图不停打喷嚏，犬的鼻子特别敏感，他不再在巴图面前抽烟。幼犬的吃喝拉撒睡都要负责，喂水不能断，喂食七分饱，与巴图玩耍、拥抱、洗澡、梳毛……培养与犬的亲和力，像婴儿般伺候它，如影随形，只有这样才能成为巴图的真正主人。

幼训的另一个重要环节是脱敏，锻炼犬的胆量，使它对各种环境不害怕。犬是恐高动物，巴图也一样，程志文带它攀爬。犬只都有选取物兴趣，巴图喜欢圆形物体，每次巴图登高一级，程志文会抛网球奖励它，巴图摇着尾巴，一级一级往上爬，逐渐适应，不再怕高。

训导员的主要职责是抑制犬的天性，让犬听命于主人。基础课目训导主要有"靠"和"过来"两种口令。靠（随行）分坐、卧、立三种姿势，无论哪种姿势，犬的眼睛始终注视主人；当主人离犬有一定距离时，但凡听到"过来"口令，犬要及时赶到主人身边，如果主人行走，犬紧紧跟随，既不能走在前面，也不能落在后面，始终紧贴主人左腿的外侧。

巴图一天天成长，皮毛呈棕黑色，四肢健壮，耳朵朝正前方竖立。人多之处，任何人叫它都不理不睬，只有程志文命令，让靠就靠，叫走就走。真正的难度是专项课目训练，巴图充当搜救犬和物证搜索犬，全靠气味辨别真假。犬是近视眼、色盲者，其嗅觉特别灵敏，程志文用各种不同方式，诱导巴图寻找各种人体的不同气息。

搜救犬训练难度比较大、复杂因素比较多，至少需要经过两年艰苦训练，才能培养出合格的警犬。相比之下，护卫犬比较好训，扑咬是犬的天性，只要反复刺激，等犬退无可退之际，便会反扑咬人。

程志文模拟诸如山地、湖泊、废墟等恶劣搜救场景，与犬同训。例如山地场景训练，其他队员要去山上躲避起来，躲之前先在原地踩上几脚，留下个体气味特征，间隔 1 小时以上，等气味变淡以后，程志文再带巴图搜寻。同时，还会安排其他队员躲在山上，迷惑犬只。每当巴图捕捉到嗅源，都会趴在原地不动，等待主人甄别。

巴图 5 个月大时，正赶上南京片区（5 省 1 市）组织开展警犬技术比赛，巴图被浙江省公安厅选中，参加物证搜索犬技术比赛。

物证搜索场地超过 1000 平方米，每条犬需要寻找两个物证，并在场内安置许多干扰物干扰。预赛时，巴图寻找两个物证只花两分钟时间，获得满分成绩。正式比赛时还是因为比赛经验不足，人有点紧张没有调整好犬的状态。巴图一出笼子兴奋过头，跑得特别欢快，延误物证搜索的时间，最终获得第五届全国警犬技术比赛南京片区预赛物证搜索纪念奖。

这可是 4 年一次的警犬大赛啊！程志文后悔不迭。

警犬比赛刚结束，2018 年 11 月 15 日 11 时 10 分，杭州市公安局西湖风景名胜区分局接到谭某某报警：其女儿谭某在西湖景区莲花峰游玩时与家人失联，下落不明。

谭某，2013 级某大学本科生，后去英国留学，于 2018 年 7 月留学回国。最早发现谭某失联的是她本科时的室友王某。谭某曾约王某一起吃饭，到了约定时间，没有赴约。王某联系她的微信和电话，均没有回应。王某问了周边熟人，都说 11 月 13 日中午后没有她的消息。王某将情况告诉谭某家人，家人这才报警。警方通过监控发现，谭某失联前曾独自在灵隐景区游玩，手机定位却在江苏省南通市。11 月 14 日下午 1 时 35 分，谭某母亲接到来自南通的电话，电话那头表示：昨天下午 3 时左右，他们在飞来峰景区莲花亭附近游玩，捡到了这部手机。灵隐派出所民警调取监控，发现谭某自 11 月 13 日 11 时 5 分进入飞来峰景区，一路用手机拍照，到 11 时 26 分以后不见其下山踪影。

从 11 月 15 日中午起，灵隐派出所民警和谭某家人一起上飞来峰搜寻，景区公安分局向辖区各派出所发布谭某照片和个人信息，组织灵隐管理处、景区消防大队、护村队及公羊队、仁泽公益等社会力量共百余人员搜寻。当天傍晚 6 时，捡到谭某手机的南通游客赶到灵隐派出所，将手机交给警方并协助寻找。

犬防基地于当天夜里 9 时左右，接到公安机关电话。在刘向阳带队下，派出两条搜救犬配合寻找，其中便有程志文的巴图。

在灵隐派出所，程志文用镊子和纱布，从其父母处提取谭某独特人体气味，放入塑料袋密封。飞来峰沿途路灯不多，细雨蒙蒙，道路崎岖，台阶路滑，程志文领着巴图小心上山。在莲花峰山顶悬崖处，巴图趴在一片树叶上面，摇晃尾巴。在手电筒照射下，树叶正面有 1 滴黄豆大小的血迹，颜色比较新鲜。民警询问上山搜寻人员，有没有受伤出血者？问遍现场，没人受伤。

底下是悬崖，公羊队利用绳索吊到悬崖下方，发现疑似失踪人员谭某。经医务人员确认，她已无生命体征。

经警方现场勘查和法医鉴定，失联的女大学生系被人谋害。警方于 11 月 16 日下午 4 时，锁定犯罪嫌疑人熊某，并于次日下午，在广西壮族自治区全州县将其抓获。2019 年 7 月 26 日，杭州市中级人民法院不公开开庭审理，以故意杀人罪判处熊某死刑，剥夺政治权利终身，以强制猥亵罪判处其有期徒刑 5 年；二罪并罚，决定执行死刑，剥夺政治权利终身。熊某不服，上诉浙江省高级人民法院，省高院维持原判。这起杀人大案的侦破，首功当属巴图。

空闲的时候，程志文带巴图到功勋警犬墓地，为牺牲或死亡的功勋犬扫墓，用野花装点它们的墓碑。

程志文希望巴图将来成为功勋犬。

"扔污人"现原形

早春二月，夜深人静时刻，一个瘦高黑影沿着茶园阡陌小径，翻越围墙窜入飞来峰景区，只见他鬼鬼祟祟贴着墙根朝某江南名寺方向走去。到了江南名寺入口处，栅栏木门紧锁，知道自己无法逾越，他从身上卸下一只环卫工专用塑料垃圾袋，将垃圾袋内东西从栅栏木门的缝隙朝江南名寺入口处抛撒，抛撒完毕，大摇大摆从围墙翻出飞来峰景区，消失在黑暗之中。

"黎明即起，洒扫庭除"是古训，江南名寺的和尚清早起床不为别的，打坐念经做早课是他们的本分，扫地、做饭等事务归杂务，寺庙交给义工打理。扫地义工打开江南名寺山门，发现入口处通道遍地垃圾，仔细一看，全是用过的手纸、沾血的卫生巾、儿童的尿不湿等污秽之物。扫地义工立即向管事和尚汇报，管事和尚连说："阿弥陀佛，罪过罪过……"

从寺庙角度讲，此为大不敬，理当严惩抛撒者！当天上午，江南名寺管事和尚向当地派出所报案。

灵隐派出所高度重视，立即着手展开调查。江南名寺内没有监控设施，寺外主干道装有少许视频监控。江南名寺外围树木参天，监控只拍到背影和侧影，看不见正面。通过回放监控，灵隐派出所锁定一名中年男子为抛撒不洁之物嫌疑人，并将此人称为"扔污人"。毕竟不是违法犯罪作案，派出所李教导员、张副所长商量后将蹲点守候"扔污人"的任务，交给景区保安公司派驻灵隐片区保安中队处理。破坏社会安定秩序的，不一定都是犯罪分子，比如这个"扔污人"可能对某个社会群体固执、不满而做出过激行为。保安员是公安机关一支重要辅助力量，只要公安有交代，他们都会不折不扣去完成。

张副所长吩咐片区保安中队长郝胜利："协助公安，让此人显出原形。"并严肃交代他，"江南名寺大和尚很恼火，不光他们恼火，我们公安也是脸上无光呀！"

郝胜利心想，飞来峰景区治安巡逻任务交给保安中队负责，巡逻中没有及时发现并制止抛污事件的发生，是保安中队失职，作为中队长脸上更加没有光彩。

郝胜利抽调5名保安员，由自己带队，从报案当天夜里开始，通宵值班，蹲点守候。他们傍晚6时布防，一直持续到次日清晨6时结束。

通往江南名寺共有4条道路，分别为江南名寺游客主干道、消防通道、梅岭北路、灵竺路，以往治安巡逻也是沿着这几条道路观察有无异常，发现情况及时处置，处置不了及时汇报。

郝胜利担心打草惊蛇，暂时停止景区治安巡逻工作，改为蹲点值守。巡逻工作相对轻松，两名保安骑着电瓶车一左一右分头行动，一圈下来十几分钟，返回之后可以在保安岗亭略作休息，喝喝水、填填饥、取取暖，隔段时间继续巡逻。蹲点守候全在露天进行，飞来峰景区夜里气温更低，裹着大衣还嫌冷。

守株待兔自身更需要隐蔽，他们躲在篱笆下，藏在树丛中，活动半径有限，时间一长难免腰酸背痛，手脚僵硬。巡逻一圈时间较短，回到岗亭保安员之间说说话，聊聊天，一个晚上一晃而过，时间消磨得快。独自蹲点守候，无话可说，无法交流，队员觉得无聊透顶。无聊便会犯困，犯困便会打瞌睡，打瞌睡触犯工作纪律，保安员最忌讳，他们用意志和毅力克服，有的拧自己大腿，有的在心里一遍遍数数，有的洗冷水脸清醒，郝胜利的方法是揪头发，一夜之间头发脱落不少。

守了一通宵没异常，第二天夜里继续蹲守，依然一无所获。有的保安员讽刺挖苦：哪有一而再、再而三到同一个地方犯事作案的？要不他是笨蛋，要不我们执行笨办法，二者必居其一。

江南名寺始建于东晋咸和元年（326年），开山祖师为西印度僧人慧理和尚，历经1600余年风风雨雨，目前已成杭州名片之一。千年古刹哪怕一丝一毫风吹草动，都会引起社会关注，甚至影响宗教政策贯彻落实。

郝胜利说："能够为江南名寺安保工作出力，既是职责所在，也是举手之劳。国内外游客千里迢迢跑来江南名寺烧香，为什么？是为了积德行善，保佑国泰民安。我们用举手之劳，行积德行善道义，何乐而不为呢？"郝胜利把道理讲透讲实，想方设法做保安员思想工作，凝聚队伍力量。

第三夜继续蹲守，依然没有让"扔污人"现出原形。

天色渐渐明亮，副班长王玉友看到禅茶地出现一大片白色垃圾，走近一看，原来是不洁之物，估计是"扔污人"遗弃的物品。由此说明，"扔污人"具有一定反侦查能力，他已经发现有人蹲点值守，等待他的出现，意图抓他的现行。

第四夜，郝胜利改变蹲点方法，让保安员熄灭肩灯，脱掉反光背心，更加隐蔽自己，真正做到静如处子，动如脱兔。

守了一夜，平安无事。

第五夜终于大获全胜。

飞来峰景区绿化茂盛，树木高大，树叶婆娑，遮挡住零零星星的路灯，灯光忽明忽暗，近在咫尺看不清人脸，数米之外不见踪影。

别看王玉友年岁偏大，其实安保工作经验丰富。他始终琢磨一件事，"扔污人"是从哪里收集到这么多污秽物品的呢？答案只有一个：公共厕所。环卫工人每天下午5点清理完毕，"扔污人"白天收集不洁之物无异于自投罗网。环卫工人清理后，上厕所人数不会太多，收集大量污物需要许许多多公共厕所。当然，"扔污人"可以从距离较远的公厕入手，兴师动众地收集，费力不讨好地搬运，岂不自讨劳民伤财之苦？放着现成的公厕不用，没有傻到这种地步吧！

王玉友将注意力集中到公共厕所。飞来峰景区售票处附近有一个比较大的公厕，天黑后观光游客、散步居民、交接班工人常来此方便，解"一时之急"。

夜已深沉，王玉友模糊看到人影闪身进入公共厕所，从模样看像男人。王玉友在灵隐片区当保安已8年，周边环境一清二楚，他知道右边是男厕，左边是女厕，而那个男人却进了左边的女厕所。王玉友觉得情况异常，打起十二分精神。

男人从女厕所出门，顺着走廊朝生境广场行走。王玉友蹑手蹑脚靠近男人，距离近了，看见高个子男人背了1个塑料垃圾袋，垃圾袋很大，装得鼓鼓囊囊，应该很沉。可男人腰不弯背不驼，身材笔挺，轻松自如，王玉友猜测袋子分量并不重，从袋内飘出一股轻微臭气，怀疑是手纸等不洁之物。

男人不知道已被盯梢，当他走到御碑亭时，一个声音叫住他："我是灵隐景区保安员，你到女厕所干什么？"

御碑亭四周空旷，便于询问。

男人说："走错了，不干什么。"

王玉友问："你身上背的袋子，里面装的什么？"

男人说："这个事情与你无关。"男人情绪比较激动，并想溜走。

男人走到哪里，王玉友跟到哪里，与他寸步不离，还用对讲机叫来其他保安员。郝胜利向他亮明身份，请他配合检查袋子里面的东西。男人不听，拒绝检查，郝胜利打电话向灵隐派出所求助。数分钟后，灵隐派出所李教导员带着民警驱车赶到，他们出示证件，请男人打开垃圾袋接受调查。

看到公安民警，男人不情不愿地从背上放下垃圾袋，郝胜利持手电筒照亮，王玉友打开垃圾袋，里面全是污物，"扔污人"终于现出原形。

"扔污人"说："佛是骗人的，这是我的私事，真的与你们没有关系。"

原形毕露（景区保安公司供稿）

　　李教导员将此人带到派出所询问。"扔污人"姓聂，52岁，祖籍安徽。聂某承认已经两次到江南名寺抛撒不洁之物，当天晚上本来想第三次抛污，不料反被抓了现行。据聂某供述，1年多来，他已数十次到杭州各大寺庙门口丢过类似污秽物品，他的动机主要是报复寺庙，向和尚尼姑讨说法。

　　早年，聂某是个虔诚信徒，十分相信佛法无边。聂某老婆生病，他不是送她求医，反到庙里烧香叩头，请求菩萨保佑老婆平平安安。结果，老婆一命呜呼，令他深受刺激，怀疑和尚不安好心。聂某做点小生意，每次赚到钱总要往庙里供奉、朝功德箱扔钱，此前都十分灵验。老婆去世后，聂某生意一落千丈，即使朝功德箱扔钱也没用，直至亏本，从此不做生意。

聂某认为，是寺庙造成自己家破人亡、生意亏本、人生不幸，他把怨气撒到寺庙头上，由满怀虔诚转变为怀恨在心，决定报复寺庙。聂某进香的寺庙都在安徽，他担心在当地报复被村民知道留下话柄，遂到杭州实施报复。

聂某的指向并非江南名寺。当然，聂某知道，江南名寺是千年古刹，名气更大，到江南名寺抛撒污物可以起到意想不到的效果。可惜，自然事物的发展变化不会超过3次，聂某栽跟头是必然规律。"扔污人"被送到安徽当地，接受进一步调查。

江南名寺为现行抓获"扔污人"松了一口气，大知客特意赶到保安中队表示感谢，并邀请6名保安员到江南名寺吃素斋，慰问他们的辛勤付出。

第七章　光荣与委屈俱在

《论语·为政》篇："见义不为，无勇也。"中华民族把见义勇为当作传统美德；苏州天水桥东、西两侧各有两副桥联，东端："万恶淫为首，百善孝为先。"西端："愿天常生好人，愿人常做好事。"中华民族把善恶分明、好人好事当作传统美德；见义勇为是指个人不顾自身安危，通过同违法犯罪行为做斗争或抢险、救灾、救人等方式，保护国家、集体利益和他人生命财产安全的一种行为；好人好事是指帮助别人不求回报的人和事；公益组织和志愿者涉及范围更广，他们参与的活动，主要指向社会和个人捐赠财物、时间、精力、知识等。保安员这三者兼而有之，可谓正能量代名词。

据浙江省保安协会不完全统计，30 年来全省保安员见义勇为 1821 人，因公负伤 5285 人，因公牺牲 10 人；雪中送炭、拾金不昧的好人好事更是不计其数……在为他们感到无上光荣的同时，我也深深替他们委屈。无论受了多少委屈，保安员告诉我："把它们憋在心里，不是不想说，只是不知道怎么说、和谁说。"说不出的委屈才最委屈，心里的疼痛才最疼痛，像委屈和失望这种东西藏在心里就好，懂你的不必解释，不懂你的何必解释。也有保安员说："委屈记在心里，微笑露在外面。"本章节主要讲述保安员忍辱负重为社会服务，请大家尊重其尊严和人格。

最美"托举哥"

"绿山青山就是金山银山"的发源地——湖州，山美水美人更美，实至名归。

"在湖州看见美丽中国"，大街小巷随处可见一块块标语牌。

美丽中国，第一位必须是人的心灵美。只有人心美，才能山也美来水亦美。

有一位保安哥，上班头一天，感动一座城。他就是被誉为最美"托举哥"的李迎福。

2013 年 11 月 18 日，星期一。天没亮透，李迎福早早起床。两天来，李迎福做梦都会笑醒。

昨天晚上，李迎福一直等儿子回家。儿子李心坚做厨师，回家较晚。李迎福青年时母亲去世，壮年时父亲去世，仅与儿子相依为命。尽管跟前妻是自由恋爱，双方都是初恋情人，但由于婚后性格不合，早早与前妻分手。朋友和媒人见李迎福勤恳老实，一副热心肠，隔三岔五为他物色对象。儿子太小，李迎福既当爹又当妈，没有心情谈对象。儿子一天天长大，眼看到了成家立业年龄，可李家经济条件拮据，"先给儿子成家要紧"。从此，李迎福一概回绝朋友和媒人撮合，斩断续弦念想。

临近晚上 9 点，李迎福终于听到儿子的开门声，等不及儿子换拖鞋，便对儿子李心坚说："爸爸明天要穿制服上班了。"见儿子莫名其妙，李迎福接着又说，"爸爸明天要穿制服上班了！明天下班以后，你尽量早点回家，爸爸给你看我穿的新制服。"

想了一下，李迎福继续交代儿子："爸爸明天第一天上班，我想早点去，早饭给你热在电饭锅里。"

干了一天，李心坚太累，洗洗就睡，不知道那天夜里父亲睡熟了没有。

李迎福还在娘胎时，就随父亲从城镇"精简"到农村，成为安吉县梅溪镇龙口村桃园自然村的地道农民。改革开放后，国家政策允许"精简"人员子女回城顶职，李迎福被安排在当年父亲工作过的豆制品厂做工人，摇身一变吃起"商品粮"。不久，豆制品厂改制，李迎福买断工龄，四处打工，成了自由职业者。在上海崇明岛，李迎福干了八九年造船厂修理工，看看图纸，指导施工；在安徽朋友创办的农庄，干过几年酒店管理，结果与朋友不欢而散……为了养家糊口，李迎福到处漂泊，自由是自由，赚钱并不多。

2009年，父子俩凑了14万元首付，在湖州星汇半岛小区买了一套70多平方米的商品房，总算在城里筑起"安乐窝"。

穷人的孩子早当家，李心坚非常孝敬父亲。"我干厨师，每月工资4000多元，房贷还一半，生活留一半，不会坐吃山空的。"儿子想让操劳一生的父亲在家享清福。

李迎福坐卧不安，想到每月还有2000多元房贷要还，哪有心思享清福？要为儿子减轻一部分经济负担，至少得自己养活自己吧！

别的能耐没有，只能重操旧业。李迎福懂船舶修造，凭借经验和技术，在老家附近找到造船厂工作，厂里答应每月发3000元工资。李迎福想，不光养活自己绰绰有余，还能援手帮儿子还房贷。这份工作，李迎福看得很重很重。

造船厂离星汇半岛比较远，李迎福每天早上4点多必须起床，否则上班要迟到，回家则比儿子晚。李迎福不想让别人小瞧自己，甚至因为迟到早退被造船厂辞退。夏天还行，冬天四五点骑电瓶车出门，寒风刺骨，刮风下雨很不安全。李心坚心疼父亲，多次劝他："爸爸，别干了，我自己行。"李迎福心痛工资，照干不误。一晃三四年时间，直到2013年9月，李迎福生了一场大病，才不得不离开造船厂。当年11月2日，李心坚奉子成婚，他将妻子怀孕的消息告诉父亲，李迎福手舞足蹈，开心得在客厅连说"好好好"。

看着儿媳妇肚子一天天大起来，李迎福既开心又忧愁。目前，自家房子只有两室一厅，他跟儿子、儿媳各住一个房间，将来有了孙子，孙子住哪里?

李迎福憧憬天伦之乐,怎么着也要买套三室一厅的房子吧!

闲来无事时,李迎福在小区溜达。走着走着,听到邻居纷纷议论,说是小区保安人手不够,物业公司张榜招保安。说者无心,听者有意。能在自家门口挣到钱,何必到处"流浪"打工呢?闲着也是闲着,不如当保安实惠,能为孙子出力。

那时,李迎福对保安职业不知情,没有一点头绪。

报名很快获得通过。2013 年 11 月 15 日,李迎福接到宁波亚太酒店物业公司湖州分公司当保安的入职通知。物业公司对新保安开展上岗培训,3 天培训让李迎福懂得保安的首要职责是防火、防盗和区域内的人身财产安全。从此,他将穿上保安服,像民警那样为治安服务。

2013 年 11 月 18 日,一个普通得不能再普通的日子,对李迎福来说非常重要。这一天,他将正式穿上保安服,出现在居住小区,为居民和上门群众提供服务。

一夜激动,李迎福醒来好多次,睡不着觉,干脆起床。天空一片昏暗,李迎福俯瞰窗外,路灯下两名保安员正在巡逻。李迎福涌起一股自豪感,平时只顾自己睡大觉,哪看到保安员没日没夜站岗、巡逻呀?今后,自己也要成为其中一员,像他们那样守护大家,让儿子、儿媳、孙子和小区居民睡安稳觉,觉得非常美!

李迎福开始做早饭,不等儿子、儿媳起床,吃过早饭出门乘电梯下楼。天色微明,李迎福沿小区走了一圈,熟悉小区各个出入口情况。李迎福想入非非,不知会在哪个门值班?

见李迎福散步,领班叫住他:"跟我去领保安服吧。"

李迎福喜出望外,双手接过崭新的保安服,一件件穿戴整齐,端详镜中模样,像军人和警察那样敬礼。

李迎福问领班:"我到哪个大门值班?"

领班将李迎福带到 F 区大门,"这里就是你的岗位。大家在看着你,好好干。"

领班交代完毕,李迎福觉得应该说几句话回应。培训期间,李迎福站过队列,他双腿并拢,抬头挺胸,响亮说了句:"放心吧,保证对得起这身保安服！"

事实证明，李迎福兑现了当天的承诺。

上午7点，李迎福正式接班，8小时内F区周边的安全和秩序维护，全在他职责范围之内。看到有汽车乱停，李迎福耐心劝阻；遇到电瓶车和自行车停放不当、倒伏，李迎福替车主扶正、归位；每逢有人上门探亲访友，李迎福指明楼层方位；有过路群众问路，李迎福热情指引……短短半天时间，李迎福驾轻就熟，得到领班和小区居民基本认可。

午饭有人替班。李迎福住A幢1207房，从F区到A区步行约5分钟，回家取了饭菜，在岗位囫囵吞下。替班劝他："第一天当保安感觉新鲜，如果天天这样吃饭，会得胃病的。"

李迎福笑笑说："没关系，身强力壮，好得很。"

中午12时40分左右小汽车驶入小区，李迎福摁下按钮，道闸发生故障，栏杆不能自动升起来。李迎福离开岗亭，用手动方式将栏杆升起，方便小汽车通行。李迎福熟悉机械原理，修理这点小故障难不倒他。正要转身回岗亭拿修理工具，猛然发现E区7楼窗台上，有人想跳楼。

岗亭和窗户朝向东面，李迎福值班时，背朝E区。要是栏杆正常升降，李迎福不可能猛然转身，就没有机会看见眼前发生的惊险一幕。一个小小意外故障，彻底改变李迎福的下半生。李迎福充满正能量，况且"区域内人身财产安全"是保安员应尽的责任和义务！

岗亭与E区外墙间隔四五米左右，说时迟那时快，李迎福一个箭步跑到墙根，在楼下等候，摆出一副接人的架势。

其实，保安员苗义峰在E区巡逻时，已经发现7楼窗台坐着年轻女子，她号啕大哭，情绪比较激动。苗义峰一边用对讲机通知其他保安员，一边急匆匆爬上7楼，本想敲开事主家门，屋内始终无人应。保安员李绍峰利用6楼对应窗户，抓住女子悬在窗外的大腿实施营救，女子并不配合，没有成功。当时，总共8名保安员在现场参与组织营救。

楼下，李迎福第一个跑到现场，另一名保安员呼省伟听到对讲机在叫，急忙赶来楼下。李迎福、呼省伟面对面站在楼下，抬头安慰年轻女子不要做傻事，百般劝说不见效果，年轻女子朝窗外一点点挪移。

呼省伟提醒李迎福："老李，你年纪大，当心啊！"

李迎福一个劲说："接住……我们一定要接住……"

时间凝固了。12点46分许，就在大家生死救援的一刹那，轻生女子从天而降。李迎福本能张开双臂，接住轻生女子的上半身，呼省伟接住轻生女子的两条腿，3人一同倒地。

我问李迎福："您痛不痛？有没有当场昏倒？"

李迎福说："不痛，我头脑始终清醒。"他听到120救护车先后赶到，轻生女子被抬上救护车先行抢救。李迎福认为自己伤势不重，急救医生开始询问："能不能动一动你的手脚？"

李迎福想动手脚，手脚不听指挥。

急救医生对他稍作处理，李迎福被抬上救护车。一路上，救护车警报声、汽车喇叭声，李迎福听得一清二楚。医生对病人做检查时，护士用剪刀剪开李迎福保安服。李迎福拼命叫："不能剪，不能剪，我儿子没有看见！"

此后，李迎福头脑迷糊，一片空白。

这一觉，李迎福睡了五天五夜。身体仍在发烧，头脑模模糊糊，李迎福琢磨不清：躺在哪里？手脚为何动弹不了？为什么没给我治疗？医药费怎么办……

2013年11月22日下午，时任湖州市委副书记、市长金长征和宣传部部长胡菁菁、公安局局长金伯中等一行，前来解放军第九八医院重症监护室探望李迎福。李迎福在电视上见过金长征，知道她是大领导。李迎福没有听清金市长究竟说过哪些话，如今想得起来的只有一句，"医药费不用担心，政府负责到底！"

在李迎福昏迷的日子里，整座湖州城，乃至浙江省被他见义勇为的壮举深深打动。

时任湖州市委书记马以第一时间作出批示：全力以赴抢救，救人最重要。保安的好人善举、大义大爱精神值得弘扬。

时任湖州市委常委、宣传部部长胡菁菁落实马以书记指示精神，组织卫生系统领导和专家研究抢救治疗方案，邀请原南京军区、上海等外地专家赴湖州会诊，想方设法先保住李迎福生命，再考虑将残疾程度降至最低。

事发 3 天，湖州市政府发文：《关于给予李迎福记二等功并授予湖州市见义勇为先进人物荣誉称号的决定》（湖政发 [2013]45 号）。文件认为，李迎福身为一名普通的保安工作人员，不顾个人安危，勇救他人生命的英雄事迹宣扬了社会的正能量，更是新时代的典型楷模。号召全市广大干部群众以先进为榜样，大力弘扬见义勇为精神，为构建社会主义和谐社会作出自己应有的贡献。

2013 年 11 月 20 日，时任浙江省委常委、宣传部部长葛慧君批示：要继续全力救治，并宣传弘扬他（李迎福）的救人壮举。

一周后，以李迎福名字命名的志愿者团队"李迎福志愿者服务队"在湖州成立，包括警察、律师、医生、保安、出租车司机、水电维修工等 120 人成为首批队员，下设平安守护、法律援助、和谐乡村、金融服务、市场互动等服务小分队。直到今天，"李迎福志愿者服务基地"依然存在，做着大量善举和义举。

新闻媒体更是连篇报道李迎福的英雄壮举，关注李迎福救治中的一举一动。

据从事物理教学的老师介绍，前两年杭州"最美妈妈"吴菊萍徒手接住 2 岁女童，相当于承受 335 千克重物压力，冲击力导致吴菊萍双臂粉碎性骨折。这次"男版吴菊萍"接的是成年女子，承受冲击力相当于 1000 千克。

据九八医院主治医生介绍，李迎福身体素质比较好，要不然极有可能当场死亡。

轻生女子也被送往九八医院救治，据她的主治医生说："轻生女子入院时处于创伤性休克，经诊断为腿骨错位，身体局部有一些骨折，已无生命大碍。如果没有保安的托举，她的后果不堪设想。"

轻生女子得救了，李迎福却命悬一线。

经专家初步会诊，李迎福被诊断为：脊髓休克、颈椎过伸伤、颈椎多节段棘突骨折、四肢迟缓性瘫痪……

经过 3 个多月抢救、6 个多月医治，李迎福终于从重症监护室转移到普通病房，成功闯过抢救、保命、手术等一系列紧急医治，脱离生命危险，进入康复阶段。经伤残鉴定，李迎福为一级伤残，除了两个肩膀能动弹，乳头以下失去知觉，并将终身卧床不起。

2021年1月，我去湖州市第一人民医院看望李迎福，他在病床上躺了7年半。我问李迎福："如果知道一辈子将躺在病床上，造成终身瘫痪，会不会伸出自己的双手？"

李迎福没想就回答道："我们这一代人，是在《学习雷锋好榜样》歌声中长大的。作为富有正能量的人，看到别人面临危险，总不能当缩头乌龟吧。换成今天，肯定还会伸手的。伸手是本能，不伸手是丧尽天良！"

我问道："住在同一个小区，认识轻生女子吗？"

李迎福说："至今没有见到过这个人，哪里晓得认识不认识。"

据有的媒体报道：跳楼女子很后悔，想见见救命恩人。

我问李迎福："您保住她的生命，没来看过您吗？"

李迎福肯定回答："没有。"

我很遗憾。境界不同，人与人就是不一样。

接着，我又问李迎福："以前有没有做过别的好事？"

李迎福迟疑一下说："我没有别的爱好，就是喜欢钓鱼，最多一次钓了40多斤，最大一条20多斤。钓鱼人普遍不喜欢吃鱼，基本送给亲戚朋友吃。一次，我在老家钓鱼，发现有小男孩在运河挣扎。我下河，把他捞了起来。"

李迎福用业余爱好诱导我，叙说钓了多重、多大的鱼，救人之事一笔带过。哪有救人轻描淡写的？

我知道李迎福刻意回避所做的好人好事，不再打破砂锅问到底。

2013年，李迎福被授予"湖州市见义勇为勇士""浙江省见义勇为勇士"称号，荣获"湖州市一等治安荣誉"奖章；2014年，李迎福被评为"最美浙江人"，荣登"中国好人榜"；2015年，李迎福荣获"第五届全国道德模范提名奖"；2017年，李迎福被授予"全国见义勇为模范"称号……

尽管湖州市委、市政府对李迎福实行"特事特办"，让李迎福享受湖州市"五一劳动奖章"补助、重度残疾人补助等政策，想方设法解

长年卧床（相雪君摄）

决李迎福当前医疗费用和日后生活保障等实际问题，但政策总归有限。

如何让"好人流血不流泪"？

湖州市委、市政府积极引导，发动全社会展开讨论，达成共识：只有让"好人有好报"制度化、长效化，才能让更多好人"流血不流泪"。能力不分大小，捐款不分多少，众人拾柴火焰高，一条帮扶"好人"的路径逐渐清晰。

2014年3月5日——学习雷锋纪念日，湖州市委宣传部、市文明办、市慈善总会等单位联合举办"好人有好报"慈善关爱基金启动仪式，活动当天募集关爱基金 450 余万元。市委、市政府顺势而为，专门成立湖州市道德模范关爱工作领导小组，出台《湖州市帮扶生活困难道德模范实施办法》，形成"三个一"（一位"好人"——李迎福、一个基金——"好人有好报"慈善关爱基金、一群好人——湖州市民）的长效机制，让"最美保安"像"星星之火可以燎原"那样燃遍湖州，形成社会主义核心价值观的良性循环。

"在湖州看见美丽中国"，山美水美人更美。李迎福成为湖州"最美"现象之一：第一天当保安，第一次穿保安服，他用双手托举起他人的生命，自己却造成终身残疾。

他的壮举意义非凡！

鹃湖义士

一名保安感动一座城，两名保安感动三个省。

让我们始终记住这两个名字：

皇文瑞，1992 年 10 月 1 日生，2018 年 7 月 30 日卒；

苏威，1998 年 10 月 13 日生，2018 年 7 月 30 日卒。

他俩为了救同一个人，英勇献身！

2018 年 7 月 30 日下午 2 时 10 分左右，海宁市硖石街道鹃湖公园内，有名年轻女子在鹃湖边徘徊。突然，女子以迅雷不及掩耳之势投湖，湖水很快将她淹没。

巡逻保安的主要职责是，劝导不文明旅游行为，随时发现并处置突发情况。

正在鹃湖大桥西至三连桥北区域巡逻的保安员皇文瑞，及时发现有人跳湖，第一时间一边用对讲机向上级报告，一边呼叫附近保安向他们求援。皇文瑞顾不得脱衣服，一个猛子扎下水，朝年轻女子投湖方向游去。

勇士皇文瑞（皇云蓉供稿）

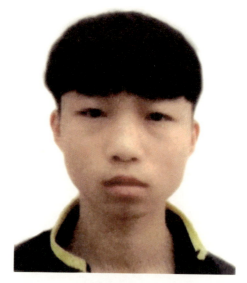

勇士苏威（苏友刚供稿）

苏威在三连桥北至沙滩区域巡逻，离事发地点比较近。听到皇文瑞的呼喊，苏威立即朝喊声处飞奔。离湖岸 10 多米远处，苏威隐隐约约看到有个穿花衣服的人在水中挣扎，皇文瑞正朝挣扎之人游去。苏威来不及脱衣服，直接跳入湖中，游向同一个地方。

鹃湖是一座人工湖。2012 年开挖，2014 年蓄水，2016 年竣工。海宁市地处长江中下游地区，周边缺少大型水库，自来水水源比较紧缺，鹃湖被用作自来水的备用水源地。在城市中心开挖人工湖，土地资源十分稀缺，因此人工湖挖得比较深。鹃湖平均水深 3.5 米，最深处达 6.5 米，可蓄水 274 万立方米。湖的岸边相对较浅，但离湖岸数十厘米，便呈断崖式下降，不熟悉鹃湖水性的人，往往容易忽视它。

皇文瑞和苏威仅仅略通水性，他俩没有考虑个人安危，唯一念头就是救人！

苏威抓到跳湖女子的连衣裙，皇文瑞托住跳湖女子的脖子，他俩一个拉、一个托，将跳湖女子一点一点朝湖岸方向推送。湖水太深，他俩找不到着力点，身上的保安服和女子连衣裙成为生命的拖累。

跳湖女子被推送到离湖岸较近处搁浅，而皇文瑞、苏威终因体力不支，先于跳湖女子沉入湖底，不见踪影。

被对讲机叫来的保安项目部经理沈学祥，目睹岸边搁浅的跳湖女子，跃入水中一把将她拖到岸上。不久，120 救护车赶到现场，溺水女子被送往医院紧急救治。因抢救无效，跳湖女子于 7 月 31 日不幸死亡。

鹃湖恢复平静。平静的背后，是皇文瑞、苏威两名"90 后"的义举。

鹃湖岸边，工作人员和游客默默为两名保安员祈祷，盼望生命奇迹的发生。

硖石派出所、水上派出所、消防大队、120 急救中心、海豹救援队、潮乡救援队、桐乡雄鹰救援中心等相关人员纷纷赶赴现场，组织救援。经过 3 个多小时全力搜救，皇文瑞和苏威终于被打捞上岸。岸边所有人看到感人至深的一幕：两名保安的双手，一个向前抓攥，一个向上托举，直到生命最后一刻，他俩都没有放弃救人的举动。

生命可以停，救人不能止！

那一刻，现场鸦雀无声；那一幕，深深刻在人们的脑海中。

两人被送到医院紧急救治，但两颗年轻的心脏，永远停止了跳动。

两名保安员的义举，让鹃湖泣血，令海宁感动。

皇文瑞，家住云南省保山市隆阳区永盛街道陶孔社区陶孔屯三组；苏威，家住贵州省铜仁市沿河土家族自治县谯家镇堡上村半坡二组，是一名土家族人。他俩生前系戎威远保安服务（北京）公司海宁项目部普通保安员。皇文瑞入职两个多月，苏威入职仅1个月。

当天晚上，两名异乡保安员的义举传遍海宁、传遍嘉兴。

"为你们惋惜，为你们悲痛，更为你们自豪！"

"你们是云南的骄傲！是贵州的骄傲！更是浙江的骄傲！！"

"天堂再无深深湖水，英雄精神永垂不朽！"

"两位英雄，一路走好！"

"我们与英雄家属同悲痛，祝英雄家属保重节哀！"

……

城市乡村、大街小巷，网站、微博、朋友圈，人们纷纷为两位普通保安员点赞，向两位英雄致敬，并为英雄家属祈福。

这一夜，海宁无眠，英雄家乡无眠。

当天晚上，海宁市硖石派出所胡飞打电话给皇文瑞姐姐皇云蓉。皇云蓉已经入睡，半夜三更谁会来电话？拿起手机，显示是浙江座机号。弟弟在浙江打工，皇云蓉接了电话。对方自报家门，让皇文瑞家里赶快派人去海宁。皇云蓉又害怕又着急，害怕上当受骗，着急弟弟出事。她连夜去当地派出所核实电话真伪，果真出事了。弟弟那么老实，不可能打架斗殴做坏事，压根没往弟弟献出生命那方面想。皇云蓉急忙赶回家，带上母亲和亲戚赶往海宁。

在路上，皇云蓉通过手机搜索到《海宁日报》新闻报道，不相信弟弟已经去世，仍抱一丝希望。皇云蓉将《海宁日报》转发到朋友圈，并附言道："救人的，其中一个保安是我的亲弟弟。"父亲刚刚病逝，她怕母亲精神崩溃，只能暗自落泪。

皇文瑞曾经跟姐姐说过，作为男人，要有所担当！

皇云蓉心痛不已，"这一次，这个代价太大太大了。我弟才26岁啊！"

整理遗物时，皇云蓉翻看弟弟手机。去世前1个月，弟弟在微信里留言："爱之花开放的地方，生命便能欣欣向荣。"去世前半个月，写下："守一颗善心，不忘初衷，温暖过往流年。"近半年来，他的朋友圈大都转发公益平台助人链接和感恩话语，自己也会节衣缩食从牙缝挤出钱来，捐给更加困难的人们，比如"水滴筹"等。

皇文瑞生日与国庆同日，由内而外充满正能量。

我跟皇云蓉通过很多次电话，她总说："我弟弟是发自内心想救人，作为姐姐，我为他自豪。"直到今天，母女俩都不愿提及皇文瑞，只要想起或提起，皇云蓉和母亲都会心碎，痛不欲生。

在姐姐眼里，弟弟懂事乖巧、为人正直、心地善良、乐于助人。皇文瑞自幼体弱多病，上学时断时续。在陶孔小学念书时，母亲每天给他1角钱零花，让他饿的时候买点糕饼吃。小小年纪，皇文瑞每次总是推托不要，"妈妈您留着，贴补家用。"皇文瑞家只有1亩多地，自知家庭条件艰辛，小学期间皇文瑞没花1分零用钱。在胡家中学念初中时，皇文瑞时常头痛、晕倒，尽管在学校日子比较少，但小伙伴特别多，同学们乐意交他这个真朋友。因身体原因，皇文瑞没有念高中，而是安心在家调养身体。每当听到寨子有人需要帮忙，皇文瑞总是一叫就到，深得村民喜欢。随着年龄长大，皇文瑞身体日渐好转，可父亲却一病不起，患上囊性癌。17岁的男子汉，到了挑起家庭重担的时候，皇文瑞出门闯世界。2009年跟着寨子的手艺人，皇文瑞就近在昌宁县、腾冲市搞建筑；2010年经堂哥介绍，远赴浙江海宁袜厂打工，每月工资留下300元伙食费，其余全部汇往家里。在袜厂干了两年，奔着高工资，跳槽到皮包厂……皇文瑞一心想多挣钱，早日治好父亲的病。

2013年年底，皇文瑞被父亲叫回家，因为父亲借到部分资金可以动工建房了。在云南农村，小伙子20岁出头便要张罗结婚之事。造房子、娶儿媳妇是父亲一辈子最大心愿，他怕自己不久于人世。为了节省工钱，皇文瑞起早贪黑，独自运料、搬料，毛坯房建好后资金接济不上，不得已停工断料。想到拖欠10多万元医药费，皇文瑞急着去浙江挣钱。父亲怕他出远门打工，没工夫谈婚论嫁。皇文瑞铁心要挣钱，

"先把爸爸的病治好，再把房子装修好，最后才考虑我的婚姻问题。"皇文瑞再次远赴浙江，没想到此去竟是父子永诀。噩耗传来，皇文瑞日夜兼程赶回老家料理丧事，又担心母亲身体，皇文瑞特意多请了1个月假，每天陪在她身边，直到母亲身心稳定，才再次踏上打工之路。

皇文瑞究竟打过多少份工，干过哪些工种，只有他自己最清楚。2018年，皇文瑞成功应聘，当上保安。

2018年7月27日，皇文瑞打电话告诉母亲："妈妈，我试用期满了，下个月增加工资，我会给您多转一点。"母子闲聊一会儿，跟往常一样，皇文瑞最后一句肯定地说："妈妈，过两天我再跟您打电话。"

这一次，儿子食言了。

李震是保安队长，跟皇文瑞共事时间虽短，对皇文瑞印象却很深刻。尽管皇文瑞家庭条件困难，可只要同事问他借钱，总是非常乐意。他想考个驾照，因为没钱交学费，始终没学成。

李震讲述了事情经过，当天中午12点多，一位骑电瓶车的女子硬闯鹃湖公园。公园不准电瓶车驶入，李震将她拦住，女子一边朝鹃湖文化广场奔跑，一边打电话哭诉。李震见她情绪激动，紧随女子以防不测。李震听到她打电话，原来是为情所困。

李震发现，女子手腕有条疤，猜她曾经自杀过。难道她要投湖？李震打了110。

恰好皇文瑞巡逻经过，老乡见老乡，皇文瑞与女子拉起家常。那天太阳毒辣，皇文瑞特意到商店买来矿泉水，送给女子喝。喝了大半瓶矿泉水，女子心情渐渐缓和。等110赶到时，女子骑电瓶车离开鹃湖公园。

等文化广场阒无人影时，女子又回到鹃湖边徘徊，突然飞奔投入鹃湖。李震说："女子怕警察妨碍她自杀，女子真的想死，害得两位保安员小伙子陪葬。"

皇文瑞和苏威，甚至从来没有谈过女朋友。

深夜11点多，苏威父亲苏友刚接到陌生来电，一开始以为是诈骗，根本不信。苏友刚打电话给侄女儿，让在平湖打工的侄女儿确认此事。侄女儿已经知道表弟噩耗，担心姑父受不了沉重打击，没有道出实情。

直到当地派出所接到海宁市公安局电话，上门告知苏友刚时，他才知道苏威真的出事了。

土家族人具有崇拜英雄的传统美德。苏友刚对当地派出所说："作为土家族人，我为儿子感到骄傲。作为父亲，我永远失去了儿子。白发人送黑发人，心里很难过。"

苏友刚趴在桌上，"呜呜"大哭。

在父母眼里，儿子特别孝顺，特别有担当精神。跟皇文瑞一样，穷人的孩子早当家。

苏威是家里长子，下面有3个妹妹。苏家住在大山深处，一家生计全靠父亲务农种地，母亲王贵娥身体不好。在当地，经济条件属中下水平。读高中时，苏威成绩保持在中上水平，老师对他考大学充满信心，高二下学期，苏威选择辍学。他跟班主任说："妈妈生病，没钱送她住院治疗。妹妹太小，我是家里老大，必须出去打工，替爸爸减轻家里的负担。"

大山深处，家家有本难念的经，班主任不得不同意苏威中止学业的选择。

苏威表姐在平湖市打工，经济收益不错。在表姐牵引下，从未出过远门的苏威，走出大山，来到鱼米之乡的杭嘉湖平原，开启打工生涯。

平湖地处长江三角洲地区，经济十分活跃，即使凭力气干活，收入也与大山深处有天壤之别。苏威挣3000元，留下1000元租房子、吃饭，其余全部寄给家里。在大山深处，2000元是一笔巨款，苏威母亲有了看病的医药费。

苏威上一次回家是在1年多以前，母亲怪他为什么不回家过年。儿子解释："妈妈，来回车票太贵，过不过年没关系，您看病最要紧！"

其实，苏威是个大孩子，处在生长发育阶段。幼年营养不良，如今天天干重体力劳动，累且不说，影响男孩子发育。毕竟，苏威读书不多，缺乏专业知识，干不了技术工种。苏威堂哥在海宁市鹃湖公园当保安，在堂哥引荐下，通过笔试面试体检政审，苏威从平湖来到海宁，当上了保安。

保安工作相对轻松，但责任更加重大。

2018 年 7 月 28 日，苏威给家里打电话，母亲王贵娥接听。苏威询问母亲病情，让母亲安心治病，说自己换了单位，一切都很好，请家里不用惦记。

这个电话，竟成了苏威跟家人最后的道别。

海宁市公安局治安大队副大队长陈英杰等人参与事件的调查，他们走访目击证人，调取视频监控。我特意到陈英杰办公室核实，他专门为我打印一份《苏威、皇文瑞同志事迹材料》。陈英杰告诉我："从他们的动机和行为看，肯定是见义勇为。"

皇文瑞、苏威，你们是英雄！

2018 年 8 月 3 日，皇文瑞、苏威被海宁市政府追记三等功，并追授"见义勇为好人"称号。

次日上午，皇文瑞、苏威遗体告别仪式在海宁市殡仪馆举行。哀乐低回，情真意切，人们从四面八方赶来，挥泪送两位英雄最后一程。

2018 年 8 月 5 日上午，皇文瑞骨灰回到家乡保山，前来迎接的亲朋好友泪如雨下。媒体积极宣传，皇文瑞事迹家喻户晓。

"董纪成"留言：你为保山人民增光，却失去了年轻生命，好心痛呀！

"游魂 284"留言：看得眼睛酸酸的，我们一定记得你。

"柳絮飞"留言：如今的社会，需要正能量。

"巨龙腾飞"留言：家乡男子汉，向你致敬！

"杨胜彪"留言：见义勇为是一种真善美，要有大义之举，有奋不顾身勇气才能做到。

"人心复杂"留言：瑞，你是陶孔人民的骄傲，保山人民的英雄，你将永远活在我心中。

……

2018 年 8 月 7 日下午 3 时，苏威同志追悼会在谯家镇堡上村举行，省、市、县领导和老师、同学、乡亲等上千人出席，他们只为看英雄最后一眼，送英雄最后一程。

"人生如花"留言：孩子，你是沿河骄傲，可惜太年轻了。

"风吹湖面"留言：你为土家青年树立了榜样。

"陈顺"留言：你用实际行动告诉人们——沿河虽然偏僻，但不乏好人。

"醉美贵州水长流"专门为苏威感人事迹作了一首诗：见义勇为现图中，苏威闪耀薪火红。哪管人生年再少，浩气长存展雄风。

……

2018年9月，皇文瑞、苏威被嘉兴市政府追记二等功，并追授"见义勇为先进分子"称号，入选"嘉兴好人榜"和"浙江好人榜"；同年11月和12月，皇文瑞、苏威被先后追授"保山市道德模范"和"贵州省道德模范"称号；2019年1月，苏威入选"贵州好人榜"，同年5月，皇文瑞获"云南省道德模范提名奖"；同年8月，皇文瑞、苏威被追授"浙江省道德模范"称号。

我跟苏友刚、皇云蓉添加微信，想要苏威、皇文瑞生前照片，苏友刚通过翻拍儿子身份证照片、皇云蓉翻箱倒柜地寻找，好不容易各凑了一张他俩的生前照。

2018年11月22日，一个特殊的日子——"浙江省见义勇为宣传日"。省政府在省人民大会堂召开"全省见义勇为先进人物表彰暨见义勇为工作会议"。皇文瑞、苏威家属应邀出席。会上，宣读皇文瑞、苏威被浙江省政府追记一等功，并追授"见义勇为勇士"称号的表彰决定。

次日上午，皇文瑞、苏威家属再次来到鹃湖公司，他们绕着鹃湖默默哀悼。皇文瑞母亲董尚菊不善表达，语言朴实无华。她回忆儿子的点点滴滴，"造房子时，路面泥泞不好走，文瑞吃完晚饭开始干活，用三轮车搬运砖头水泥，一直忙到夜里十一二点才肯歇。今年上半年，文瑞离开老家外出打工，一开始找不到合适岗位。我说找不到就回家吧。他跟我说再找找。有一天，文瑞高兴地告诉我，工作找到了，想不到文瑞再也没回来……"说到此处，董尚菊无法抑制悲伤心情，泪水湿透了手绢。

40天前，苏威生日。那一天，他满20周岁。来海宁收拾苏威遗物时，苏友刚打开儿子背包，里面只有两件旧衣服、1条旧裤子。"孩子平时舍不得吃穿，生日不会给自己买个蛋糕。我想在鹃湖边，为他过一个生日。今天，我们特地定制生日蛋糕，祝我的儿子——苏威生日快乐……"苏友刚泣不成声。蛋糕上，书了一个大红色的"奠"字。

物质匮乏，精神高贵，他们的青春戛然而止。虽然他们一个 26 虚岁、一个 20 虚岁，去世时连生日都没过，但他们见义勇为的精神传遍 3 省，并向更遥远的地方传播……

雷锋传人

2019 年 12 月 18 日，雷锋同志诞辰日，全国第三所雷锋学院——"宁波雷锋学院"正式成立。《解放军报》原副总编辑、《雷锋》杂志社总编辑陶克将军为"宁波雷锋学院"揭牌并讲第一堂课，"邓山理工作室"志愿者成为"宁波雷锋学院"首批学员。

"邓山理工作室"全称邓山理学雷锋志愿服务工作室，于 2015 年 10 月 6 日组建。宁波市政府以邓山理个人名字命名工作室，标志着宁波将打造全市共建文明、共享和谐社会的专业化志愿者学雷锋团队。刚开始，"邓山理工作室"志愿者只有 60 余人，目前已发展到 3 万多人，光宁波就有 20 个支队，全国达 36 个支队，国外有 1 个支队——"邓山理工作室中菲国际志愿服务队（坦桑尼亚）"（支队长王菲，中国人；丈夫为巴基斯坦、坦桑尼亚双重国籍）——国外支队由中、巴两国 20 余人参加。"邓山理工作室"志愿者每年组织 300 多场次为民服务活动，并仍在逐年递增。他们志同道合，以学雷锋为己任，帮助别人快乐自己。

邓山理何许人也？

他是保安员，老家在山东省临沂市郯城县港上镇港上四村，打工 20 多年的新宁波人。

1993 年，邓山理流年不利。曾任江苏省徐州铁路分局党委书记的父亲因病去世，年仅 55 岁；两个月后，邓山理妻子得病，撇下一女一儿英年早逝，年仅 28 岁。邓山理是家中长子，上有母亲，同胞手足有两个弟弟 1 个妹妹，下有一双儿女。父亲在世时，靠父亲工资养家糊口，父亲没了，家里仅剩 5 亩地、3 间快要倒塌的土坯房，生活重担过

志愿服务工作室（右为邓山理）

最美家庭（邓山理供稿）

早落在长子肩膀。

他和母亲继续供养两个弟弟上大学和1个妹妹读书。二弟大学毕业，找工作变成头痛之事，牵线搭桥的人说至少需要二三万元打点，有可能找到适合二弟的单位。邓山理不信邪，去北京找铁道部领导说理。幸亏遇到一位好领导，那位领导认识邓山理父亲，知道父亲的为人，于是让邓山理回家等消息。安顿好二弟，三弟大学毕业，总不能反复到北京找老领导说情吧？父亲有写日记的习惯，邓山理翻看父亲日记，发现父亲有位部队老战友来往密切，交情不浅，借助父亲老战友之光，三弟工作有了着落。唯一的妹妹喜欢上当地农民，邓山理替她置办嫁妆，体体面面嫁到夫家。

安顿好弟弟妹妹，邓山理愁绪渐消。在当今农村，吃饭不成问题，毕竟有一双儿女，光靠土地那点产出，如何培养子女上大学呢？

父亲养育4个子女，培养出两名大学生。邓山理生在改革开放年代，不能丢时代和自己脸面吧！

邓山理中专毕业，学机械管理专业，曾在威海打过工，懂机械实际操作。父亲在世时，邓山理参加徐州铁路局党校培训，在铁道系统锻炼1年。他相信，凭手艺和能力，不怕培养不出子女双双上大学。

外出打工，一劳永逸地解除全家后顾之忧。究竟到哪里打工呢？

春节前夕，外出打工民工纷纷回家，邓山理向外出打工村民咨询。有的在南方打工，说打架斗殴特别多，不安全；有的在北方打工，说工资待遇比较低，不赚钱；有位邻居长期在宁波打工，告诉邓山理，宁波环境优美、经济活跃，既安全又赚钱。邓山理决定带全家去宁波试试，没想到一试竟在宁波安了家。

2003年春节刚过，邓山理带母亲和一双子女来到宁波。租房、添置锅碗瓢盆、买家具和自行车等开销，带来的积蓄基本花完。工作毫无头绪，邓山理随老乡到江北区洪塘镇做小工。每天干10个小时50块钱。从老庙暂住房到洪塘工地，来回40千米，邓山理骑自行车早出晚归，骑一趟最快55分钟。每天下班，邓山理拖着疲惫身躯，为母亲和子女做饭，辅导孩子作业并准备他们第二天的早饭及午饭。包工头管饭，邓山理有"免费的午餐"。苦干4个月净赚6000元，邓山理没舍得花 1 分钱，全部交给母亲保管。

有一家上市企业招收机修工，邓山理辞去小工，应聘成功。机修每月 800 元，不够全家吃住开销，邓山理利用空闲时间到车间干计件工，每月增收比工资还高。邓山理在上市企业干机修 3 年，专业对口、效益不错，本想成为终身职业。不料被"小人"背后捣鬼，邓山理无缘无故失了业。

丢"饭碗"的事不能让母亲知道，邓山理按时上下班。成天在街头转悠，无聊透顶，邓山理遍地找老乡，在宁波市公安局当民警的老乡见他闷闷不乐，问是怎么一回事。邓山理吐露真情，并说："自己挨饿无所谓，看到老母亲、一儿一女挨饿，心里不是滋味。"老乡说："如不嫌弃，你来公安局当保安吧。虽说工资不高，但公安、保安是一家，没人赶你，更没人欺负你，合适的话告诉我。"

2006 年 5 月，邓山理考出保安上岗证，成为宁波新日月保安服务公司驻宁波市公安局保安员，直到 2020 年 3 月由市公安局调往宁波市新城第一实验学校做门卫。

邓山理干保安干到极致，成为传奇式人物。

"想不到，保安竟成为我的终身职业。"那天，在宁波市新城第一实验学校值班室，一身保安服的邓山理与我相见。目前，他是新成立的宁波市江东保安服务公司普通保安。邓山理中等身材，两眼炯炯有神，满脸写着山东人的豪爽与热情，滔滔不绝诉说到宁波打工的前因后果。

工作稳定后，邓山理考虑最多的是人生价值和确立儿女人生观。

因失业，没有固定收入，邓山理支付不起女儿一笔学费，担心女儿没书读。走投无路的邓山理，抱着试试看心态，打电话向《宁波日报》求助，电话被转到《宁波日报》帮办记者易鹤手中。《宁波日报》帮办"是专为外地农民工和本地弱势群体纾难解困的栏目。当日，易鹤记者上门核实邓山理家庭情况，并在"帮办"专栏刊登邓家面临的困难。得知消息，宁波市民和社会各界纷纷向邓山理一家伸出援助之手，女儿不用休学了。

滴水之恩当涌泉相报。

刚到宁波打扫出租屋时，邓山理从垃圾中意外捡到一样"宝贝"——一幅《陋室铭》书法作品。来宁波后，邓山理搬家超过10次。每次搬家，都异常珍惜这幅《陋室铭》，一直挂在正屋的墙上，时刻提醒自己。他特别喜欢"斯是陋室，惟吾德馨"那句话——虽然贫穷，但要乐观，更要感恩。

如今，这幅《陋室铭》被工工整整挂在"邓山理工作室"的墙壁上。

事过境迁，邓山理说："至今，我住得仍很简陋。虽说在经济上不可能出人头地，可我出身干部家庭，思想境界不能落后，必须升华自己的品行道德。要像《宁波日报》易鹤记者及众多帮助过我家的爱心人士那样，向雷锋同志学习，做有益于社会、有益于群众的事情。哪怕吃咸菜，也要活出人的尊严、人的样子！"

邓山理的座右铭是："奉献爱心传承美德，帮助别人快乐自己"。

我问邓山理："你做的第一件好事是什么？"

邓山理告诉我，他的第一件好事是跟随"宁波爱心同盟"一起做的。在"东方论坛"，邓山理发现"爱心同盟"网页，打算看望一位80岁的孤寡老人。邓山理问他们，能不能参加？"爱心同盟"负责人回答：多多益善。邓山理决定带13岁的女儿邓明珠、7岁的儿子邓跃如一起去，从小培养子女大爱之心。

邓山理的爱心来自父母。8岁前，邓山理在部队大院长大。母亲告诉他，邓山理刚满月就被父亲抱去看望附近烈士家属，给烈士家送红鸡蛋及10斤米面。学会走路后，父亲常带邓山理随部队慰问贫困家庭。一次，父亲带邓山理进山看望一位老人，问儿子带什么东西。邓山理正在吃馒头，歪着脑袋想了想，抓起馒头高兴地说："爸爸，送他这个吧。"父亲开心地笑了。父子俩当真拿着馒头，进山为老人送粮食，那年月农村普遍缺衣少食，山里人更苦，可谓雪中送炭。

8岁后，邓山理回到山东老家上小学。农村生活艰难，母亲教子有方，常说："只要我家有能力，就要帮助别人。"离家二里地的村庄，住着一位孤寡老人，母亲常送一些吃的和用的。家里包饺子，特意多备一份，让邓山理或弟弟趁热端过去。老人生病，母亲帮她请医生，买药治病。临终时，母亲陪伴老人身边，替她送终安葬。父母的培养、引导，使邓山理懂得乐善好施的真谛。

如今，日子一代比一代好过，可爱心不能失传啊！

邓山理以己所能，买来营养品，让女儿、儿子拎着上门看望。"爱心同盟"成员为老人剪头发、洗脚、聊天、打扫卫生，忙得不亦乐乎。因为是第一次参加，邓山理不知不会很多，显得手足无措。后来，他学会理发、按摩等技能，考取急救等证书，干得得心应手。

在邓山理的言传身教下，他的女儿、儿子每逢寒暑假和双休日，都会跟他一起参与学雷锋做好事活动。春运期间，邓山理"全家总动员"，邓山理和女儿、儿子扶老携幼，帮旅客引路、提行李，老母亲则为旅客提供茶水和手机充电服务……2011 年 7 月 18 日，邓山理和母亲吴清英、女儿邓明珠、儿子邓跃如一家四口，一起到宁波市红十字会签订身后捐献眼角膜、人体各器官意愿书，成为浙江省和宁波市第一个签订身后遗体捐献的家庭。邓明珠和邓跃如，成为浙江省大学生和小学生签订身后捐献人体器官第一人。

自从成为新宁波人后，邓山理参加"《宁波日报》帮办"、市红十字会、市中心血站、市第一和第二人民医院、江东团委火车站志愿驿站、江北献血办、镇海爱志社、户外应急救援队、慈善义工、双闪车队、蜡烛助学、爱心同盟、百川救灾助困公益联盟等 20 多个学雷锋志愿组织，有好事就做，有困难就帮，累计服务时间超过 10 万小时，无偿献血 3 万多毫升，先后被评为"最美江东人""江东区道德模范""社会主义核心价值观领航员""宁波好人""宁波第一保安""浙江省最美保安""最美浙江人""浙江省无偿献血奉献奖""全国无偿献血奉献奖铜奖""全国先进保安员"等荣誉。目前，他是宁波 10 所大学、6 所小学校外思想品德学雷锋辅导员，"邓山理工作室"成为宁波市学雷锋做志愿服务的教育基地。

邓山理所做的好事数不胜数，其目录中有拾金不昧、见义勇为、捐资助学、敬老爱幼、舍己救人……

"做了那么多好事，最满意哪一件？"我直截了当问他。

他没说 2004 年急需钱时，在草丛捡到一提包现金，毛估 20 多万，那时户外没装监控，他足足等待两个多小时，原来是包工头将农民工工资弄丢了；在老庙和澳嘉桥村暂住时，常有人失足掉进河里，他自己是"旱鸭子"，义无反顾救起 6 个大人和小孩；他也没说 3 次冲进火海，救出多条人命，自己却被火灼伤……而是说了一桩意想不到的小事。

2012 年 10 月，邓山理从报纸获知，奉化有个 19 岁的女学生叫吕洁，考上大学却身患白血病，特别希望得到社会帮助。邓明珠与吕洁同龄，已经上到大一。邓山理心想，当年要不是那么多好心人士帮他渡过难关，女儿能上大学吗？

邓山理决定帮她，每月仅 1500 元工资，交房租水电，供女儿上大学、老小吃喝……所剩无几，没钱怎么帮？恰好邓明珠打电话告诉爸爸一个好消息：获得学校 2000 元奖学金。邓山理赶紧把吕洁之事告诉女儿，用商量口气问女儿："这个月和下个月爸爸不寄生活费，能应付吗？"邓明珠极力支持。

邓山理一不做二不休，捐出当月发放全部工资。全家没任何积蓄，此后的 1 个月，邓山理和母亲、儿子吃煎饼就咸菜，甚至到地里挖野菜度日。当地村民认得邓山理，戏谑道："野菜能卖几个钱？"邓山理笑笑说："大鱼大肉吃腻了，换换口味。"直到下个月发工资，才告别煎饼就咸菜的吃法。

此后，邓明珠与吕洁结成好朋友。通过女儿，邓山理常常一二百元接济吕洁，让女儿捎话给她："我经济条件有限，只能尽些微薄之力。"在邓山理影响下，邓明珠日后被誉为"宁波最美女大学生"，被所在的铁路学院评为优秀党员班干部。

在一群好心人帮助下，吕洁通过化疗、中西医结合治疗与病魔斗争，身体逐渐康复。休学 1 年，吕洁重新走进大学课堂，学业有成。从邓明珠那里，我得到吕洁的联系方式。吕洁告诉我，她有家庭、有孩子，生活非常幸福。我问她："何为幸福？"她说："有千千万万人爱你，是人一辈子最大的幸福！爱不分大小，我要特别感谢邓师傅，为我治病，他可以倾囊相助。"

的确是倾囊相助，那时邓山理口袋没余钱。

一个人能力有高低，只要全心全意，就是真爱！

保安工资本来不高，邓山理每年都要将 1 个月工资捐给宁波市慈善总会，隔三岔五看望慰问困难群众、资助贫困大学生；全家每年省吃俭用1万元捐给社会。除了本职工作，他的业余时间都贡献给学雷锋、做公益活动上，没有"计件工"可干。邓山理靠低工资养活全家6人，培养出两名大学生。让我尤为震撼的，他不光有大爱，还是一名孝子——孔圣人的美德，深入山东汉子骨髓。

父亲在世时，常说要带母亲到首都旅游，看看北京天安门。父亲在铁路系统工作，去世时没有履行诺言。父亲的遗愿，长子必须完成。眼看母亲一年年老去，再不"到此一游"，恐将成为一辈子遗憾。

2017年8月，正逢瓜果飘香季节，在没有经济条件情况下，邓山理靠数百元积蓄，带着76岁母亲，仅花80元钱，由宁波乘"红眼"大巴到山东临沂火车站与弟弟妹妹会合，并乘"红眼"绿皮火车，携家人到北京旅游。母亲是铁路家属遗孀，二弟是铁路工人，由铁路系统开具免票。邓山理和1个弟弟、1个妹妹需要购买火车票。临行前，邓山理吩咐弟弟妹妹准备80斤煎饼、10斤大葱、5斤咸菜用于路上充饥。一家人观看天安门、祭奠人民英雄纪念碑、瞻仰毛主席纪念堂，参观人民大会堂、北京大学、清华大学、铁道部，高高兴兴登长城、游故宫、颐和园等名胜。除北京外，他们又去山东、江苏、上海、浙江等20多个城市，旅游以"最美长寿村"——奉化区大堰镇万一村告终，寓意母亲长寿，为父亲兑现了诺言。

2019年6月的一天，邓山理突然接到前妻邻居打来的电话，原来是前妻的兄弟刚刚病故，儿媳妇撇下瘫痪在床的婆婆，领着儿子独自回娘家居住。前妻母亲没有吃没有喝，恐怕不久于人世。前妻病逝已经26年，邓山理年年寄钱给前妻父亲，岳父死后给岳母，感念前妻父母的养育之恩。

撂下电话，邓山理破天荒叫了一辆出租车，火急火燎赶往临沂郊城。当天夜里，他把前妻母亲接到宁波。因是瘫痪病人，吃喝拉撒都得管。邓山理下定决心，哪怕自己再苦再累，不能让老人受委屈。

好在邓山理老伴通情达理，原先她在服装厂上班，工资比较高，为方便照顾，主动辞去服装厂工作，回出租小区干物业，常常利用上卫生间、吃饭时间，回家照料丈夫前妻的母亲，可见心胸多宽。

为了防止生褥疮，他俩经常替老人翻身、按摩。为了减轻体臭，他俩发明瘫痪病人洗澡法。每天清晨，两口子5点起床，架着前妻母亲康复锻炼1小时，帮她洗脸刷牙吃早饭，换好尿不湿再上班。晚上下班后，他俩帮她喂饭、泡脚、捶背、按摩穴位，架着锻炼两小时，上床前与她聊天，增强记忆功能。刚来时，老人靠鼻饲喂养，如今能张嘴咀嚼；过去，瘫痪在床上无法动弹，如今可架着行走一两个小时，体能日渐好转。

俗话说，久病床前无孝子。邓山理在自家经济条件不宽裕的情况下，还能像对待自己母亲一样善待前妻的母亲，他是一名真正的男子汉！

一屋不扫何以扫天下？亲人不孝何以有大爱？

我是如此看待和评价邓山理其人其事的。

一路春风

在保安队伍里，学雷锋、见义勇为、热心公益事业的人实在太多，数不胜数。这次采访，我先后找过256名保安员，几乎个个都是活雷锋。越往基层一线，保安人数越众，举手之劳的好人好事多如牛毛，比比皆是。他们不为名不图利，一辈子默默无闻。

一个人做一件好事并不难，难的是一辈子做好事。生于1955年的仲顺金，退休前为嘉兴市保安服务公司出租车中心驾驶员。他从1980年被评为"嘉兴县新长征突击手"至今，一心一意学雷锋，争当文明使者，做了一辈子好人好事。

2001年春节刚过，已经当了4年多保安员的仲顺金，跟往常一样，不是等候顾客上门，而是主动兜圈子揽客。那个年代，打出租十分稀罕，与其在大马路转悠倒不如守株待兔，省心省力还省油。自从加入保安公司，仲顺金要求出租车中心所有保安员变候客为揽客，其他公司只有名称加公司，保安公司偏偏有"服务"两字，仲顺金的理解是

"服务"必须全心全意。

春寒料峭，仲顺金途经百花新村羽绒路时，看见一对老年夫妻招手打车。仲顺金靠边停车，只见两位老人满脸愁容，阿婆一手挽老伯，一手提饭盒，老伯全身浮肿，呼吸急促，散发出一股尿臭味。仲顺金的第一感觉是老伯身体有病，他从阿婆手中接过老伯，将老伯挽扶进副驾驶室坐稳，边发动汽车边问他们去哪里。阿婆说："去武警医院。"果然，两位老人是到医院看病。

从百花新村到南湖之畔的武警医院路程不短，仲顺金主动与他们聊天。得知老伯叫沈永根，原先在嘉兴汽车钢圈厂当工人，目前该厂已经倒闭，沈老伯患尿毒症将近 10 年，小便尿不出，全靠血透维持生命。每星期做两次，每次费用 400 多元，沈老伯下岗，两个子女下岗，昂贵的医药费压得这个家庭喘不过气来。仲顺金听得心酸酸的。

从百花新村到武警医院没有直达公交，即使有，沈老伯坐恐怕也吃不消，打车至少要花 17 元。对于这个家庭来说，打车属于高消费，长年累月不是一笔小开支。仲顺金决定尽绵薄之力，帮沈老伯夫妇共渡难关。他打听去医院是否定时定日，做 1 次血透多长时间。阿婆说："每逢星期二、星期五去，早上 7 点出门，到医院正好上班。做 1 次血透至少要 4 小时，只好从家里带饭菜，能省则省。"

仲顺金对阿婆说："我家住在百花新村后面，以后每星期这两个时间段，会准时在楼底下等你们，免费接送。"

两位老人简直不敢相信自己的耳朵，将信将疑。见他们不相信，仲顺金焦急地说："带你们去医院是顺路，送你们回家也是顺路。要是跑空车，心痛。"为了说服两位老人，仲顺金撒了谎，其实他根本不住在附近。

这天是星期五，仲顺金提前 10 分钟赶到医院，将两位老人送回家。有了第一次未必再有第二次，两位老人始终抱怀疑态度。到了下个星期二，仲顺金早早将出租车开到沈老伯家楼底下，两位老人见他言而有信，阿婆甚至落下热泪。一路上，两位老人一改愁容，有说有笑，异常开心。看到两位老人由愁变笑，仲顺金内心生起莫名的喜悦。

一次、两次、三次……春夏秋冬，仲顺金没有落下一次，与两位老人结成忘年之交，越来越熟。

第二年春天，暖风吹得游人醉。那天回来路上，沈老伯看着嘉兴街头姹紫嫣红一路美景，刚刚做完血透，神清气爽，心情怡悦，由衷感叹："嘉兴变化真快啊！常年关在屋里，看不见景色，闻不到花香。"

沈老伯的随口一说，提醒了仲顺金。下车时，仲顺金对沈老伯说："明天是个好天气，我带您二老出去兜兜风，好不好？"

沈老伯像幼儿园的孩子，高兴地拍起巴掌："好呀好呀！"阿婆来不及制止，只好抱歉道："又要麻烦仲师傅，太不好意思啦！"

仲顺金说："孝敬您二老是我的福气。"

第二天上午，仲顺金在挡风玻璃贴上"包车"字样，拉着两位老人游览市民广场、南湖公园、城南公园等景点。仲顺金一边陪老人游玩，一边替老人介绍嘉兴突飞猛进。两位老人走累了，仲顺金找座位让他们歇脚。一路上，沈老伯指指点点，跟老伴一起，回忆往年这里的情景。

仲顺金从来没见两位老人如此开心。回到家里，他把陪同老人游玩的经历说给妻子听，妻子为他的行为竖起大拇指。仲顺金喜不自胜，一股暖流涌遍全身。

一晃过去3年，每年108趟，仲顺金趟趟提前到达，没迟到过一次。2004年春节刚过，那天轮到沈老伯血透，仲顺金依约提早赶到。阿婆眼睛红肿，按时下楼，拉着仲顺金的手，告诉沈老伯昨夜去世了。仲顺金胸口一阵刺痛，像自己亲人离世那样，悲伤不已。沈老伯生前，仲顺金曾答应带他去乍浦港游览，约定"等您身体好点再去吧"。想不到，竟变成永远的遗憾。

应沈老伯儿女邀请，仲顺金出席沈老伯遗体告别仪式。沈老伯工厂同事、亲戚朋友齐声称赞仲顺金，说他有情有义，是沈老伯一家的恩人。沈老伯儿子泣不成声，"无论寒冬腊月还是盛夏酷暑，无论冰天雪地还是风雨交加，只要周二和周五，仲师傅一大早就把出租车停在我家门口，把我父亲搀上车，送到医院。整整3年多时间，没耽误过1次，没收过1分钱。"沈老伯故世后，阿婆身体每况愈下，仲顺金像照顾沈老伯那样，免费拉阿婆到医院看病治疗，阿婆成了仲顺金重点关心户之一。

仲顺金特意为我讲了一个小插曲。

刚开始时，仲顺金与沈老伯夫妇约法三章：一是沈老伯做血透时，仲顺金准时到达；二是仲顺金的出租车，只提供免费服务；三是沈老伯夫妇守口如瓶，尤其不许向媒体提。

做好事不留名，是仲顺金的座右铭，他怕聚光灯下被曝光。

2002年春节期间，阿婆在看嘉兴电视台春节联欢晚会节目时，突然冒出"涌泉相报"心态，给嘉兴电视台记者打电话，诉说事情整个过程。那天夜里，仲顺金马不停蹄接送顾客，不料被一群记者团团围住，摄像机对准他，记者连珠炮般提问，弄得仲顺金丈二和尚摸不着头脑。听清情况后才知道，阿婆不守"约法三章"，泄露了"天机"。

嘉兴自2001年开启全国文明城市创建，需要这方面典型。记者一路穷追猛打，仲顺金招架不住，嘉兴电视台做了一期"面对面"访谈节目，《嘉兴日报》头版刊登《一个共产党员的承诺》。仲顺金成了嘉兴名人。

仲顺金父亲看过报纸，问儿子："什么时候入的党？"仲顺金老实回答："没入。"

20世纪70年代，仲顺金在嘉北乡当赤脚医生，严格管控血吸虫病传染，消灭露天茅坑和钉螺，直至全乡血吸虫病"清零"。由于工作出色，仲顺金被选为嘉北乡人大代表，成为"嘉兴县新长征突击手"。他积极向组织靠拢，曾向大队党支部递交入党申请书。后来，因为被乡里借调，大队党支部没有考虑他的入党问题，乡里解决不了他的编制，入党问题一直被搁置。

1989年仲顺金离开乡政府，跑运输。1991年仲顺金看到商机，用运输赚的钱买了一辆"普桑"，干个体出租车。出租车每月经营净赚1万多元，仲顺金成了当年罕见的10万元户。钱虽然赚了不少，但终究内心空虚。嘉兴开个体出租车的司机，已有7人被谋害，其中女司机3人。

没有鸟窝的鸟是倦鸟，倦鸟应知返。1996年下半年，嘉兴市保安服务公司成立出租车中心，仲顺金等30多辆个体出租车主动挂靠保安公司名下，个体司机穿上保安服，有了组织回了家。从此，嘉兴再没有发生出租车司机被害事件。

出租车展示的是一座城市的形象，是文明传播的载体。仲顺金虽然当过赤脚医生，但开出租车后没有放弃老本行，依然报考嘉兴医学院函授班，18门功课成绩全优。仲顺金在出租车上，特意备了1个小药箱，以防不时之需。

1999年6月的一天，仲顺金送顾客去西塘，途经干窑镇附近发现一群人在马路上乱作一团。仲顺金当即下车，原来有名工人4根手指被锯断，当地卫生院说必须马上送上海大医院急救，方能断指再植。工厂一时找不到去上海的车辆，仲顺金看到病人有休克现象，拿出自备小药箱，先用绑带压迫止血，再将伤者4根手指用塑料袋包好，买来10支棒冰降温。断指能否再植，送医院迟早是关键，仲顺金劝说乘客下车，免除他们所有费用，载上伤者，打开双闪直奔上海。仲顺金唯一的念头，快速将伤者送往医院急救，接上这4根勤劳的手指，让其自食其力。由于伤者出血过多，仲顺金在青浦路段中途停车，通过广播电台与上海交警取得联系。在交警一路护送下，出租车顺利抵达上海市第六人民医院。由于送医及时，断指经降温处理，为这名工人赢得断指再植的宝贵时间。

仲顺金说："不管何时何地，我坚持一个原则，能帮则帮，能救则救！"

仲顺金立下服务承诺：对下肢残疾人用车、临产孕妇用车、急救用车、高考学生用车、福利院和养老院等用车，一律免费，从不食言。一次，仲顺金驾车路过嘉兴市第一人民医院门口，有人招手，出租车靠边停稳。一大一小在后排就座，要求送他们去社会福利院。通过后视镜，仲顺金发现男孩长得虎头虎脑，两眼充满灵秀之气，唯一缺陷是兔唇。男孩刚做完手术，好像不习惯被修复的嘴唇，老用舌头舔以往的唇腭裂处。下车时，院长模样的人付车费。对于出租车司机来说，时间就是金钱，分秒必争成为出租车司机的职业习惯。他对院长模样的人说："如有需要，随时打我电话。只要福利院用车，不取分文，随叫随到。"

小男孩身体有缺陷，如今遇到一见如故的亲人，抱着仲顺金亲了几口，不停喊仲顺金"爸爸"。院长模样的人见小男孩开心，由衷为他高兴。仲顺金心头涌起一股暖流，福利院有多少孤苦伶仃的孩子被亲生父母抛弃，要是临时当一回小男孩爸爸，给予身心关爱，何乐而不为呢？

回到家里，小男孩的"爸爸"声始终回荡在耳边，仲顺金彻夜不眠。他给"嘉兴交通之声"主持人木子打电话，得到电台大力支持。仲顺金在电台呼吁：为福利院儿童献爱心。嘉兴社会各界和的哥、的姐积极响应，许多人带上礼品礼物，专程到福利院看望孩子，跟孩子结成对子，成为孩子的爷爷奶奶、爸爸妈妈、哥哥姐姐……此事一直延续至今。

在向福利院儿童献爱心行动中，仲顺金获得"众人拾柴火焰高"的启示，于是决定成立"的士爱心车队"。从1个车队15辆出租车，发展到6个车队64辆出租车。经过数年努力，"的士爱心车队"于2007年被评为省级文明出租车车队，仲顺金被大伙继续选为车队长。如何带好省级文明出租车队是仲顺金考虑最多的大事。

以前，仲顺金开车型比较老的"普桑"。为了让顾客坐得舒服，他花大价钱，将"普桑"更新为桑塔纳3000型。很多同行知道后，都说："你更新什么车型，我们都跟着你干。"齐刷刷更新了车型，车顶安装"爱心车队"红色标牌。仲顺金说："我们的形象代表城市的形象，我们的素质代表城市的素质，出租车是城市窗口，司机是城市名片。我们要用文明感染人，用爱心温暖人。"

每次出车前，仲顺金清洗车辆、整理车厢、检查小药箱、喷洒清香剂或插挂鲜花，起好队长表率作用。从2003年开始直到今天，仲顺金和爱心车队、爱心车友争做高考应急车辆，免费接送应试考生。2008年高考，仲顺金应家长要求，从中山花园接考生到嘉兴一中应试，中午将考生送回家休息，每天接送3趟。考试结束，家长付钱给仲顺金。他对家长说："只要考生需要，哪怕两天不做生意也愿意。"当考生接到大学录取通知书时，家长第一时间打电话报喜。仲顺金比自己考大学还高兴。

2008年11月19日，仲顺金在嘉兴汽车北站接到一男一女两名外

道德模范（嘉兴市保安公司供稿）

地客人。女人眼里含着泪花，怀抱不满周岁的婴儿。仲顺金意识到两名外地人遇到了难事，便把车停在马路边，打算开导他俩。通过交谈，得知小伙子在江苏打工，想把姐姐和外甥女一起送回贵州老家安顿。在无锡到嘉兴大巴上，他们的钱被骗子骗光了，只剩两张回贵州的火车票。婴儿饿了，吵着吃喝。"师傅，能不能借我们100元钱，以后一定还你！"仲顺金没有考虑，掏出钱交给小伙子，把他们免费送到火车站。事后，仲顺金提醒同事别相信骗子，很多人都说仲顺金遇到真"骗子"，车费没收到，倒贴100元。仲顺金不以为然，他相信自己的眼睛，山里人实诚。1个多月后，小伙子重返嘉兴，打电话给仲顺金。原来，小伙子记住出租车车牌，通过火车站运管岗亭要到仲顺金手机。见面之后，小伙子将钱一分不少还给仲顺金。仲顺金说："这钱是给婴儿买吃的，不用还。"并告诫小伙子，"一定要吸取教训，别再上骗子的当。"小伙子付了租车费用，雇仲顺金送他到江苏吴江。到了吴江，当地电视台记者在等候，是小伙子打"埋伏"，骗仲顺金来吴江接受记者采访的。仲顺金吃了一惊，回过神来，立马掉头，"逃回"嘉兴。好人好事传到嘉兴，嘉兴市群艺馆将此事搬上舞台。姐姐叫陈恩莲，弟弟叫陈恩举，是贵州省平塘县新塘乡怀山村的姐弟俩。

仲顺金父亲是老党员，女儿、儿子是新党员，唯独自己不是党员。为子为父，他是一名承上启下者。2010 年，年过 55 周岁的仲顺金重新递交入党申请。2011 年"七一"前夕，仲顺金成为光荣的预备党员。

仲顺金获得过很多表彰和奖励，目前最高荣誉为"浙江省劳动模范"和"全国五一劳动奖章"获得者。

仲顺金自言自语道："做一件好事容易，做一辈子好事不容易，我要一直努力……"

好人好事讲得较多，再来讲讲委屈的事情。

路见不平有人拍

2020 年 11 月 16 日，一段视频在网上引起热议。说的是杭州西湖边，一名正在巡逻的保安员规劝不文明、不安全行为，竟被小孩家长骂作"像狗一样的东西"。

《钱江晚报》、杭州电视台综合频道等多家媒体进行专题报道。我是从杭州电视台看到这则深度报道的。

那时，我正着手写一本关于保安的书。得来全不费工夫，我抢时间跟景区保安公司总经理段利华联系，得到段总的理解。当天下午，便与水域管理处湖滨中队一分队当班保安李应林约见西湖边。

李应林五十出头，脸上两个小酒窝，不善言辞，甚至有一点木讷，比较低调、谦让。

李应林纠正道，大部分媒体报道的事发时间是 11 月 16 日，真正的事发时间为 11 月 10 日。那天上午，李应林像往常一样，沿着圣塘景区每小时巡逻 1 次。当他路过"惜别白公群雕"时，突然发现有一名小男孩被家长抱在群雕马背上，摆出骑马的造型。

群雕始建于 2003 年，表达杭州老百姓对白居易的爱戴和惜别之情。

雕塑共 5 人 1 马，由铜铸成。李应林知道，铜马高达两米，马背超过成人高度。两岁左右的小男孩，万一从马背上失足掉下来，后果不堪设想。小男孩身边，站着一位五六十岁的男人，李应林劝说男人把男孩抱下马，避免发生意外。李应林的好心，被糊涂家长当作驴肝肺。

性格不温不火的李应林，焦急喊道："老师傅，快把孩子抱下马。"

此刻，李应林的出发点，孩子安全第一，没工夫考虑旅游文明不文明的素质问题。

家长好像没听见。

李应林接着喊家长："你怎么好意思把小孩抱上去呢？"

这回家长听到了，他把小男孩抱下马。家长让李应林站在原地别动，李应林当真站住，一动不动。群雕四周围着一圈红色警戒带，一块"请勿攀爬"的提醒牌十分醒目。家长领着小男孩从警戒带下钻出来，附近游客好奇地看他们。家长可能意识到什么，一边灰溜溜离开，一边随口丢下一句"你这个狗一样的东西"。走了几步，又骂了一句"狗日的"。

李应林假装没听见，始终做到骂不还口。

据了解，负责水域管理处驻点的保安员，承担西湖水上和大华饭店至圣塘景区岸上的秩序维护。水上防止偷钓、电鱼、有人落水等事件；岸上防备景区遛狗、躺卧、洗脚等不文明行为及处置突发情况。湖滨靠近闹市区，人流密集，白天岸上设 25 个保安服务点和 4 名机动保安，夜间减至 15 个服务点和 1 名机动保安。每个服务点流动范围 200 米左右，最短的仅 50 米范围。一年 365 天、一天 24 小时，湖滨景区始终保证保安员在职在岗。保安员上午 7 时至晚上 7 时、晚上 7 时至次日上午 7 时各为 1 个班次，除机动保安顶替驻点保安吃饭、上厕所外，固定保安基本没有休息时间。

在西湖名胜区工作，常会遇到各种不同的游客，绝大多数素质比较高，不文明现象属于极少数，骂人状况偶有发生，极为稀少。保安员不如城管，城管员不如警察，李应林和景区保安早有心理准备。他们不觉得特别委屈，即使挨骂、受委屈，如果不发生肢体冲突从来不上报，全部当天自我消化。因此，公司对保安员是否挨骂并不清楚。

李应林被骂之事在网上发酵，引起媒体关注后，段利华才知道保安员忍受了不堪忍受的屈辱。

李应林说："出来玩本来是寻开心，相互之间多点理解，能避免很多矛盾和纠纷。"

这件事，李应林对谁都没说，唯独跟老婆提了一嘴。"今天值班时，有人无缘无故骂我，真的是出于好心，想想很难过。"老婆劝他："不理他就是了。"

一个外地农民工，不这样又咋样？

李应林是安徽人，过去在家务农。2008年外出到杭州打工，先在西湖景区做环卫工，后在西湖景区当保安，与西湖有不解之缘。天天在西湖边工作，看不尽湖光山色，李应林觉得别提有多美。两年前，他由一公园调往圣塘景区驻点服务。其实，做环卫和当保安都很辛苦。做环卫清晨5点出门，干到晚上9点回家，早饭在家吃，中饭、晚饭带在身边。西湖周边便利店很多，杭州市民热心，他们为环卫工等室外服务人员着想，免费提供微波炉，环卫工热一热在马路边就餐。当保安从早上7点干到晚上7点，白天太阳晒，夜里北风吹，12个小时只许站和行走，没有坐的场所和机会。每天站得腰酸，走得腿痛，不是常人想象那般舒适和悠闲，李应林早就落下腰椎间盘突出和静脉曲张的毛病。

别看李应林文化水平不高，觉悟挺高。保安形象代表西湖形象，西湖形象代表杭州形象，受委屈的李应林从来不上报，做好事的李应林更加不留名。

在我一再追问下，李应林破例讲了两件往事。

一公园是退休老人的乐园。从清晨到傍晚，男男女女成群结队找乐子：有的唱歌，有的伴奏，有的跳舞，有的练拳，有的书画，有的欣赏，有的下棋，有的旁观……其乐融融，不亦乐乎。

那是一个下雨的傍晚，天气阴冷。一公园是最短的服务点，李应林转了一圈又一圈，发现有位八九十岁的老人坐在长椅上发呆，周边没有任何人。雨水淋湿老人衣服，老人听之任之，不为所动。李应林替老人撑伞，上前询问："老人家，天黑了，为什么不回家呀？"老人说："我找不到家了。"

李应林发现，老人脖子上挂着卡片，上面有老人儿子的电话——莫非是阿尔茨海默病患者？

李应林用手机拨通老人儿子电话，老人儿子正在上班，脱不开身，无法把患病的父亲接回家，他将家庭住址告诉李应林。

承担巡逻任务的李应林，同样不允许脱岗。他设法叫来出租车，扶老人上车，还把自己的雨伞交给老人回家使用，一再嘱咐司机，按地址送老人回家，并为老人预付了车费。李应林再次打电话，确认老人安全到家，悬着的心才算放下。第二天，老人老伴和儿子买来水果花篮，专程感谢李应林。李应林婉言谢绝，收下心意，礼物没收。

再一次，李应林在集贤亭捡到拎包，包内装有数百元钱和1只老年手机等物品。李应林按老年手机最近一次通话回拨，有位女士接电话。对方告诉他，母亲在一公园游玩不小心遗失了拎包。不久，母女俩重返一公园，从李应林处取回拎包。原来，女儿陪母亲到西湖游玩，她们来自诸暨农村。

此事过去很长时间，李应林早已遗忘，可母女俩没忘。那位诸暨女士专程到杭州，带着由她母亲亲手种植的玉米，送给李应林尝鲜，感谢为游客服务。李应林异常感动，收下由她母亲栽培的玉米。临别时，诸暨女士祝福李应林"好人有好报"！

"心态好，就是福。"李应林说，"我始终记得游客对我的好，梦里都会笑醒。那些乌七八糟的事情，我不在意，当成耳边风，吹过就算，不值一提。"

无论国有还是民营保安公司，都要求保安员打不还手、骂不还口，成为铁一般纪律。采访过程中，我听到很多保安员受委屈的事情，有人被骂"看门狗"，甚至更难听的话；有的挨打，头破血流，甚至受到生命恐吓，他们要么选择报警，要么选择忍气吞声。许多保安公司专门设立"委屈奖"，少则数百元，多则几千元，视保安员受委屈的程度而定。个别"反戈一击"的保安员，虽说数量极少，但他们付出的代价很大，大都被辞退。

因为采访李应林，我相应做了一些功课。

据新华社、人民网、中国网等多家媒体综合报道，2014年11月16日下午4时，安徽省合肥市东至路香樟雅苑小区门口，姓郑的中年女司机试图驾车从大门逆向驶入小区。恰逢周末，小区进出车流量大，为了不妨碍其他车辆驶出，遭到当班保安赵宗伟阻拦。赵宗伟让郑女士倒车，从正常进口驶入。随后，身穿风衣的郑女士下车，走到出口道闸外，隔着栏杆与赵宗伟争吵。监控视频上，二人指指点点，赵宗伟不想与她争辩，转身走向小区一处花坛。郑女士将车停在出口道闸边，下车追了过去。监控画面显示，郑女士情绪激动，一路追踪赵宗伟，二人再次发生争吵。据现场保安和多名群众反映，郑女士多次辱骂赵宗伟："坏事做多了是要下地狱的""你就是一条看门狗"。在众人劝说下，郑女士一步三回头地走向大门外。几分钟后，在回岗亭路上，赵宗伟突然倒地。赵宗伟晕倒后，郑女士非但没上前探望，而是坐在车里观望。群众打110、120，赵宗伟被救护车送往安徽医科大学附属第一医院，经抢救无效死亡。医院开具的死亡通知书表明原因：心脏骤停。辖区民警接警后赶到现场，民警将郑女士和现场两名保安员、目击证人带到派出所核实情况。郑女士承认自己说了难听的话。据赵宗伟同事刘阿姨介绍，前几天小区清理垃圾，赵宗伟一口气拉了好几车，身强力壮。小区监控室梁女士证实，赵宗伟从来不吃药，没有因病请过1天假。赵宗伟女婿张先生透露："什么心脏病、高血压，我岳父统统没有，每年体检都正常。"家属认定，赵宗伟是受侮辱活活气死的。经媒体曝光，涉事郑女士系安徽省教育厅的科级干部。11月19日，安徽省教育厅官方微博发布消息：郑女士已被停职，将根据公安部门调查结论，依据《公务员法》《行政机关公务员处分条例》等法律法规，作出严肃处理。

人无贵贱，一律平等！

国家公务员是人民的勤务员，和普通工作人员一样，只是分工不同。公务员骂保安员"看门狗"，实属职业歧视。可悲可叹的郑女士，聪明一世，糊涂一时。

保安员拿低廉的工资，默默无闻守护着大家的平安。如果汽车逆向行驶，保安员要不要阻拦？如果别人车辆停到你的车位上，保安员要不要劝说？如果陌生人进入你居住的小区，保安员要不要询问？有些人被保安员盘问、受保安员劝阻，觉得丢面子，与保安员起争执，骂人甚至打人，矛盾究竟如何发生？无须明说，有目共睹。

让李应林"自我消化掉"的乌七八糟之事，被一名游客完整拍摄下来。这名陈女士非常不满，她说自己惊呆了，居然会有这样没素质的人。陈女士用打"马赛克"的方式，替谩骂者遮羞，将西湖边这幕丑陋画面发布到网上。

一石激起千层浪，网民一致要求谩骂者当面向保安员道歉。

网友"随风"说：这种游客应该被全国景区拉黑，不让他进任何名胜古迹。网友"刘雄军"说：孩子的第一教育来自家庭，家长的一言一行，影响孩子的一生一世。网友"沫晴之念"说：家长也好，监护人也罢，只要不出事，不会听任何人的劝阻。如果这个小孩摔伤了，家长肯定要景区赔偿，还会追究保安的责任。网友"大马猴子哟嘿"说：不

委屈当日消（景区保安公司供稿）

偷不抢，不偷懒，自食其力的劳动者，都值得吾辈尊重……

没想到，李应林一夜之间成为"网红"，无数记者追着采访李应林。《钱江晚报》小时新闻记者余雯雯想采访李应林，李应林拒绝见面，只好由湖滨一分队队长徐志军代劳。

徐志军说："西湖景区保安员专业素质和服务意识都是过硬的，保安工作时间越长，越对西湖充满感情。每当发现不文明行为，他们肯定第一时间上前劝阻，已经成为保安员的自发行为。李应林不愿意接受采访，说明他已经想通。真正没想通的，是骂人的那名家长，到今天他都没有正式向李应林道歉。"

路见不平有人拍，既是这个时代的爱，也是这个时代的痛。我相信，阵痛终将过去，爱会长留人间！

第八章　复退军人新舞台

　　在保安队伍中，曾经服过兵役的军人数不胜数。转制前归属公安机关领导时，保安公司几乎全是复退军人。随着农民工进城、城镇安置"4050人员"就业，复退军人比例逐渐下降，可占比仍然比较高，目前占20%左右。如今，安邦护卫守押队员、各保安公司特保队员清一色是复退军人。退伍战士、复员士官大都当过班长、副班长，不少人是共产党员。退出现役，脱下军装，无论男兵女兵都有一种不舍之情。很多人看中保安职业，依然穿制服，立正稍息走队列，仿佛回到军旅生涯。当兵之人，政治可靠、纪律严明、体能过硬，不少人掌握一门以上专业本领。他们是保安队伍中的精英，有的走上管理岗位，有的成为业务骨干，有的评上各种先进……

　　无论国有还是民营保安公司，有没有军人骨干情况大不一样。本章节主要反映保安队伍中的复退军人骨干的事迹。

雪域高原尽义务，押运护卫当先锋

　　一个消息在流传，并得到证实：警察学校毕业生，必须获得大专及以上文凭，才可以报考警官职业，中专文凭没有资格报考公务员。陈斌攻读的浙江省第三人民警察学校为中专。显然，他没资格考警官。

2001年夏季，陈斌离开警校，回到家乡湖州。陈斌四处投送简历，都石沉大海。

看着儿子无所事事，父亲心急如焚，"恶小"容易，"善小"很难，儿子人生不敢荒废呀！

恰好部队下达冬季征兵命令，父亲认为部队是熔炉，与其无事可做不如当兵。都说当兵后悔两年，不当兵后悔一辈子，陈斌欣然应征入伍。

当年，有3支部队前来湖州接兵，一是新疆军区，二是四川省军区，三是武警上海市总队。人武部破例，允许陈斌挑选。按理上海距湖州一步之遥，理应首选武警，可陈斌不按常理出牌，不如去遥远之地当兵吧！

阿里军分区归新疆军区指挥，陈斌真正服役地是"世界屋脊中的屋脊"——阿里。

新兵连设在阿里军分区留守处——新疆维吾尔自治区叶城。叶城系叶尔羌城简称，维吾尔语意为"屯兵要塞"，南倚喀喇昆仑山脉，北依塔克拉玛干大沙漠，素有中国"核桃之乡、石榴之乡、玉石之乡、歌舞之乡"美称。

新兵连比正常集训的时间翻了一倍，长达半年。新兵下部队后，陈斌因在新兵连表现优异，留守处让他学习电影放映技术，在留守处从事文化活动中心管理，负责部队司号、放电影等。

2002年12月，陈斌随车队由疆进藏。

从叶城留守处到阿里军分区所在地狮泉河，两地相距1000多千米，海拔由1000多米陡升至4600多米。时值隆冬，冰天雪地，气候极寒，山口风速高达每秒3至5米，基本没车辆进藏。为了确保部队给养，留守处不畏艰险，始终保持运输畅通。

得知车队进藏消息，陈斌按捺不住，已经比别的新兵多待半年，漫漫冬夜，哨所不仅缺物资，还缺精神食粮，正是大显身手的时候。他向留守处领导申请，随车队进藏。领导没有批准，新藏公路穿越举世闻名的昆仑山、喀喇昆仑山、冈底斯山、喜马拉雅山，平均海拔4500米以上，其中海拔5000米以上的公路就有130多千米，属于世界海拔最高、路况最危险的公路。一个南方兵，顶不住高温缺氧，甚至会丢掉生命！

陈斌态度坚定，一个劲向领导求情，表决心。功夫不负有心人，领导特意关照随车医护人员，照顾好陈斌，并允许随时吸氧。

车队从叶城零公里出发。

驾驶室可坐3人，除陈斌外，两名驾驶员轮换开车，他们都是汽车营老兵，常跑新藏公路。不开车的驾驶员告诉陈斌，阿里地区大部分物资及旅客运输，经南疆至乌鲁木齐，连接兰新铁路。老兵为新兵讲述新藏公路建设历程。

新藏线是继川藏、青藏后第三条入藏公路，也是进藏最艰难、最危险的天路。

1950年5月1日，新疆军区司令员王震下达命令，当天刚刚成立的第二军独立骑兵师在担负进军阿里任务同时，还要完成新疆和田至西藏阿里首府噶大克的道路勘察和修筑任务，找到一条可供大部队进军西藏阿里的通道。1950年8月1日，骑兵师第一团第一连挥师向西藏进军，并开启中国历史上第一条进藏公路试探性修筑。随后，新疆军区、南疆军区动员大批民工和机械设备，支援独立骑兵师筑路。1951年5月23日，西藏和平解放，独立骑兵师奉中央军委命令，停止成建制进藏，全部兵力投入新藏公路建设。1957年10月6日，新藏公路正式通车。据统计，从1950年8月1日先遣连进藏，到新藏公路通车，其间一直靠人拉牲口提供进藏部队补给，因严寒、缺氧、挨饿而死的官兵达170多人，损失各种大牲畜5.3万余匹，运输成本高于新疆的25倍，最高达80多倍。

新藏公路全线贯通后，大批养路工人在环境极其恶劣条件下，发扬"氧气稀薄吓不倒、天灾困难难不倒、繁重任务压不倒"精神，一手拿枪，一手拿锹，一边养护公路，一边保卫来往车辆安全。进入西藏境内，有776千米靠流动作业养护。在无人区流动养护，白天一口馕一口雪，夜晚一顶帐篷一张羊皮，冻伤手指、脚趾是小伤，仅叶城公路总段就有100多位养护工因高原反应光荣献身。2002年1月1日，国务院、中央军委命令，以界山达坂为界的西藏境内公路，交由武警交通八支队养护，流动养护成为历史。自武警部队接管通勤保障任务后，通车能力大幅度提高，基本实现全年不阻断通车。

"开汽车进西藏，来之不易啊！"开车老兵感叹道。

陈斌问驾驶员："从叶城到阿里，开车需要几天？"

"至少3天。"老兵说，"沿途有兵站，不用担心，住帐篷。"

离开叶城两个多小时，汽车开始爬坡，坡很长很长。据驾驶员说长达27千米，这是新藏公路第一个冰雪达坂——库地达坂，维吾尔语意为"连猴子都爬不上去的雪山"。

汽车开始驶上真正的高原，陈斌感到胸闷气急，耳膜鼓胀，老兵教他咽口水缓解。驾驶员有句俗语：库地达坂险，犹如鬼门关；麻扎达坂尖，陡升五千三；黑卡达坂旋，九十九道弯；界山达坂高，伸手可摸天。

又开了100千米左右，汽车到达新藏公路最长达坂——麻扎达坂。与库地达坂相比，麻扎达坂更加凶险，绝壁峻峭，高耸入云，极目处一片荒凉，没有一丝生命迹象。陈斌头晕目眩，浑身不适，高原反应剧烈。对讲机传来医务人员声音，询问陈斌感觉如何。

不开车的驾驶员挥手一指，"那就是乔戈里峰。"陈斌为之一振，朝老兵手指方向眺望，云雾弥漫，若隐若现，一个大致轮廓映入眼帘。乔戈里峰海拔8611米，是新疆第一高峰，世界第二高峰，仅比珠穆朗玛峰低200米左右。由于过度兴奋，暂时忘却难受，他回复医护人员："没事。"

从麻扎达坂到麻扎兵站，40千米路程全是连续下坡，海拔陡降1000米，陈斌晕晕乎乎。车队开进麻扎兵站，说是已经下午两点多，高原太阳光强，没有时间概念。

车队沿叶尔羌河继续出发，50千米海拔陡升1000多米，道路弯弯曲曲，路况高低起伏，汽车好似急风暴雨中一叶小舟，颠簸摇摆。陈斌将午饭吐尽，抑制不住还想吐。老兵将军壶递给陈斌道："藏族同胞说，对付高原反应，多喝白开水。"陈斌喝了吐，吐了喝，肠胃稍微有所好转。

沿途出现几个高矮土墩，老兵介绍是塞拉图哨所遗址。为了活跃车内气氛，老兵特意为陈斌讲了一则笑话：1950年3月，我军先遣连行军到塞拉图，国民党驻防士兵埋怨解放军，怎么3年才来换防？连军装都换了。这里与世隔绝，缺吃少穿，一个班的国民党士兵，硬是没有一个当逃兵。

　　陈斌明白老兵意思，国民党兵尚且如此，解放军更不能当孬种！

　　晚上住三十里营房兵站。这里海拔3700米，常年驻守一个边防团，医疗站护士姜云燕曾荣获第39届南丁格尔奖。她说自己嫁给昆仑山，官兵和当地老百姓称她是喀喇昆仑"生命守护神"。从三十里营房西行1个半小时，就是全军海拔最高边防哨所——神仙湾哨所驻地。那里海拔5380米，冬季长达6个多月，含氧量不到平地的40%，紫外线强度高出50%，边防官兵乐观、勇敢，替祖国和人民站岗放哨，神仙湾哨所被中央军委授予"喀喇昆仑钢铁哨卡"荣誉称号。这才是解放军的军魂啊！

　　第二天清晨，碧空如洗，白云朵朵，车队迎着朝霞，继续上路。眼前出现一片茫茫戈壁，整个车队喇叭齐鸣，向康西瓦烈士陵园致敬。1962年，为保卫阿克赛钦区域神圣领土，中印边境自卫反击战打响。当年阵亡官兵，一部分安葬在叶城，一部分安葬在狮泉河，一部分安葬在康西瓦。康西瓦烈士陵园长眠着中印边境自卫反击战中牺牲的78位官兵以及为雪域高原国防建设牺牲和病故的27位官兵。汽车鸣笛向保卫、建设祖国的英烈们致敬，成为过往司机习惯。路过高耸入云的纪念碑时，陈斌注目仰望，举手敬礼。

　　一天翻越3座海拔超过5000米的达坂，车队加速前进。过大红柳滩，驶上奇台达坂（海拔5186米），车队在甜水海兵站休整。从甜水海到界山达坂，有一段漫长的无人区，鸟兽绝迹，天荒地老。界山达坂最高点，竖着一块新疆与西藏区界碑，注明海拔6700米。但凡有人看见，准会吓一跳。事后知道，界山达坂真正海拔5347米，并非新藏公路最高海拔，红土达坂高达5380米。

　　由此进入西藏，车队驶入多玛兵站食宿。

　　天高云淡，阳光明媚，天气却异常寒冷。车队再次启程，公路两旁，尼玛堆一闪而过，彩色经幡飞扬在风中。一条宝蓝色的天湖出现在眼前——班公湖，藏语为"长脖子天鹅"。蓝天白云倒映湖面，煞是好看。

过了班公湖，阿里首府狮泉河镇即将到达。

一路上，陈斌吃不好，睡不好，达到生理极限。维吾尔族老兵告诉他，一旦吸氧，会产生心理依赖，陈斌始终没有吸。

进藏不仅是生理考验，更是心灵洗礼。所听所看所思所想，令陈斌受用一辈子。

陈斌被安排在阿里军分区政治处宣保科从事文化工作。到了阿里，陈斌所学的放映技术根本没用。每天，陈斌按时播放起床号、出操号、吃饭号、熄灯号等司号唱片，其中周一清晨 7 点 30 分由文化兵放国歌，两名护旗手升国旗。阿里与内地有时差，冬天漆黑一片，播音室窗户看不到旗杆。陈斌冒着零下 30 多摄氏度严寒，站在营部门口看，待两名护旗手出门，便打电话报告班长，班长马上放国歌，次次都准时。

陈斌的另一项任务是维修营区闭路电视传输系统。每年春节联欢晚会，陈斌挨家挨户上门打开电视机，提前检查线路、设备，只要有

保安亦光荣（左一为陈斌）

一个频道不清晰，便从电视机、线路、放大器、分配器……一路查下去，找到毛病为止。大雪压断传输电缆、信号设备被冻坏时常发生。每当电视图像模糊、传输信号不通，都会第一时间打来电话，往往都是晚上、冬天，陈斌从不推却。冬天上梯、上房，手脚冻麻，房顶雪厚，看不清暗藏什么，陈斌总是有求必应，该上梯上梯，该上房上房。雪域高原，每一台电视机屏幕前都有欢声笑语。

每年夏天，阿里地区文工团和军分区文工团组成联合慰问组，赴扎西岗、且坎、普兰等所属边防连慰问演出。陈斌跟随慰问组，负责音响设备安装、调试等事宜。

汽车翻山越岭去边防哨所，一边是悬崖，一边是峭壁，特别危险。来到扎西边防连才知道，巡逻途中最险路段只有两个马蹄宽，脚下便是万丈深渊。巡逻点海拔最高5850米，往返一趟长达128千米，军犬在途中活活累死。建连以来，已有47名官兵患上严重高原疾病，其中6名留下终身残疾。休息时，官兵们捡牦牛粪，烤羊肉串，席地而坐，谈笑风生，大声感慨：横刀立马，驰骋蓝天白云间，壮哉、美哉！

受官兵影响，途经天堑，陈斌不当一回事。

早穿棉袄午穿纱，围着火炉吃西瓜。高原盛夏，一天穿越四个季节。风沙和紫外线强烈，眼睛、皮肤生痛。演出设在篮球场上，没有舞台，没有灯光，唯有音响保障。边防连电压忽高忽低，导致变压器烧坏，陈斌为防患于未然，常常多备几个变压器，应对不测。看着藏族男孩、女孩载歌载舞，官兵们拍手叫好，陈斌跟他们一起快乐、一样甜蜜。

两年时间转眼便到，走或留？考验着陈斌。

只在西藏当了1年兵，没服满两年，陈斌不当"逃兵"。留队只能当士官，士官须服满5年兵役才复员，都说无阿里不西藏，并非人人有机会在"天堂"当兵，陈斌选择留队。

复员回到湖州，陈斌仿佛踩在棉花絮上，轻轻飘飘，竟然"醉氧"！等身体逐渐适应，才想起招工之事。

与当兵类似，湖州安邦护卫广发招工信息，通过理论、体能、面试等测试，陈斌成为当地银行守押第一批队员。

2008年1月，公司任命陈斌担任某银行守押中队指导员。那年春节前夕，恰逢银行传统旺季，天公不作美，下了一场湖州地区前所未有的大雪。气象早有预报，陈斌怕耽误出车，特意设置6个闹钟，提前两小时起床。凌晨4点，积雪厚达四五十厘米，原本骑电动车只需1刻钟，足足花了1个半小时才到达金库。陈斌与中队长及其他守库人员一起清扫院内、路面积雪，替每辆押运车安装防滑链，发一辆车提醒一名司机：慢慢开、准时到、平安到。银行所有网点，押运车全部顺利到达，赢得客户单位好评。

半年不到，陈斌调任某银行中队长。守押工作一防内贼二防外抢，防内贼安邦护卫建立一套完整的管理制度，陈斌只要严格执行即可；防外抢得处处提防、时刻小心。该行2号线跑南浔方向，途经升山网点时，车组人员发现有辆黑色小车跟车10多分钟，当即汇报，陈斌让驾驶员留意。次日，车组人员发现同一时间、同一地点、同一辆车尾随，再次向陈斌汇报。陈斌及时报告公司守押部领导，经守押部与公安机关联系，原来是烟草公司缉私车，正在跟踪走私犯罪嫌疑人。

守押任务只有一万，没有万一。

2011年9月，陈斌由基层一线调入公司，担任业务发展部经理。当地某银行增设长兴煤山营业点，实地勘查线路时，陈斌发现"工、农、建、中"4大银行4辆押运车跑同一个方向，沿途大货车比较多。陈斌与5家银行沟通，只用一辆押运车专跑煤山网点，降低成本且保障交通安全。初尝甜头，陈斌对其他偏远地区类似网点进行整合、分流，效果明显。于是，同志们将"金点子"雅号送给陈斌。

2016年10月，陈斌被评为"全国先进保安员"。

驻港卫士，创业守忠

陈斌因为无法报考警察职业而去当兵，杜立山由于吃不饱饭不得不去当兵。

军人光荣（杜立山供稿）

    1992年，尽管改革开放实施多年，但是地处嵊县山里的杜立山家仍然吃了上顿没下顿。山区土地资源稀缺，包产到户只分得2亩多贫瘠土地，产下的粮食根本养不活全家五口。

    杜立山上有一姐下有一弟，姐姐上到小学便回家做父母帮手，全家集中财力物力供杜立山读高中。原指望成为"秀才"的儿子发挥顶梁柱作用，正在发育的毛头小伙子，吃不饱肚子、沾不到荤腥，竟为

"五斗米折腰"，出乎意外地报名参军。

部队驻地在湖南耒阳。耒阳位于五岭山脉北面，《七律·长征》诗中"五岭逶迤腾细浪"，描述的便是此山脉。

中国政府于1997年7月1日零时起，恢复对中国香港行使主权。驻港部队于1997年7月1日零时起进驻香港，取代驻港英军，接管香港防务。

驻港部队汇集多支解放军精锐部队，其中陆军前身是井冈山时期红一团、参与长征大渡河连、击毙日本驻蒙混成第二旅团长阿部规秀功臣炮连等。

新兵连集训一结束，正赶上组建驻港部队。杜立山服役的部队，具有红一团血统，荣幸地肩负起挑选驻港部队官兵的光荣使命。综合软条件：政治合格、军事过硬、作风优良、纪律严明、保障有力；战士硬条件：高中及以上文凭、175厘米及以上身高，杜立山荣幸地成为驻港部队的战士。

所有驻港部队由各地奔赴深圳某地。从湖南耒阳到深圳特区，火车最多跑1天，可杜立山乘坐的军列，走走停停，整整开了3夜4天。

部队进驻深圳某个大山区。10多年以后，杜立山故地重游，那里早已夷为平地，一座座高楼拔地而起。

驻港部队除了政治教育、军事训练外，还要学英语、讲粤语。英语略知一二，粤语反倒比英语难学，杜立山是嵊县人，当地最出名的地方戏为越剧。越剧与粤剧，音似而意思完全听不懂，杜立山用学戏方式学粤语，从事倍功半到事半功倍。

1994年10月25日，驻港部队在深圳举行成立大会，正式组建成军。1995年12月7日，驻港部队对外正式亮相，杜立山终于成长为真正的驻港部队卫士。

杜立山梦想着1997年7月1日零时，挎着钢枪，昂首阔步迈进香港，为保卫香港特别行政区站岗放哨。

战士有战士服役年限，时限为3年，杜立山等不到那一天来临。一纸退伍命令下达，杜立山驻港卫士梦想画上句号。

那年，深圳特区公安局招考警察，杜立山参加理论考试和面试，成绩不错。最后，杜立山宁愿放弃，一心回家。毫无疑问，他是接替父亲的顶梁柱。

1995 年年底，杜立山退伍回到故乡，安排在交警队当协警，其行政和组织关系，一直放在嵊州市保安服务公司。2001 年，站了 5 年马路的杜立山回归保安公司，被安排在嵊州市机械链轮厂站门岗。当地黑恶势力经常来厂里闹事，甚至打了厂领导两个耳光。工厂花钱请保安，厂长委托杜立山全权处理。保安员杜立山放出风声：凡无理取闹者，来者必究。那年杜立山结婚，没请婚假，坚守岗位。黑恶势力打探过杜立山消息，知道来者不善，只好作罢。听到保安员结婚没请假期，厂长很惊讶，特意给杜立山红包表示感谢。以后每年春节，都要给保安员发红包，形成惯例。直到今天，厂长与杜立山私交融洽。

因工作出色，杜立山升任保安队长。两年不到再次升迁，担任公司下属消防器材门市部经理。2005 年，门市部转制，接手的话至少投入上百万元，杜立山自己没有多少积蓄，不接的话工友面临下岗风险。杜立山咬牙，从亲戚、朋友处借钱，筹得转制资金。早年杜立山吃不饱饭，深知养家糊口艰辛，故没有辞退一名工人。在市场机制激励下，门市部起死回生，生机勃勃。

四处招揽消防工程，一天赶好几个场子，杜立山终于把身体喝出毛病。2007 年，杜立山生大病，产生收手念头，什么生意都不做。2008 年病好以后，杜立山继续大张旗鼓接工程。次年，杜立山再次生病，从此决定收手不干。

不做消防器材门市部生意，做什么呢？

恰好嵊州市公安局与保安公司脱钩，前任领导看中杜立山懂经济、会管理，鼓励他组建物业公司，未来为当地保安市场服务，与杜立山不谋而合。2009 年，杜立山注册成立嵊州市安保物业服务公司，主要从事保安业务。

杜立山秉承部队作风，自己做企业。部队最讲忠诚，怎么讲忠诚？

忠诚事业——企业当作事业办；忠诚客户——想方设法周到服务；忠诚员工——建立和谐劳动关系。

2010年保安市场全面放开后，杜立山将物业公司更名为嵊州市中诚保安服务公司，取忠诚谐音。

企业当作事业办，首先必须赢得市场，以客户需求为需求，打造百年老店；要打造百年老店，必须内强素质外树形象，强素质才是立业根本之道呀！

公司更名后，杜立山着手编写《保安手册》。手册涵盖工作守则、岗位及体能锻炼制度、交接班制度、请销假制度、着装及装备规定、队员及队长职责、常用文明用语、服务忌语、十大禁令、奖惩处罚、督察管理等方面，从招聘到辞退，将工作标准化，将管理制度化。这部结合部队经验和保安实际的"宝典"，从入职起保安员人手一册，潜移默化，深入骨髓。如今，杜立山与"钉钉"联合开发应用软件，集合同管理、巡查管理、人事管理于一体，实时实地查看公司信息。公司日益扩大，管理者不增反减，目前仅七八人坐办公室办公，所节省的成本，大部分用于员工福利。

农民出身的杜立山，尤其尊重劳动。除客户单位特殊需求，他对招工不设"门槛"，只要公安机关没"案底"，年龄不设任何条件。保安公司为劳动密集型企业，中诚公司本部在嵊州，另有新昌、上虞、绍兴、萧山4个分公司，员工超过2000人。据统计，截至2020年12月底，中诚公司本部复退军人占11%、国企下岗职工占8%、农民工占81%。

我驱车前往中诚公司派驻甘霖中队，找保安员王金祥核实。王金祥告诉我，他是土生土长本地农民，原先在一家私企打工，私企倒闭后，57岁接近退休年龄的王金祥依然被中诚公司录用。我又驱车前往派驻艇湖城市公园保安小队，找宋贤富闲聊。宋贤富说，他是国营嵊州市酿造一厂职工，国企倒闭后，调到羊毛衫厂工作，没想到羊毛衫厂接着倒闭。2017年，看到中诚公司招保安，55岁的他照样被录用。我问宋贤富："你对中诚满意吗？"宋贤富开心地说："酿造厂每月工资1000元左右，羊毛衫厂不到3000元，中诚给我3500元，加班还有加班费，很满意呀！"

杜立山说："发现保安有问题，第一次批评，第二次通报，第三次劝退，从来不扣他们工钱。"

我问："奖勤罚懒天经地义，为什么呀？"

他说："保安可谓弱势群体代名词，大都一分钱掰成两半花。我倡导'做保安，我自豪！'理念，其目的是激发保安员的责任感和荣誉感。只要树立责任感、荣誉感，十分看重岗位职责，不可能、不应该出问题呀！"

疫情期间，3名保安员成为网红。杭绍台铁路林盘山隧道，由中国铁建大桥工程局集团公司承建，该隧道南端出口位于嵊州市剡湖街道碑山村高山之上，中诚派出周业章等3名保安员担任仓库值班员。其间，1人负责查看监控，两人每小时巡逻1次。疫情期间，上山下山道路封闭，方圆五里内没人居住，如何打发寂寞时光？

山头光秃秃一片，除了石头还是石头。周业章曾经做过建筑，他提议：白天巡逻返回后，利用休息时间叠石柱，得到大伙一致同意。石头遍地都是，他们就地取材，不规整的用锤子敲打，石头太重两人抬。3名保安员模仿人的样子，搭积木一样拼接，搭了100多个石柱。

英国有巨石阵，中国有云南石林，取什么名字好呢？3人异口同声："抗疫林！"消息不胫而走，"抗疫林"照片发到网上，网友纷纷赞扬保安员境界高。

杜立山说："在山上看仓库，实在很无聊、很辛苦。3名保安员不仅看家护院，而且苦中作乐。说明中诚保安已经具有较高精神追求，这点令我特别欣慰和自豪。"

杜立山欣慰地说："整个绍兴地区，中诚保安流失率最低。别的保安公司招人难，中诚始终不发愁。"就在我到中诚前1个月，中诚被绍兴市评为劳动关系和谐企业。

公司上下，人人皆知杜立山善待员工。早些年，农民工几乎不交社保。交与不交本人决定，员工往往只顾眼前，不考虑长远。杜立山规定，凡是50岁以下保安员一律交社保。两名退伍老兵，不理解公司用意，甚至谩骂杜立山，他不在意，直接从工资中扣除，替他们代交。每年春节前夕，杜立山连续10年邀请退休保安员回公司团聚，两名保安员埋怨自己当初"狗咬吕洞宾不识好人心",此话讲了整整10年,年年如此。

仿照部队传统,杜立山有空便上员工家里,家访连带慰问。保安员王富金与"富""金"不沾边,家境异常艰难。

屋漏偏逢连夜雨,王富金街头行走时,两眼一黑栽倒在地。路人发现送他去医院急救,诊断为先天性心脏病,需要动手术,手术费用不菲。杜立山陷入沉思,公司需要团结互助精神,如何把一盘散沙凝聚起来?杜立山以工会名义,先后在公司公众号发布3条信息,号召大家帮王富金共渡难关,并带头捐款。你1元、他2元,你5元、他10元……公司几乎人人捐款,凑成11278.88元爱心捐款,工会给予大病救助慰问金1000元,手术缺额基本解决。

杜立山边解决队伍素质,边提高经营服务水平。

中诚保安起步于教育系统,如何深化?怎样发展?杜立山寝食不安。制度化、规范化、科学化,既是部队看家本领,也是企业发展之道,沿着"三化"之路,杜立山进行探索。

回顾部队一日生活秩序:整理内务、个人清洁、打扫卫生、军容风纪、习惯养成、安全节约、整顿纪律……7个词汇一闪而出:整理、整顿、清扫、清洁、素养、安全、节省。

整理:将保安室所有物品区分为必要、非必要,保留必要,清理非必要;整顿:将必需物按规定摆放,贴上标签,用后复位;清扫:将保安室内外、校园周边看见、看不见的地方清扫干净,确保亮丽整洁;清洁:将整理、整顿、清扫持之以恒,养成习惯;素养:认真履行《保安管理手册》《保安工作规范》《保安职业道德》,为学校树形象,为学生立榜样;安全:树立安全第一观念,防患于未然;节省:发挥物资最大功能,践行绿色低碳。

经学校老师商议,7个词汇翻译成英文,打头全是S,干脆叫学校系统保安工作7S管理办法。

杜立山找嵊州市教育局领导汇报,市教育局与中诚保安公司联合发文,将7S管理办法推向全市。不久,绍兴市教育局发文,推广这一做法和经验。

有作为才能有地位，中诚在嵊州遍地开花。杜立山不满足小打小闹，跳出嵊州，天地更宽，中诚把触角伸向绍兴其他市（县）和杭州地区。杜立山心中有更高目标：打造上市公司，成为保安界的龙头企业。

我为中诚祝福，并拭目以待。

进公司大门时，看到门口放着一个茶水桶，一次性水杯若干。我问杜立山："门卫一定感激您，是吧？"

杜立山笑而不答。我问值班保安员："老总为门卫考虑周全，你有什么感想？"值班保安揭开谜底，"这是专门为马路天使准备的。"

2018年夏天，浙江之声、嵊州新闻、娃哈哈集团等单位联合发起"一杯水"公益活动，中诚积极参与，免费为环卫工人提供茶水和休息场地。

我与杜立山促膝长谈，《绍兴日报》记者张亮宗敲门而入，他的另一身份是嵊州市剡湖街道沙园村志愿消防队长。消防队在张队长带领下，先后获得浙江省、绍兴市9项集体荣誉、4项个人先进。

沙园村是嵊州市历史文化古村落，明清台门、木结构老房子很多，村里曾发生大火，1座台门和10多户村民财物化为灰烬。听后，我深为惋惜。张亮宗解释道："剡湖街道有7个行政村没有志愿消防队，主要因为没钱。得知消息后，杜总慷慨解囊，为组建消防队送钱送物。在上级和好心人士关心下，沙园村志愿消防队组建完成。第一次任务是离村不到4千米的一家泡沫企业突然起火，消防队闻讯后，立即请示嵊州市消防大队，要求参加灭火战斗。大火被成功扑救，企业专程送来锦旗。如今，只要消防器材缺损，杜总就会添置；为给队员鼓劲，自掏腰包送礼送物。"

"消防队来之不易，里边有杜总的功劳。"张亮宗感触颇多。

嵊州市首个抗战纪念馆——沙园村抗战纪念馆落成。杜立山会同驻港部队战友，捐献1万多元。

2019年春节刚过，千里冰封，万里雪飘。嵊州市人社局组织中诚保安公司等11家企业赴四川省马尔康市开展嵊州—马尔康就业扶贫劳务协作暨"春风行动"招聘活动。招聘不讲学历、不讲技能，确保月

保安亦光荣（右为杜立山）

薪 4000 元以上，进一步促进当地劳动力转移。当年秋天，中诚保安公司再次远赴马尔康，参加"浙川携手·共奔小康"2019"两不愁三保障"就业扶贫劳务协作现场招聘；活动期间开展慈善捐赠，中诚与麦地郎、森歌电器 3 家企业设立 7.7 万元"扶贫爱心助学金"，与 6 名贫困学生签订捐助协议，提供完成高中及以上学业费用；向 100 名贫困小学生捐赠价值两万元学习用品；公司党支部与马尔康市康山乡达维村党支部结对帮扶，向该村捐赠两万元现金，保安岗位永远向村民开放，达维村党支部回赠一面"结对献爱心，中诚助脱贫"锦旗。经多方努力，达维村终于走上小康之路。

杜立山办公室墙上，挂着一幅"口碑载道"书法作品。真正的口碑，永远在自己心中，也在老百姓心中！

首批战舰女舰员，西湖飒爽展英姿

褚海霞与我在孤山不期而遇。

我问褚海霞："知道西湖十八景吗？"

"徐老师，你太小瞧人了。我在景区保安公司工作，长年累月在西湖边旅游，能不知道吗？"褚海霞说，"你肯定指海霞西爽吧！"

在她面前，我自愧不如。西湖十景始于南宋，钱塘十景产生于元代，西湖十八景产生于清代。海霞西爽因"西爽亭"得名，遍地种植花木，有垂柳、碧桃、海棠、芙蓉、紫藤等40多个品种。朝霞初露，和风荡漾，西湖如镜，六桥倒影，好鸟和鸣，别具万种风情，倾倒无数游人。

褚海霞说："我叫海霞不假，可不光与西湖有缘，还与大海有情呀！"

褚海霞是中国海军首批战斗舰女舰员。

家里从小就把褚海霞当男孩子养。父亲没能当上兵遗憾一辈子，指望女儿成为当代"花木兰"替父从军。褚海霞高考考上广东司法警官职业学院，军警不分，父亲勉强同意。

毕业那年，褚海霞得知网上报名招录大学生士兵消息，梦想的火苗又被点燃，她毅然决然报了名。

褚海霞身体素质比较棒，体检合格，政审过关，被海军北海舰队招录，穿上海军军装，终于了了父亲的心愿。

世界军队服役女性超过100万，仅美国、俄罗斯、以色列三国就占据一半。相比之下，各国海军招收女兵历史比较短、比例比较低。20世纪70年代，美国和苏联等海军大国，允许军舰对女性开放。目前，有英国、法国、日本等16个国家舰艇部署女性军人。尽管中国媒体10年前就有女兵随军舰远航、访问等报道，但都是临时抽调非在编女兵，并非真正意义上的女舰员。根据中国国情和军情，军舰需要有计划、有步骤地对女性开放，试点先行尤为紧迫。海军总部决策，从全军海

保安亦光荣（右为褚海霞）

军部队选拔优秀女兵上军舰。

　　"男孩"褚海霞在女兵中出类拔萃，选拔工作精挑细选，仅体检就划分 43 个小项，每一项都与舰艇生活息息相关，凡有一项不合格不准上舰。面试设置 28 项内容，此外还要进行思想摸底、个人经历调查、文化测试等。经百里挑一，褚海霞初选合格，进行长达半年集中培训。

　　五公里越野，练耐力；杠铃托举数百次，练臂力；单杠一吊数分钟，练手劲；游泳数千米，练泅渡；"魔鬼圈"旋转数十圈，练防晕……经过层层考核，层层淘汰，褚海霞成为中国海军首批在编女舰员。首批女舰员共 27 名，其中新兵 16 名，二年兵 7 名，士官 4 名；年龄最大 25 岁，最小 18 岁。她们以百分百合格成绩，完成航海、报务、信号、舰务等 9 个舰艇专业考核，分别由沈阳舰和哈尔滨舰接收。

　　2012 年 9 月 12 日，秋高气爽，风和日丽，褚海霞和 14 名女舰员登上沈阳舰，舰长张长龙分配褚海霞担任报务员。

　　沈阳舰舷号 115，2006 年 1 月 1 日正式服役于北海舰队。该舰为大型导弹驱逐舰，专门用来执行海上编队及防空任务，仅次于航母和战列舰、巡洋舰，属于中国海军第二级别舰艇。

女兵住舱尽管空间不大，但很温馨。舰艇为女舰员单独配备卫生间、小型晾衣间和紫外线杀毒灯。凡二层以上的铺位，男水兵帮她们竖着绑了好几道绳子，防止舰艇摇晃，女战友睡梦中跌落。一起学习、一起出海、一起训练、一起生活，舰艇把战友之情紧密联结在一起。

"海风你轻轻地吹，海浪你轻轻地摇……"褚海霞过上水兵生活。

毛主席在接见中国首批女飞行员时，曾勉励她们：要当战斗员，不当表演员。上舰第二天，沈阳舰政委静思焱引用伟人名言，告诫首批女舰员："你们是战斗员，不是表演员。"让褚海霞终身铭记。

来到太平洋，才知道"魔鬼圈"只是预演，真正体会到风有多激、浪有多高，晕船是男女舰员首先必须克服的一道难关。舰艇要求值班人员随身携带垃圾袋，以防狭小空间受污染。褚海霞身体素质虽好，但也多次使用垃圾袋。有一次，沈阳舰受命出海，风力瞬间超过8级，海浪朝驾驶室汹涌扑来，船底又遇暗涌，船体摇摆达20度以上。那天，褚海霞头晕目眩，胃肠翻江倒海，连胆汁都吐了出来，几乎产生跳海冲动。一想到"要当战斗员，不当表演员"，舰艇每个岗位都得有人坚守，褚海霞强忍难受，守在三尺机台旁，直至风平浪静。

"在苍茫的大海上，狂风卷集着乌云。在乌云和大海之间，海燕像黑色的闪电，在高傲地飞翔。"褚海霞倔劲发作，偏要做搏击风浪的"海燕"，终于让大海感动，晕船一关勇闯成功。

风平浪静之际，航行在太平洋上，海鸟穿梭舰艇上空，翻飞往复，找寻被螺旋桨打晕的海鱼；海豚腾跃于舰艇两侧，一起一伏，追随舰艇一路前行。每每这种时刻，褚海霞觉得如诗如画、令人难忘。政委善于做思想工作，他把祖国海疆当教育课堂，将不参加值勤的官兵召集到后甲板上，讲述自己于1988年3月14日参加南沙海战的经历。每次听政委报告，褚海霞总会心潮澎湃、热血沸腾。

外行人听不懂的嘀嗒声，与战争胜败息息相关，一字一码事关千军万马。这里没有枪炮硝烟，不见浴血画面，却暗藏刀光剑影。因此，报务员被誉为"首长的耳朵，军队的神经"。报务员学习摩尔斯码，全靠死记硬背，比高考有过之而无不及。从辨别嘀嗒声开始，到正确抄收电文（电报），再到拍发电文（电报），学习异常枯燥。褚海霞与电码为伴，与电流同声，从嘀嗒声中感受天籁之音，演化为一种音乐享受。舰艇高速航行，上下左右摇摆，收报发报仿佛在浪尖"手指跳舞"，褚海霞乐此不疲。几分泪水几分收获，褚海霞每天收四五千组电文，确保实现零差错，并为自己留下1分钟拍发800多组电码的个人纪录。

褚海霞随沈阳舰每年出海200多天，航行远超万里，先后参加第14届西太平洋海军论坛等重大军演及训练任务20多项。

铁打的营盘流水的兵，舰艇总有靠岸的一天。

2016年12月，褚海霞复员。不少单位向她抛去橄榄枝，褚海霞不爱红装爱武装，喜欢扎武装带。得知景区保安公司景安巡逻队招人，褚海霞上网搜索。景安巡逻队成立于2014年9月28日，队员每人配备1辆山地自行车，穿骑行服装，戴头盔和墨镜，人手一套图传设备——方便公安实时查看警情；自行车三脚架装备不一，有的带充气救生圈，有的带AED等医疗急救用品。网民称他们"旅游警察"。评价最多：一个字"帅"，两个字"真帅"。

褚海霞心向往之。

景安巡逻队队员决非等闲之辈。体能测试首当其冲，男子跑1000米，女子跑800米，测试耐力；男女都要跑100米，测试爆发力。海都不怕，还怕西湖？褚海霞轻松过关。

景安巡逻队并非真正意义上的警察，是一支集治安防控、巡逻盘查、服务游客等多功能为一体的保安队伍。巡逻分南北两线，南线沿复兴路—虎跑路—南山路—圣塘景区—北山街—杨公堤返回；北线沿复兴路—虎跑路—龙井路—断桥—南山路—玉皇山路返回。其中白堤、湖滨地区改由步行，全程15千米左右。上、下午各巡逻两次，穿梭于西湖边各个角落。

随着西湖申遗成功，游西湖已不分淡季旺季，间隔十几秒钟，便有游客寻求队员帮忙。他们结合西湖景区特点，为游客指路、讲解景点知识、引导最近公厕、寻找走失老人或儿童……捡到游客丢失的手机、钱包、证件特别多，大都能物归原主。

过去，褚海霞因为读书、高考、参军，没工夫逛西湖，如今天天围着西湖转；此前，她随沈阳舰出海，战狂风斗恶浪，如今轻松地骑着自行车，一路风光无限，可谓实现华丽转身。褚海霞享受生活，接受挑战。

白堤东起断桥，西止平湖秋月，两个著名景点相邻 1000 米。漫步白堤，褚海霞常常想起"暖风熏得游人醉"诗句，觉得那是一分惬意、一种享受。自从加入巡逻队，这种氛围消失得无影无踪，且不说审美疲劳，夏天白堤无大树遮阴，烈日当头、湖光刺眼，地面温度高达四五十度，黑色短袖制服尤其吸热，褚海霞每天要换 4 套服装，脸蛋、双臂晒得由红变黑，只能中途休息时补涂防晒霜；冬天白堤两面夹湖，微风吹过，脸颊刺痛、冷气浸骨，褚海霞身上要贴暖宝宝、鞋子要放发热垫，才能抵挡寒意的侵袭，爱美的女孩最怕脸蛋失去水分，只能中途休息时朝脸上补水。

无论法定假日或双休，西湖总是全国人气最旺的旅游目的地之一。巨大人气，给景区管理带来巨大压力，越是人们休闲放假的时候，褚海霞和巡逻队越要坚守工作岗位忙碌。

断桥是外地游客必到之地，节假日更是人山人海，走散老人、小孩特别多。国庆长假期间，有位老奶奶带孙女游西湖，年仅 3 岁的小孙女眨眼间不见了。老奶奶找呀找，一无所获。回去怎么向儿子、儿媳妇交代？褚海霞发现焦急万分的老奶奶，主动上前询问。老奶奶满眼是泪说："求你们，帮我找找小孙女！求你们啦……"

那时褚海霞尽管没小孩，但将心比心，谁不心急？谁不心痛？褚海霞一边安抚老奶奶，一边询问小孩穿什么服装、有什么外貌特征、祖孙从哪个方向走来？通过老人描述，褚海霞立刻在工作群中发布寻人消息，并与同事一道在走散之地全方位搜寻，终于在距走散地 200米外一处景点，找到走散的小女孩。

"看到老奶奶与小孙女拥抱在一起，我感动得哭了。"褚海霞觉得服务工作很有成就感。

不懂就问，不会就学，褚海霞将急救、消防等专业知识背得滚瓜烂熟。G20 峰会的召开，使杭州知名度直线上升，各国游客纷至沓来。

军人光荣（褚海霞供稿）

褚海霞将英语软件装在手机上，有空便学，即学即用。天长日久，日积月累，英语水平逐日提高，目前遇到讲英语的游客，褚海霞能流利应对。有位外国游客想借杭州首创的"小红车"，不懂得如何操作，褚海霞帮外国朋友解决问题。

西方有句谚语："一千个读者眼里，有一千个哈姆雷特。"看书如此，看风景同样道理。褚海霞特意参加心理学培训，并通过心理学中级考试，将服务内容延伸到游客内心深处。

2018年，杭州市举行"神盾杯"保安职业技能竞赛，按《保安国家职业技能标准》三级（高级）要求命题，分理论知识和操作技能两部分，首次增设英语，涵盖体能、消防、英语、救护、技防等保安服务必备技能，为市级一类竞赛，并第一次向女性保安员开放，单支参赛队伍5名选手中，至少包含1名女队员。

褚海霞跃跃欲试。公司对这次竞赛高度重视，派出两组人马到临安进行为期半个月的封闭式集训。刚开始，褚海霞拼接两卷消防水带需要30多秒，其他女队员只用20秒，差距太大。由于手掌太小，其他人能拎的消防水带她拎不动，褚海霞不灰心，虚心求教，队友教她在折叠消防水带时留出一指空隙，一试效果明显，大大缩短跑、接速度。

全市共24支队伍、120名保安精英参加比赛。经过3天激烈角逐，褚海霞所在的团队获团体第一，她个人获总成绩第一。

我问："具体成绩多少？"

褚海霞说："因比赛场地有点滑，我怕犯规拖队友后腿，所以4×10米折返跑时特别小心，记得用了12秒多，平时训练还要快；消防水带连接不到12秒，得满分；监控台操作，第一名；实用英语、单人徒手成人心肺复苏，名列前茅。裁判没说具体成绩，参赛队员不知道。"

首次与男保安同台较量，褚海霞巾帼不让须眉，旗开得胜，并获得"杭州市五一劳动奖章"暨"杭州市技术能手"称号。

大海教会她意志坚强、勇往直前；西湖敦促她服务、服务再服务。

劳动者永远最美丽！

首批女舰员故事讲完了，下面说说最后的骑兵的其人其事。

最后的骑兵，处处争一流

目前，张国昷是浙江宁海保安服务公司保安部经理，管辖7个大队、22个中队，共计1700多名保安员。

在部队只当过班长的战士，竟然当上指挥千军万马的"团长"。张国昷有担当有能力，处处争一流，一步步显山露水。

张国畇是家中独子，上有5个姐姐。青少年时，地处深山的老家实在太穷，5个姐姐先后出嫁，唯一的儿子张国畇读到初二便去学模具。眼看3年学徒即将出师，19岁的张国畇迷恋军装，看到接兵干部雄赳赳、气昂昂走在乡村大地上，张国畇丢下模具，瞒着父母报名参军。镇武装部长知道张国畇家里的实际情况，怕他父母反对儿子当兵，提前做张国畇思想工作。张国畇回答武装部长："为什么我的姐姐不到结婚年龄纷纷提前出嫁，就是因为家里没饭吃。你不让我吃'皇粮'，我上你家吃饭去。"武装部长问他："你父母同意当兵吗？"张国畇点点头："爸爸、妈妈同意我当兵！"

　　体检合格、政审没问题，入伍通知正式下达到张国畇家，父母愣了。张国畇对父母说："爸爸、妈妈，入伍通知已下达，如果我不参军，要上军事法庭的。"父母蒙了，稀里糊涂为儿子收拾行装。临别时，母亲哭得比女儿出嫁更心痛。

　　张国畇和宁海近200名新兵，坐中巴车到宁波接兵站。凌晨两三点

保安亦光荣（中为张国畇）

钟，新兵登上西去的列车。火车开了三天三夜，越开越荒凉，终于在一个前不着村后不着店的地方停下。接兵干部在火车站就地点名，张国昆被分配到青海省平安县预备役团新兵连。又坐了两个多小时汽车，到达新兵连已是后半夜。新兵连简单分班，每个班就两三个人——新兵来自全国各地——宁波新兵到得比较早。

起床军号嘹亮响起，张国昆翻身起床。叠被子时，棉被、枕头全是血；洗脸时，鼻子无缘无故流血。有的新兵头晕、胸闷，甚至呕吐。老兵告诉新兵，是高原反应，刚来都这样，慢慢适应，习惯成自然。新兵来自南方，吃不惯面食，尤其是馒头蒸不熟，黏糊糊，有些新兵直接扔进泔水桶。老兵命令新兵捡起来。张国昆没犯这样的低级错误，因为他家吃不饱。

1个月后，宁海县武装部领导特意到新兵连，看望家乡新战士。宁海籍新兵幸福得要死，所有人流下热泪。

说真的，部队就像大家庭，战友之情深似海。西北高原，冬天特别冷，零下几十度，因为烧煤，房间不准关门，班长总是睡在离门最近的地方。新兵仿照老兵，用猪皮擦煤炉，擦得铮亮，能当镜子照。每次分班，班长总要领着大家高歌一曲，每次都唱《难忘我当兵那一天》。唱着唱着，全班总要泪流满面。

3个月的新兵生活一晃而过，张国昆被分配到青海省黄南军分区独立骑兵连搞侦察。那里比新兵连海拔更高，条件更差，整个营区全是马粪味道，全体老兵理光头。后来才知道，理光头是为了最后的荣耀。

骑兵，一个古老的兵种，始于春秋战国时期。解放军骑兵部队最多时，拥有12个整编师、10万人之众。骑兵具有快速、机动、灵活、勇猛等特点，擅长战役侦察、远距离奔袭、运动防御、追歼敌人诸多优势。随着解放军摩托化、机械化部队的出现，20世纪80年代在"百万大裁军"时，解放军淘汰"骡马化"，象征性地保留两个骑兵营、6个骑兵连，其中就有黄南军分区独立骑兵连。

他们是全军最后的骑兵！

西北老兵彪悍，军纪严明。如果新战士被子没叠好，直接扔到门外；如果卫生没有搞干净，必须用毛巾擦洗；如果班长放下筷子，全班

军人光荣（张国昰供稿）

不许有人吃饭。张国昰胃口大，3个馒头捏在一起一口吞。

到骑兵连当天，后半夜零点至两点轮到张国昰站岗。他偷偷藏了1包红梅牌香烟，站岗期间全部抽完。下岗时，恰好遇到下连蹲点的军分区政委，张国昰怕首长发现。政委姓高，肯定是高人，哪能看不出新兵蛋子的秘密？

高政委却问了一个无关紧要的问题："小伙子，哪里人？"张国昰回答:"报告首长,老家浙江省宁海县。"政委笑笑说:"你是宁海人,我是青海人。青海的海是高原,宁海的海才是真正的大海,咱俩有缘呀!"高政委鼓励张国昌:"你们这些来自大海的娃娃兵,到青海高原受苦了。既然来当兵,就要好好干。"高政委风趣幽默,特别关心士兵冷暖,张国昌觉得亲切,心情豁然开朗。

骑兵骑马天经地义,张国昌分得一匹名叫"小泥鳅"的军马。"小泥鳅"很老实,跑不快,张国昌模仿影视剧中的演员,一边高喊"驾——驾——"一边用鞭子抽军马的屁股。连长喝阻张国昌:"军马是你的战友,不准喊驾,不准抽鞭子!"敢情,演员演的是假戏。

一切行动听指挥,士兵服从,军马也要服从。每当骑兵发出"齐步放劲"口令时,军马特别兴奋。要是放松缰绳,夹紧双腿,军马飞快奔跑;要是拉紧缰绳,放松双腿,军马慢下来甚至原地立定。张国昌与"小泥鳅"建立起深厚感情,每天训练结束,顾不得洗脸喝水,先带"小泥鳅"喂吃喂喝。一匹军马一口气能跑 5 千米左右,张国昌从来不让"小泥鳅"长途奔跑。"小泥鳅"累的时候,会用 3 条腿站立、1 条腿歇着。每当她休息时,便将马头倚靠在骑手的肩膀上,张国昌一边与她轻声呢喃,一边帮她梳理毛发。"小泥鳅"亲昵地蹭张国昌下颌与前胸,吐露她的喜悦和温情。

张国昌当班长后,老实的"小泥鳅"被分配给新战士驾驭。张国昌骑一匹名叫"红神经"的军马。入列时,"红神经"发神经,新任班长张国昌竟在全连官兵面前出了一个大洋相。原来,"红神经"为副连长坐骑,"红神经"始终站在指挥位子,从来不入列。马学人样,当"官"当习惯了,不肯当兵。张国昌只能花更多时间和精力,安抚她、诱导她、驾驭她,并与她结成不离不弃的好战友。

3 年服役期结束之前,1997 年 6 月 30 日骑兵连接到奉命出兵的军令:承担国家"九五"重点工程——兰西拉光缆部分埋设任务,国庆前必须完成任务。

军中无戏言。连长作战前动员,只说两句,一句"好兵是打出来的",另一句"好兵用在刀刃上"。句句铿锵有力,张国昌时刻铭记在心头。离开部队 20 多年,张国昌仍与连长保持密切沟通。我与张国昌交流数小时内，他与连长通话3次，时长十几分钟。

兰州—西宁—拉萨光缆全长2754千米，跨越甘肃、青海、西藏3个省（区），干线穿越柴达木盆地、昆仑山和唐古拉山等地形复杂、气候恶劣地区，甚至是无人区。骑兵连埋设光缆的区域，位于唐古拉山半山腰，海拔超过4000米，缺氧、烈日暴晒、狂风和雨雪袭击，环境十分险恶。

埋设电缆需要挖沟，宽0.8米、深1.2米。连长分配任务，每个班每天必须完成100米，落实到人头，每天必须挖10米。在唐古拉山头动土，不仅需要勇气，还需要强壮的身体。吃半生不熟的饭菜，睡四面透风的帐篷，付出远远超过体能极限，病号越来越多，张国昷所带的一班，3名新兵完不成每天挖沟任务。

一军、一师、一团、一营、一连、一班，统称部长领头羊。

一班符合入党条件的，一是前任班长，二是副班长张国昷。张国昷向连党支部表态，让班长先入。党支部经研究决定，发展张国昷入党。越是困难越向前，张国昷暗下决心：一班绝不拖全连后腿！

党员班长张国昷身先士卒，决定减少新兵挖沟工作任务，增加自己和老兵的挖沟米数，以此带动全班完成当日任务。其他班纷纷向一班学习，全连提前完成部队下达的任务指标。

工程建设指挥部专门制作刻有"兰西拉光缆工程纪念"手表1只、印有同样字体的运动装1套及陆战靴1双，发给参与施工的官兵。由于表现突出，张国昷受到黄南军分区通令嘉奖，获得"优秀士兵"称号。

退伍前，张国昷写信给家中，希望父母出面寻找工作单位。父母没有门路，只知道宁海保安公司招人，替儿子报了名。得知张国昷当过兵，还是党员，公司求之不得。

1998年3月，张国昷穿上保安服。那套制服冬季黑色，夏季白色，张国昷爱不释手。至今，当年发的那套保安服，仍笔挺地挂在张国昷衣柜里。

农民子弟张国昷，受连长"两句话"启发，由自己管理自己开始，一步步提升，直至统领千余名保安员。

刚入职，他被分到歌舞厅当保安员。歌舞厅鱼龙混杂，张国昷秉承部队传统和骑兵作风，歌舞厅治安明显好转，老板和顾客称他"黑猫警长"。

西门演艺厅为外地人开设，常有小混混进场捣乱。1年后，公司派他到西门演艺厅当分队长。小混混可不管张国昌"黑猫警长"的美誉，故意进门砸场子。

那天，来了五六个小混混，其中一个小混混直接将杯子扔到舞台上，狂叫："不好看，难看得要死！"还把外地老板叫来，打了两个耳光。

张国昌闻讯上前劝阻，小混混亮出一把尖刀，顶在张国昌保安服武装皮带铁扣上，威胁"白刀子进红刀子出"。别说一个小混混，就是五六个小混混一齐上，也不是张国昌对手，可"打不还手"是保安员铁律，除非他真的捅刀子。小混混一边顶一边推，将张国昌从舞台顶到演艺厅大门外，其他小混混趁机将卖票吧台砸得稀烂。当地派出所接警后赶到现场，将小混混悉数带走。毕竟属于民事纠纷，公安不可能揪住小混混不放的。那时出警时间比较慢，张国昌担心小混混事后报复，叫来五六名战友看场子。小混混知道张国昌不好惹，转换其他场所，继续兴风作浪。

西门演艺厅太平，蓝堡蹦迪事儿不少。虽说派驻迪厅保安员人多，可打保安员的小混混人数更多。1年后，公司又把张国昌调到蓝堡蹦迪当分队长。通过西门演艺厅与小混混交手，张国昌知道什么叫沟通艺术，由刚性慢慢转变为柔性。张国昌关注小混混一举一动，只要有小混混进场，便与他们主动搭讪，以交朋友方式，劝他们不要闹事，更不要打保安员。

朋友是一个中性词，有好朋友也有坏朋友。张国昌以好朋友出面，感化小混混，通过蹦迪发泄的方式，化解内心的不满。小混混乐意与"黑猫警长"为友，蓝堡蹦迪只见狂舞狂歌，不见打人闹事。

10个月后，公司任命张国昌驻宁海红枫市场任中队长。他配合市场，参与全面管理，涉及消防安全、交通秩序、车辆管理、商品摆放、费用收取等多种职能，秩序井然，有声有色。1年多时间，红枫市场多次被评为先进市场。

随着业务拓展，公司调他到宁波大梁山啤酒厂参与企业管理。员工偷懒、偷喝啤酒、带不该带的东西回家、违规堆放啤酒箱等，张国昌都要管，顶半个厂长。因排风扇漏电，有位工人不幸出了意外。家属和村干部到厂里讨说法，事态失控，副厂长挨打。张国昌带保安员劝阻，发现村主任是熟面孔。他请村主任出面，就赔偿事宜与工厂协商，控制事态进一步发展。啤酒厂感激张国昌始终冲在处置工作最前面，该做的做，不该做的也做。事态平息后，受厂长委托，张国昌上死者家里吊唁，家属与他握手言和。

2003 年 3 月，张国昌被调到公司总部，担任城乡中队中队长，负责 19 个乡镇、管理 200 多名保安员。保安员与当地企业工人工资相差三分之一以上，张国昌接手时保安员流失率高达 60% 至 70%。当义务兵收入更低，这是为什么呢？

张国昌悟出一个道理：团队的力量。

他要培养团队精神。每个乡镇一支保安队伍，张国昌一个乡镇接着一个乡镇跑，白天参与日常管理，晚上加强队伍培训，尤以军事训练为主，互相敬礼，并排走队列，养成互帮互学风气。张国昌喜欢爬山，休息日带保安员上山搞活动，讲自己当兵的故事，讲军人与军马的战友之情。马尚且如此，人更应该讲团结，张国昌启发大家，保安员不是看门人，是机关和企业的管理者。张国昌建立奖勤罚懒机制，并把罚款集中到一起，重奖先进工作者，激发保安员内生动力。短短 3 年，一个被城中中队看不起的城乡中队，保安员收入超过城区。张国昌离职时，城乡中队保安员流失率不到 10%。

2006 年 8 月，张国昌调任城中中队长，向公司建议，成立机动中队，应对处置突发事件。目前，大部分中队长、大队长来自机动中队。某企业征地拆迁，与村民发生冲突，县治安大队要求保安公司维持秩序。正在村民与工程队群殴之际，张国昌带领 18 名机动保安员，第一时间赶到现场。他们排起人墙，把村民和工程队生生隔开，避免一起流血事件。

每年 5 月 19 日，县里都要举办一场集民俗表演、体育竞技、招商引资、经济洽谈、商品展销、旅游休闲为一体的"徐霞客开游节"。公安警力有限，保安公司承担游街、演唱会、烟火大会等安保工作，至今总共举办 18 届，张国昼全权负责 16 届，无任何差池。

2009 年 8 月，张国昼提任保安部副经理，负责临时性安保任务和保安维权工作。张国昼担心半夜三更接电话，偏偏不期而遇。每次保安员被打，张国昼第一时间赶到现场。一家 KTV 发生顾客无理由逃单，歌厅要求不买单不许走，8 名保安员遭集体殴打。张国昼当即赶到，他将受伤保安员送医院急救，最重的脑部受伤、肋骨断裂 6 条，住院 1 个多月；最轻的脸部受伤，住院 1 周。张国昼为保安员争取刑事和民事赔偿，打人顾客受到刑事拘留处理，并赔偿保安员医药费及误工损失。

担任保安部经理后，张国昼以大队为单位，业务统一收费、培训统一动作、管理统一要求，首次建立保安值守"三要""六步"操作法。三要：有精气神、有礼有节、规范简练；六步：看、问、查、报、记、放。针对保安员难招、流失率高等现实问题，他要求大队长放下架子，与保安员交朋友，经常沟通、交流，有忧解忧、有困帮困，用心用情留人。

2020 年 1 月 24 日下午，公司接到县治安大队通知，要求承担 4 个隔离点值守任务。大年初一上午 8 点，张国昼召集大队长会议，各个大队轮流值守一个隔离点，强调既要有奉献精神，也要有自我保护意识。针对防护服短缺问题，采用一次性雨衣做防护服，平光眼镜当护目镜等土办法，加以克服。要求大队长亲自到隔离点值守，与一线保安员同甘共苦。

县里要求临时增加一个隔离点。能用的保安力量几乎用尽，怎么办？张国昼抽调中队长、副中队长、管理人员和自己组成新班底，临时隔离点最后没启用。

最近，在公安部"全国抗击疫情表现突出保安个人"名单中，张国昼名列其中。

第九章　就业为最大民生

习近平总书记在党的十九大报告中指出："就业是最大的民生。"2020年，习近平总书记先后考察山西、宁夏、吉林、安徽、湖南等地，说过同样一句话："突出做好高校毕业生、退役军人、农民工和城镇困难人群等重点群体就业工作。"习近平总书记在东西部扶贫协作座谈会上说："一人就业，全家脱贫，增加就业是最有效最直接的脱贫方式。长期坚持还可以有效解决贫困代际传递问题。"服务业是今后我国扩大就业的主要渠道，据国家统计局《2020年农民工监测调查报告》显示，从事第三产业的农民工比重为51.5%，比全社会提高将近4个百分点。服务业涵盖范围很广，世贸组织统计和信息系统局（SISD）将国际服务贸易分为11大类142个服务项目，既有高端的，例如通信服务、金融服务、健康服务、文化与体育服务，也有低端的，例如保安、保姆、保洁、快递小哥等。保安属于现代服务业，可以吸纳大量富余劳动力，尤其是农民工面临技术不足、学历不高、就业机会少三大障碍。保安企业大都低"门槛"就业（当然也有高"门槛"的），不唯男女、不唯出处、不唯学历、不唯年龄……主动报名基本都能录用。据中国保安协会统计，截至2020年年底全国有1.3万余家保安企业，640多万注册保安员，其中浙江占注册保安员的 7.2%，高于全国平均水平。保安员大多为普通人，他们有的在城镇下岗失业，属于"4050"人员，需要再就业，占 10% 左右；有的从乡村走进城市，属于无文凭、无技术、无特长的"三无"人员，需要养家糊口，占 70% 左右；有的从部队回到家乡，属于无法适应人员，有理想有抱负，找不到施展才华的舞台，占 20% 左右；大多数高校毕业生对保安业有偏见，属于凤毛麟角类。

本章节撷取几则小故事，反映复退军人创业和就业之梦、"4050"再就业之梦、"全国先进保安员"佼佼者之梦。

梦想从这里起航

在浙江联和安保集团公司墙上，一条标语格外醒目：梦想从这里起航！

公司总经理张冬军是一个不知疲倦的追梦者，他以浙江联和为纽带，不仅实现自己的梦想，还为已经退役或即将退役的军人实现人生梦想。

张冬军第一个梦想是当兵，第二个梦想是创业并带领退役军人共同致富。

张冬军出生于山东省莒南县涝坡乡大柳沟村，这里是沂蒙山革命老区，抗战时期莒南有"山东小延安"之称，刘少奇、罗荣桓、陈毅等老一辈无产阶级革命家曾在这里工作、生活和战斗过。他爷爷曾是华野一名老军人，参加过淮海战役，张冬军从小就有军旅梦想。

18 岁的张冬军终于如愿以偿参了军，成为武警丽水市支队直属中队一名战士，还在部队荣立三等功 1 次。

那是 2008 年冬天，中国南方地区出现罕见大雪，受极端天气影响，国家电网输电线路频频发生故障。云和、景宁两县的山梁上，200 多座输电铁塔被大雪压垮，对华东地区生产、生活用电带来直接影响，损

抗击冰雪（张冬军供稿）

失不可估量。当时正值新春佳节期间，华东电网向武警浙江省总队官兵求助，武警丽水市支队于正月初三派出数百名官兵协同华东电网工作人员参与保供电任务。支队决定，云和、景宁两县同时展开，张冬军所在的直属中队及 200 多名官兵负责云和县抢险任务。

官兵们在武警云和县中队打地铺睡觉，早上 7 点出发，晚上 7 点返回，足足干了 20 天，元宵节也在山上度过。

从山脚到山顶有五六千米路程，全是泥泞小路，官兵们靠手拎肩扛搬运基建材料，主要是钢材和水泥。"小虾米"指几十公斤重的钢条，1 人背；"牛排"指一二百公斤重的铁片，2 人抬；"龙虾"指三四百公斤重的大件，4 人扛，按建材轻重配备官兵人数，以此类推。

白天，他们生龙活虎，喊着号子，唱着《团结就是力量》，投入到"蚂蚁搬家"大军之中，顾不得腰酸背痛、肩膀磨破，轻伤不下火线；晚上，回到中队连晚饭都顾不上吃，趴在地铺动弹不得（中途休息时也是倒地就睡），一觉睡到大天亮，第二天又生龙活虎投入战斗。

一座铁塔重约 1200 吨，云和的官兵们一天搬运 3 座铁塔，最多时搬运过五六座铁塔，张冬军所在的直属中队一共完成 9 座铁塔的搬运任务。省总队司令员、政委两位将军上山，亲切看望官兵并陪大家在山上吃了一餐便饭，张冬军从政委手里接过慰问信时信心倍添，干劲更足。原本需要 1 个月完成的工作量，最后只用 20 天时间就顺利完成。那段时间，张冬军瘦了七八斤，归队后荣记三等功 1 次。不久调到支队，由战士改任士官，替支队长当公务员。服役 8 年，张冬军在司务长岗位退出现役。

退役期间有个小插曲。士官跟军官有本质区别，士官和战士一样不准在驻地谈恋爱。张冬军在支队当司务长时，军官和士官若想结婚，便把结婚资料送到莲都区民政局等候当地批复，民政局借调人员包柳芬从他手上接收材料，两个小年轻一来二去冒出爱情火花。部队规定：士官年满 28 周岁、距部队 50 千米以外可以谈恋爱。包柳芬是云和人，又是借调人员，原则上不属于丽水市本地人，张冬军以此为由与她建立恋爱关系，得到支队批准，两人光明正大谈恋爱。如今面临退役，到哪里安家立业呢？张冬军陷入沉思。

新兵连指导员、直属中队指导员转业在丽水市政府机关，熟悉有关政策。张冬军的参军之梦是指导员帮助实现的，退役后到哪里安身立命呢？张冬军请教指导员。

老指导员说："2014 年到 2017 年，在全国范围内实施大学生创业引领计划，今年刚好头一年。部队同样是一所大学校，退出现役更应听从党的召唤，自己创业，自己养活自己！"

张冬军向老指导员表明态度："军营生活是人生最重要的宝贵财富，作为党员、退役军人任何时候都要发光发热，我愿意创业！"

究竟如何创业呢？公安部出台文件，保安体制将作重大调整。老指导员说："穿军装是我们这代人的梦想，保安服也是制服，保安队伍实行准军事化管理，你好好考虑一下吧！"

创业问题得到基本解决，到哪里安家立业呢？张冬军已经深深爱上第二故乡，这里有他的爱人，这里有他即将开启的保安事业，他把第二故乡当故乡，创业后同样可以把父母接到丽水安度晚年。事实上，创业第二年夫妇俩就把张冬军父母和姐姐、姐夫接到丽水，一家人共享天伦之乐。

当年，云和县成立保安公司需要 400 万元注册资金。刚刚到手的复员费 20 万元，家里准备的买房首付几十万元，张冬军向亲戚朋友借钱，总共凑齐 320 万元，另一名股东出资 80 万元，浙江联和注册成立。起步阶段，公司招了 8 名保安员，其中 7 名是复退军人。张冬军带着全体保安协助云和县公安局巡特警大队义务巡逻半个月，学习公安巡特警参与社会面治安的工作方法和流程，提高保安工作的基本业务和职业操守。

云和县汽车站进站人员安检是公司成立后第一单业务，张冬军派 3 名保安员到杭州学习安检知识，培训费、食宿费每人要花 5000 元。没有付出哪有收获？张冬军不心痛这笔开支。事实证明，安检员在云和县汽车站查到管制刀具数十把，尤其是烟花爆竹特别多；G20 杭州峰会期间，查到一把仿真枪，县公安局对人和枪作出处理。

公司成立第一时间，张冬军对公司党员开展调查摸底，并召开第一次"党员大会"，慷慨激昂地说："我出生在沂蒙山革命老区，成长于浙西南革命根据地，受党的教育和培养多年，红色是我的血脉，流遍所有基因。作为军人、作为党员，我们应该退伍不褪色，转业不转志！"当时，正值云和县委组织部开展"工作支部"推广之际，张冬军及时抓住契机成立工作支部，运行半年后将工作支部转成正式支部，是丽水市第一个由工作支部转为实体支部的"两新"党组织。党支部成立 3 年来，已发展新党员 3 名，目前共有党员 15 名。一名保安员感慨道："自从公司成立党支部以来，我们保安员对党的认识更加深刻，也更加向往了！"他对我说："我想入党！"

张冬军向老指导员学习，为党员上党课，每月开展党日活动。上党课时，张冬军说："我们公司是以退役军人为骨干的团队，讲政治是第一位的，必须坚持党的领导！"作为丽水市蒲公英生命健康服务中心理事长，张冬军把公司党员吸纳到非政府组织中来，成立蒲公英党员志愿服务队，带着党员走进养老院开展慰问活动，给每位老人送睡衣、送营养品，并坚持每年节假日慰问孤寡老人，给他们赠送水果、鸡蛋等食品；还走进乡村、学校，普及禁毒、防艾滋病、急救等知识。

2020 年 1 月 25 日，张冬军在党员大会作抗击疫情出征动员："同志们、战友们，浙江省启动了重大突发公共卫生事件一级响应，战斗已经打响，身为党员的退役军人，此时此刻我们不上谁上啊！"

张冬军第一时间组织公司党员、退役军人、特保队员投入抗击疫情战斗之中，用"退伍不褪色，转业不转志"的精神勉励保安员的信心。他们吃住在点上，打地铺煮泡面，配合公安和街道对辖区居民开展摸排，巡逻在一线、奋战在一线、防护在一线，共劝导车辆 2000 多辆次、测量体温 6000 多人次。张冬军本人则编入社区网格员队伍，充当全职志愿者，为居家不便的老人送去防护用品和生活物资；积极参加莲都区退役军人事务局献爱心活动，向武汉同胞捐款捐物……

事后，张冬军被评为"全国抗击疫情表现突出保安个人"。

公司业务主要在丽水市区和云和、景宁等地，目前有保安员 320 多名，最多时超过 400 名；保安员平均年龄 28 岁左右，属于丽水市平均年龄较低、规模较大的保安公司之一。其中复退军人占 20% 左右，骨干成员占 80% 以上。浙江联和每年都要接收退伍军人就业，培养退伍军人人才。

连飞勇，现任公司副总经理，曾在武警杭州市消防支队下城中队当过兵，参加过天工艺苑火灾的扑救。退伍后，连飞勇从事过很多职业，干得都不太称心。2016 年 4 月入职浙江联和，当时公司只有一个中队，张冬军让他担任中队长，负责培训、管理保安员工作。特保队员实行准军事化管理，住集体宿舍，发放部队被子，天天出操，归队整理内务，周周开展队列训练，连飞勇好似重归部队，干得很开心。其间，恰逢 G20 杭州峰会召开，连飞勇带着特保队员全力配合公安机关开展巡逻、反恐和消防演练等，实施联防联控，制止不法行为。峰会结束，连飞勇获得丽水市公安局颁发的"二等治安荣誉奖章"，被评为"浙江省优秀保安员"。

朱勇伟，现任中队长。他曾在中国与越南、老挝边防前线部队服役，因导弹首发命中，连队荣立集体二等功 1 次。退役后，朱勇伟曾参加温州动车追尾事故现场清理工作，那一幕给他留下不灭阴影。唱着一样的军歌、喊着一样的口令，朱勇伟与张冬军有缘相识、相聚。朱勇伟认为：家里有个好老婆，单位有个好领导，这就叫幸福！公司虽然

最美退役军人（张冬军供稿）

与部队不尽相同，但保安员的服从意识比较强，朱勇伟承认中队长比较好当。

我与其他退役军人聊了聊，他们都认可浙江联和，认可老板张冬军。

丽水市退役军人事务局和邮储银行丽水分行签订"拥军优抚"合作协议，全市退役军人将获得专享优质优惠金融服务，张冬军积极响应："回去后我要号召公司退役军人把专属银行卡办起来，享受党和政府'拥军优抚'的好政策。"

每年"八一"建军节，退役士官张冬军都要到武警丽水市支队、消防应急救援大队等开展慰问活动，送上纪念品，与官兵搞联欢，女保安替战士洗衣服、洗被子……

2019 年，张冬军获得浙江省首届"最美退役军人"荣誉称号。

"神笔"保安员

2021 年 1 月 12 日中午，央视新闻直播间以《小学保安爱画画，学生老师变模特》为题，报道一名尽职尽责、乐于助人、热爱画画的学校保安，一时成为金华街头人们热议的传奇式人物。

此人名叫陈晓，是浙江金盾安保集团派驻金华师范学院附属小学保安班班长。金师附小也叫艾青小学，创办于 1916 年，百余年来培养出无数科学家、艺术家和社会栋梁，也是著名诗人艾青的母校。学校的标志是一只卡通版大雁，取自艾青诗作《大堰河》之意。

学校师生都在议论，北京大学保安队群体性考学深造，成为全国保安界的成功典范，金师附小一点不亚于北大保安"逆袭"版本，师生们十分喜欢保安员陈晓画的肖像画，有的学生已经把他的肖像画作为幼年时期的收藏品，当作弥足珍贵的宝贝来看待。

我与陈晓交谈期间，正赶上学校放学。4 名保安员站在学校门外，穿戴保安服，手持钢叉，维持学校大门内外、交通要道的秩序，确保学生平安离校。有些家长不能正点到达学校接自己的孩子，这部分等待放学的孩子围在保安岗亭旁，请求陈晓伯伯帮自己画画。陈晓用手机拍下学生照片，让他们明天或后天来岗亭领取，仿佛跟照相馆拍照片取相片一样。

为学生画画（金华市金盾实业公司供稿）

陈晓告诉我："以前学生在等待家长接送时，心情会变得越来越糟糕。自从我帮学生开始画画，学生们反而喜欢跟我这个保安伯伯打招呼，等的时间再长也不心慌。所有延迟放学的学生，我都帮他们画过画。"

陈晓年过半百，他用自己的方式服务学校、服务师生。

仅仅上过初中的陈晓，于1982年顶替母亲工作，在金华市丝绸联合厂从事蚕茧操作工种。10年之后，工厂破产，陈晓买断工龄，成为一名自由职业者。陈晓帮私人企业制作广告，安装广告牌时，从高台失足摔到地上，右侧肋骨断了两根。受身体影响，陈晓参加金华市公安局婺城分局员工招聘，当上门卫。由于公安系统实行精兵简政，没有正式"户口"的陈晓失去工作，成为一名"4050"人员。

公安机关与保安公司或多或少属于上下级关系，经民警推荐，陈晓当上了保安。

那一年，陈晓儿子在柳湖小学读书，家就住在小学附近，公司派他到柳湖小学当保安。工作转入正常后，陈晓开始实现自己的梦想。

陈晓从小喜欢画画，想到大学美术系学习绘画知识。可是，陈晓的数理化成绩太差，连高中都考不上，更别说上大学了。陈晓在丝绸联合厂当工人时，企业组织工人参加金华市总工会开办的振兴业余学校培训班，他报了两门功课，一门是书法，另一门是国画。其中，教国画的老师叫施明德，今已106岁高龄。同为金华人，陈晓极其崇拜施明德老先生。可惜仅仅听了4堂课，连施明德老师中国画的皮毛都没学到手。

画国画的起点高，对毫无基本功的陈晓而言遥不可及。学绘画必须打好基本功，陈晓买来素描课本和连环画册，照着课本学，模仿连环画画，反复练习，熟能生巧，日积月累，有所提高。

下岗后，陈晓迫于生计，无法潜心学习绘画技能，直到重返柳湖小学当上保安，琅琅的读书声唤醒陈晓的理想之梦，这才重新拿起铅笔学习素描知识。

刚开始，陈晓背着老师和同学偷偷练习，主要模仿米老鼠、唐老鸭等卡通图案和各种动物，反复描绘，学习素描的基本常识。陈晓将画得比较好、自己认可的作品收集成册，积累到一定数量拿出来示人。

5年前，他将画册悄悄放在保安岗亭桌子上。个别学生下课时，跑进保安岗亭玩耍，看到桌上的卡通图案，小学生两眼放光，十分开心。他们问："真好看，哪个保安伯伯画的？"陈晓乐滋滋回答："我画的，喜欢吗？"每当学生说喜欢，陈晓便让学生挑选，将选中的卡通画送给学生做纪念。一传十、十传百，画册一扫而空，陈晓有空就画，一幅卡通画三五分钟搞定，学生想要，有求必应。

为了调动学生参与意识，陈晓让同学自由发挥，想画什么就画什么，满足不同学生的想法和需求。在柳湖小学，陈晓一共送出100多幅手绘卡通，从来没有画过人物肖像。

2018年3月，公司调陈晓到金师附小保安班任班长，责任愈加重大。金师附小比柳湖小学师生总数翻了一倍，周一至周五，保安上午7时上班、下午5时下班，特别是上学和放学，车多人杂，师生安全高于一切。保安人数虽少，但在陈晓带领下，全体保安员恪尽职守，从未发生危及师生安全的苗头或事故，金师附小始终保持全国文明单位荣誉称号。

陈晓有个口头禅：做人要凭良心，做事要守规矩。他把保安职业道德看得很重，与金师附小"保持努力、保持善良"的校训基本一致。每当学校财务人员到银行取钱、送钱时，陈晓主动对接，护送财务人员到银行、回学校，确保学校资金和老师人身安全。有一段时间，陈晓发现校园内常有蜜蜂飞来飞去。他想小学生的皮肤格外娇嫩，万一被蜜蜂蛰伤，学生受伤，家长心痛。陈晓有空就到校园转悠，终于在一株罗汉松上发现隐藏的蜂窝，他不怕被蛰，毁掉蜂窝。接着，陈晓围着学校周边观察树木、草丛，陆续发现10多个蜂窝，将它们消灭在萌芽状态。

六年级学生黄森，腿脚曾经骨折，打着石膏拄着拐杖，而他的教室位于3楼，上下楼梯不方便，陈晓和其他保安伯伯轮流背他。骨折期间，黄森没有耽误一节课。四年级女学生陈优伲不小心伤了腿，学校通知家长，外婆和母亲一起到学校接她治疗。外婆上了年纪，母亲手上抱着一个婴儿，背她下楼不太容易。陈优伲母亲问陈晓能不能帮忙，陈晓二话没说，背起陈优伲走下楼梯，将她交给家长送医院治疗。

陈优伲母亲用现场照片和文字，在朋友圈发文夸奖："为这名保安大哥点赞，生活处处都有真善美。"

事后，陈优伲感动地说："我跟保安伯伯并不熟悉，他知道我受伤，妈妈心里焦急，主动上楼来背我，一股暖流涌上我的心头，他像我的亲人一样。"

陈晓说："不管老师，还是同学或学生家长，他们喊我帮忙，我都会帮一下。"他与老师、学生和家长处成好朋友。

财务老师孙禾向《金华晚报》记者透露小秘密：有一次，孙老师不小心将一串钥匙掉进厕所坑里。得知消息，陈晓不嫌脏臭，主动帮孙老师将钥匙从坑里捞出来，洗干净，交还她。孙老师说："这件事让我记忆深刻！保安工资待遇比较低，常常被人看不起。我从陈晓身上，看到保安的真善美。平凡之中见精神，他们真的了不起！"

同事管小根对我说："班长是领头羊，自学成才，画画画得这么好，让我们普通保安感到脸上有光，很自豪！"

浙江金盾安保集团教育系统大队长余森荣告诉我："柳湖小学想请陈晓回去继续当保安，金师附小不肯放。"由此可见，陈晓的工作态度和受师生重视程度非同一般。

当保安7年，陈晓年年被公司评为先进员工，先后荣获金华市、浙江省优秀保安员等称号。

言归正传，继续叙述陈晓画画的故事吧。

每到一个新单位，陈晓不张扬，很内敛，具有藏而不露的性格特征。调到金师附小，陈晓没有再送学生卡通画，而是继续背着学校师生练习画画，由卡通逐渐向人物转移，不断提高，日益巩固。

2019年6月10日下午，陈晓正在车库值班。车库值班相对自由，陈晓以报纸人物照片为模特，专心致志画素描。

车库左侧为校园通道，车库与通道用铁栅栏隔开，两边可以通视。两名四年级女生打扫通道卫生，她们好奇地看着陈晓画画，难道保安也要做图画作业吗？她们站在铁栅栏外偷着乐。听到笑声，陈晓扭头发现学生正在观望自己，十分可爱，一个戴眼镜，另一个脸上有酒窝，在鲜艳的红领巾映衬下格外漂亮。陈晓心想，如果用学生做模特，素描是否更加鲜活、更加逼真？

陈晓随手为学生照了一张相，并交代她俩："明天中午来这里取'照片'。"下班回家，陈晓对着照片仔细观察，捕捉人物之间细微特征。这是陈晓第一次以人物为模特进行创作，一笔一画很认真，他用心用情画好素描。第二天中午，陈晓将"照片"送给她们，学生爱不释手，都想拥有这幅画。最终，她们用"石头剪子布"分输赢，酒窝女孩得到陈晓创作的第一幅肖像画。

放学路上，幸福女孩将画稿拿给母亲看，说是保安伯伯帮自己画的。创作高于生活，画稿中的两名女学生满脸喜悦、神态自然，睁着一对渴望知识的大眼睛，栩栩如生，惟妙惟肖。母亲同样喜不自胜，她将画稿翻拍成照片，发到自己的朋友圈和女儿班级的家长群里。当天的家长群，火爆程度超过以往，不少家长纷纷赞扬金师附小保安班，称这名保安员可以改行教美术。

家长群里的热议，引起班主任滕老师重视。既然是金师附小保安班成员画的，她想知道这名保安员究竟是谁。负责联系保安工作的是学校综治办主任徐丽卿，滕老师将画稿照片微信发给徐老师，附言道："家长群发布出来的，说是金师附小保安画的，敢问这名保安员叫什么？"

徐丽卿回复滕老师："不会吧，这么厉害？"

带着怀疑态度，徐丽卿在保安群转发了画稿照片，询问这张画是谁画的。

知道瞒不住徐老师，陈晓坦诚相告："是我画的。"

徐丽卿教小学生美术课，她说："这么厉害，我美术老师都画不过你。"并配了 6 个大拇指图案表示点赞。

陈晓回复道："徐老师过奖了。"

徐丽卿说："才华横溢。听说你手机里还有画稿，发给我，学习一下。"

陈晓微信发了 3 张自己的画作。

过了几天，徐丽卿转告陈晓："看了你发给我的画作，我们学校老师都惊呆了。"

陈晓谦逊道："那是给小孩子画着玩的，上不了台面。"

中国家长比较操心，上学送、放学接。有的家长准时到校，这部分学生可以按时回家；个别家长工作忙一时走不开或堵车等原因，无法正点到学校接孩子，这部分孩子只好站在保安岗亭边上焦急等待。常有迟放学的孩子踮着脚尖看马路：怎么还不来！怎么还不来！

以往陈晓只能好言相劝，如今知道学生喜欢自己画的肖像画，便对没有家长来接的孩子们说："我给你们画一张画吧？"小学生异常开心。

放学维护秩序事情重大，陈晓只能先为学生拍照下班后再画。那些迟放学的孩子心里多了一份期盼，情绪舒缓，不再焦急。

回到家里，陈晓翻出白天拍摄的照片，一张一张画出来。他尽自己最大努力，细致入微刻画，表现孩子热爱学习、朝气蓬勃的精神气质。但凡发现富有艺术天分的学生，陈晓还会特意用艾青《大堰河》中的卡通大雁为背景，期待他们日后成为艺术人才。

私底下，陈晓也会将老师当模特。陈晓以为，小孩子天真烂漫，成年人品尝过酸甜苦辣各种滋味，阅尽人间沧桑，可以丰富绘画技能和画风。他还为丰老师一家三口画过画，他担心自己画得不够专业，从来没有为肖像的主人公送过画。画老师有抽象也有逼真，只要表达胸中想要表达的意境，便会生起一股成就感，陈晓权当自娱自乐。

陈晓收入微薄，买不起专用素描本，就利用复印纸反面空白页或便笺信纸进行绘画创作。此事被徐丽卿老师发现，主动为他提供绘画材料。陈晓鸟枪换炮，画得不亦乐乎。他为徐老师一儿一女画过画，神态、举止描绘得仿佛真人一般，徐老师赞不绝口："他的画技，连我这个专业的美术老师都佩服。"

徐老师联系《金华晚报》记者来学校采访，金师附小有个"宝藏保安"的消息得以传播。"学习强国"以凡人凡事转发《金华晚报》新闻稿件。金华电视台、浙江卫视、中央电视台先后对陈晓画画的事情做了宣传。

我专门约美术老师徐丽卿，请她对陈晓作一番客观评价。

徐老师说："有特长的保安不太多，他是我见过的第一人，我感到比较意外。从专业角度讲，陈晓的美术作品在业余层面称得上不错。毕竟没有经过大学深造，画风、画技仍有很大差距，期待他继续努力，不断提高。我佩服陈晓的不是画画技法有多高明，而是他把学校当成家，把师生当亲人。每逢家长接孩子晚点，他用画画的方式缓解同学内心焦急，学生叫他陈伯伯；文明城市创建中，学校缺乏劳动工具，他用双手掏泥巴；2020年车库新增车位，他不声不响，主动将车库平面图画成卡通，有车一族将平面图放置在车上，车位一清二楚，乱停乱放现象基本绝迹。"

余森荣大队长印证徐老师观点，别的小学有一个喜欢拍摄、名气不小的保安员，他的业余爱好跟学校没有任何交集，学校有他没他都一样，师生看待他相对比较平淡。如今，金师附小学生遇见陈晓，都亲切地叫他一声"陈伯伯"；轮到陈晓在车库值班，下课期间有学生排队找他画画，个别学生找他画过3次，陈晓全部满足他们的心愿。

我问陈晓："想不想出一本画册？"

陈晓有自己的出书标准：自己满意，专家认可。以目前陈晓的经济条件而言，老婆在乡下务农，儿子正上高中，也喜欢画画，他希望儿子考上美术类专业，弥补当年自己的遗憾。不过学艺术比较花钱，下班后陈晓打一份零工，为儿子积攒学费。陈晓有个想法，等儿子大学毕业自立自强后，再花精力财力满足自己的梦中理想。

我祝"神笔"保安员心想事成！

江山保安有品牌

21世纪的第一个隆冬季节，首都北京，公安部、中华全国总工会、共青团中央隆重表彰首届全国先进保安服务公司和优秀保安员。时任中共中央政治局常委、中纪委书记、中华全国总工会主席尉健行，时任中共中央政治局委员、中央政法委书记罗干，时任中共中央政治局候补委员、中央组织部部长曾庆红，时任国务委员兼国务院秘书长王忠禹等党和国家领导人亲切接见了与会代表。

人民大会堂春意盎然，满怀喜悦的保安员盼来了春天。

首届全国优秀保安员，浙江有4人获此殊荣。他们是：临安市保安服务公司保安孙仕勇、嘉兴市保安服务公司保安施海红、舟山市保安公司保安员戴培良、江山市保安服务公司保安张灵飞。

目前，仅有一人留在保安公司继续当保安，我当然不会放过独此一人。

张灵飞，现任江山市保安服务公司监事、保安部经理。

中专毕业后，张灵飞在本市四都镇找了一份临时工，协助税务检查站征收农林特产税。1994年全国税制改革，改革之风吹到江山已是第二年，张灵飞临时工饭碗不保。

江山人有崇尚武术的喜好，张灵飞报名参加江山市武术学校培训班习武。得知武术学校举办保安培训班，张灵飞心想，既能学武，还能找到工作，何乐而不为呢？

监督入职考试（张灵飞供稿）

　　保安培训班全国各地都有人报名，他们一边练习武术基本功，一边学习保安基础知识。学了半年，当地保安公司到武术学校招聘保安，张灵飞是江山本地人被优先考虑。就这样，张灵飞成为江山市保安公司保安管理科正式员工。当时公司仅三四十名保安员，主要承担青少年宫、小商品市场等单位门卫、巡逻等工作，保安管理科主要职责：监督保安员有没有违规违纪行为发生。

　　1997 年 4 月，公司派张灵飞担任江山市人民医院保安小队长。刚开始保安小队只有 3 名保安员，负责医院内部区域巡逻治安，张灵飞之所以被评为全国优秀保安员，与他在医院那段时间的努力和成绩密不可分。

　　当时，江山市人民医院小偷小摸极其严重，医生护士、病人和病人家属防不胜防，医院委托保安小队，主要出于这一目的。

　　张灵飞不负众望，每天抓小偷都有收获，最多一天抓住 16 个小偷，最多一周抓住 43 个小偷。追回的钱款财物数不胜数，最多一次替病人追回 8000 多元现金。那时候"万元户"稀少，8000 多元对于住院病人来说，不啻一个天文数字，一笔救命之钱呀！

1998 年夏天，江山的夏夜特别凉爽，住院病人早早入睡。张灵飞在医院大楼内部一遍遍巡逻，保持高度警觉。凌晨 1 时左右，张灵飞巡视到住院部内科病房时，看见有个人影从内科病房走出来，既不穿白大褂，也不穿病号服，难道是病人家属？探望病人大都在白天，哪有夜深人静看望的！

张灵飞觉得此人可疑，便拦住询问道："你是哪个病房的病人家属？深更半夜到医院干什么？"见他支支吾吾回答不清，张灵飞将他带到护士站，并让护士逐个病房询问住院病人，看看有没有病人丢失东西。

内科一病房一名女病人，发现放在枕头底下的 8000 多元现金不见了，惊慌地哭起来。原来，她第二天上午要开刀，手术费却不翼而飞。病人年过六旬，头发花白，手术费是七拼八凑借来的，岂不伤心欲绝！

看着嫌疑人鼓鼓囊囊的口袋，张灵飞猜测不翼而飞的现金藏在这里。张灵飞深知，保安员没有执法权，不准搜嫌疑人的口袋，于是打电话报警。当地派出所民警经过核实，证明女病人丢失的现金与嫌疑人口袋里的现金数量吻合。民警将嫌疑人带走接受法律惩处。

我问张灵飞："你们抓了那么多小偷，医院治安情况有没有好转？"

张灵飞说："刚开始，我们抓；到后来，我们赶。"

江山地处三省交界，小偷既有本地人，也有外地人。本地小偷和惯偷，知道惹不起张灵飞，只要小队长上班，大都退避三舍——躲得起。而张灵飞几乎天天上班，他们不得不转移偷窃地点。外地和面孔陌生的小偷，依然伺机偷窃，他们因为不熟悉医院情况，白天往往在门诊收费处探头探脑，夜里常常到住院部收费处附近转悠。张灵飞紧盯这两个收费窗口，每当小偷将要下手之际，冷不丁吓跑他们。

我问："你怎么知道他们是小偷呢？"

张灵飞说："小偷有个特征，不敢正眼看人。只要盯着小偷的眼睛看，他会马上躲避。我们就是要盯住这样的嫌疑人，不让他们得逞。久而久之，这些小偷便没兴趣再来医院作案。"

做不到赶尽杀绝，驱赶不失为一种好办法，可以有效增强看病患者的安全感。

"医闹"是医院另一桩棘手和头痛的问题。

张灵飞计划在先，提前打电话把江山市武术学校保安培训班学员叫来，为自己壮胆。三四十名保安班学员排起人墙，将闹事者隔离在护士站外。对方见保安人数相当，收敛起狂热。值班院长出面与家属谈判，双方达成按程序办事的原则，医患矛盾随之化解。

医院变得越来越太平。

转眼迈入新世纪，张灵飞身为江山市人民医院保安中队中队长，其主要精力已转移到保安培训工作之中。

衢州地处浙、赣、闽三省交界，属于传统农业大市，当时农村劳动力有118万之多，剩余劳力比较多。2002年，衢州市农民人均收入为3595元，比全省人均收入水平低1345元；农民来自非农业收入仅占64%，低于全省人均收入水平16个百分点。时任衢州市委书记蔡奇提出"三段论"观点：全面推进小康社会建设，重点在农村，难点在农业，焦点在农民；而三农之困，困就困在大量农民滞留农村；培训农民、提高农民、转移农民是解开死结的关键。基于这种理念，2003年开始，衢州市委、市政府作出实施"万名农民素质工程"重大决策。市委书记蔡奇亲自领着农村姑娘媳妇，进军杭州、上海等地，大张旗鼓推介"衢州保姆"，由于宣传有力，所到之处保姆瞬间"签约"。

蔡奇曾说："保安是农村男劳力参与培训、外出就业的一条好途径。"继"龙游保姆"在杭州供不应求之后，江山市委领导亲自带领300余名"保安队员"进省会城市吆喝，再次一签而空。

龙游打出保姆"超越菲佣"的旗号，江山也打出保安"金字招牌"：成立"江山保安"协会、开通"江山保安"网站、注册"江山保安"商标。江山拥有全国首届优秀保安员张灵飞、年薪18万元的"打工皇帝"——随身护卫严海心、被铁路部门授予二等功的钱江二桥保安员祝水清、"小偷的克星"杭州东站保安员翁利华等人。在深入调研、征求意见基础上，根据江山人性格特点，江山市提炼出"江山保安"的人格特征：忠诚——忠于职守，让业主放心；忠信——诚实守信，富有正义感；忠勇——身手灵敏，敢于挑战一切困难。

在杭州召开的新闻发布会上，江山市委领导响亮提出："我们要培养更多像张灵飞那样的好保安，向全国各大中城市输送更多具有较高素质的江山保安！"

强将手下无弱兵，作为江山保安界一面旗帜的张灵飞，培训消息一出，当地农民工纷至沓来。

衢州市"万名农民素质工程"领导小组办公室专门编写培训教材，《保安培训教材》涵盖保安服务、执勤与技能、队列与擒拿、法律常识等内容，教材中的火灾防范、现场保护、救护知识等课程，由张灵飞结合实际经验辅导讲解，学员普遍反映"张老师所讲听得懂"。

为激发农民主动参与意识，张灵飞自觉送培训上门，在每个乡镇举办一期保安培训班，足足办了19期，共为江山市培训合格保安1600多名。这些人绝大多数走出江山，分赴北京、上海、广州、深圳、杭州等大中型城市当保安，为当地农民致富、非农业收入增长作出较大贡献。

随着保安队伍不断壮大，张灵飞走出江山、走出衢州，前往安徽郎溪、绩溪等地举办保安培训班，每到一地，培训一批。每期培训班1个月时间，大都由张灵飞讲授理论知识，并开展队列、礼仪礼节等实训，他用"江山保安"的标准，打造一支支保安团队。经张灵飞培训的保安，绝大部分被杭州市萧山区企事业单位接收。张灵飞将不发达地区的农村富余劳动力，转移到沿海发达城市，深受安徽山区村民的好评。

张灵飞由中队长升为大队长，从医院调往公司本部。岗位的变化，让张灵飞看到自身素质的欠缺，于是更加勤奋地学习，先后取得二级保安师、一级保安师资格证书。

如今的张灵飞，继续战斗在保安岗位，用"忠诚、忠信、忠勇"诠释"江山保安"的时代品牌。

哥俩好

全国先进保安员，代代有传人。

同一家保安公司，两名保安员分别获得第三、第四届"全国先进保安员"荣誉，不简单吧！

丽水众信保安服务公司创建于1988年。两次更名，前身为丽水市莲都区保安服务公司，再前身为丽水市（县级）保安服务公司。两名保安员一叫翁建荣，现任督训中心主任；一叫楼雪军，现任项目一部经理。他们为公司赢得保安界级别最高的个人荣誉，被保安员亲切称作"哥俩好"。

楼雪军年长，先聊聊他的情况。

7岁时，楼雪军父亲得重病去世，治病让这个家庭负债累累，20世纪80年代初负债超过4000元，几乎到了山穷水尽的地步，母亲只好带着一女一儿改嫁到更深山坳。改嫁的自然村土地资源十分稀缺，每口人只有7分承包地，全家合计不到3亩地。春天，种点稻谷和红薯，秋收后种下萝卜和油菜，收获的粮食食不果腹。姐姐上到初一辍学，到山上砍柴火卖，供弟弟楼雪军继续上学。姐姐累死累活砍下100斤柴火，继父辛辛苦苦挑到山下，只卖3块钱。家里人常年吃红薯饭，

翁建荣（左）、楼雪军（丽水众信保安公司供稿）

让楼雪军带着大米和梅干菜到学校蒸饭吃。

秋塘小学在河岸对面，河上附近没有桥，小小年纪的楼雪军撑船过河。水较小时撑船回家睡觉，发大水时便在同学家阁楼借宿。他中学在青林中学上学，离家五六里地，每天翻山越岭，小小脚丫磨出老茧。幼年时，楼雪军身体较弱，经常生病发高烧，家里连自行车都没有，母亲抱着楼雪军跑二三十里地到城里看病。初中毕业后，楼雪军身子长结实，从此不再生病。

16岁的楼雪军想做家里顶梁柱，初中毕业后不再上学，到离家不远的乡办企业打工。工厂提供中餐和晚餐，菜肴不需要花钱买，不管饭量多大，管吃饱。楼雪军只中饭和晚饭敞开肚皮吃，从来不吃早饭，将省下的早餐费交给家里还债。乡办企业调换厂长，一年不到关门倒闭，敞开肚皮吃饭的日子一去不复返。楼雪军的一名远房亲戚在丽水市保安公司当会计，获知楼雪军失业消息，介绍他到公司当保安。楼雪军从此爱上这个职业，干了25年多，头顶"全国先进保安员"光环。

保安需要身体素质好，楼雪军一周进行3次10公里长跑，每月开展1次器械训练，瘦弱的体质越来越壮，在公司举办的综合素质培训中，始终保持综合素质测试第一的好成绩。一定程度上，保安员是单位形象代言人，要站有站相、坐有坐相，礼节礼貌很要紧，楼雪军以军人标准穿衣戴帽，学军人样子敬举手礼、注目礼。针对文化程度偏低现状，楼雪军利用一切可以利用的业余时间，克难攻坚，开展法律法规、保安业务知识培训和自学，终于考取保安师资格证书。

在KTV当保安4年，常常遇到打架斗殴，楼雪军凭借强健体魄和专业素养，让小年轻不敢轻举妄动，歌厅秩序有所好转。在倒闭的企业看厂房，被迫下岗的员工到企业搬运物资，楼雪军理解他们，但决不允许偷盗。员工动辄骂保安员是"资本家的看门狗"，保安员与员工争夺搬运物资时，他们竟然动手打保安。保安员有还手自卫的权利，但身为班长的楼雪军始终教育全班队员骂不还口打不还手，力所能及劝说和阻止，盗窃财物的员工没有因此走上违法犯罪的道路。在制止下岗失业人员物资搬运中，保安员起到不可替代的作用，也让参与其中的员工深深懂得失业不失志的道理。

凌晨时分，楼雪军在丽水市烟草公司大楼例行巡逻。巡至5楼时，突然发现办公室门缝有大量水流涌出，难道自来水管爆裂？楼下是计算机房，一旦水漫金山，自来水损失事小，计算机房损失事大。可是，办公室门锁紧闭，破门而入不可取，派人取来钥匙来不及。危急关头，楼雪军急中生智，一边飞跑下楼关闭自来水总闸，一边通知保洁员处理积水，从而避免一次意外事故发生，得到市烟草公司通报嘉奖。

丽水府前农贸市场有商户多次反映，经营场所经常遭遇窃贼，损失不计其数。公司增派保安力量日夜蹲守，打击猖狂行窃行为。半夜三更，楼雪军发现一个黑影从视频监控中一闪而过，敏锐意识到有情况。他带着周和林、吴智慧两名保安员迅即赶到现场，巧遇一个拎着蛇皮袋的人正要往外走。见他神色慌张，口袋分量很重。楼雪军亮明身份："我们是市场聘用的保安员，请打开口袋接受检查。"形迹可疑的人见3名保安员团团围住自己，只好乖乖打开口袋。不看不知道，一看吓一跳，满满一口袋全是钱。楼雪军问他："这些钱是从哪里来的？"可疑人员一边支支吾吾答非所问，一边趁机逃跑。楼雪军大喊一声："哪里跑！"一个箭步追上去，扭住嫌疑人肩膀不松手，周和林、吴智慧紧随其后，将嫌疑人送到当地派出所，打掉窃贼的嚣张气焰。

下班回家路上，楼雪军捡到一个手提包，打开一看，里面有手机、POS机等贵重物品。楼雪军打电话报警，并在原地等待警察的到来，他将捡拾的手提包交给警察。此刻，失主匆匆赶到，向警察说明情况，取回丢失的财物。楼雪军却在夜幕下匆匆离去。

像这样拾金不昧、助人为乐、见义勇为的事例不胜枚举。

那是一个寒风凛冽的冬天，正在上班的楼雪军突然听到一声巨响，职业敏感让他冲出门外，循着响声方向跑去。原来，是中山街一台变压器因下雪结冰导致电线短路发生爆炸，引起火灾。火势沿着电线向周边商铺烧去。中山街是丽水主城区最繁华的商业街，因为是老街，商铺大多为老式结构的木楼房，火灾一旦蔓延后果不堪设想。楼雪军边跑边打119，与迅速赶到的保安员一同救火。他们利用平时掌握的消防技能，熟练使用灭火器及消防器材，在消防车赶到之前将初始火灾扑灭，避免发生重大火灾，为商铺挽回损失。保安员的义举，得到周边群众和消防队员的充分肯定。

楼雪军告诉我："我老婆是河南人，在乡办企业打工时认识的，当保安后才成家。我由普通保安，一步一个脚印往上升，我这个经理在丽水工薪阶层中处在中等水平。"楼雪军开心地说，"我上的是最差的小学和初中，儿子正在读高中，上的是丽水最好的中学，考大学没问题，肯定比我有出息。"

我佩服楼雪军的感恩心态，相信这家人的未来更美好！

楼雪军在倒闭企业看厂房时，与翁建荣做过同事。翁建荣向他请教怎么保持保安形象，怎么开展安保工作。楼雪军将自己掌握的知识和技能传授给"徒弟"，他俩成了"一对红"。青出于蓝而胜于蓝，"徒弟"比"师傅"提前一届获得"全国先进保安员"。

翁建荣出生在当地一个小山村，祖辈都是面朝黄土背朝天的农民，家境比楼雪军家好许多。高中毕业的翁建荣同样想当家里顶梁柱，想方设法要走出大山到城里工作。恰好丽水市保安公司招人，翁建荣想到自己曾经练过武术，不如当保安稳当。这一干，一晃20年过去啦！

跟楼雪军一样，翁建荣派驻的岗位也很多，是从一线一步步成长起来的。在浙江省粮食储备库当保安，让他懂得制度与责任；在莲都区政府当保安，让他懂得担当与作为；在丽水市实验学校、丽水市中心医院当保安，让他懂得关心与关爱……

翁建荣升任丽水同泰装饰城保安班长。装饰城占地面积比较大、店铺林立，当时视频监控不普及，全靠保安班24小时轮流值班。一天晚上，翁建荣值班，他和队友巡逻至拐角处，发现一个鬼鬼祟祟的人影，他与队友比画一下，两人分头包抄。鬼鬼祟祟的人影看见有人冲向自己，掏出凶器进行抵抗。翁建荣练过拳脚，只见他猛虎扑食一样擒住对方手腕，夺取凶器，三下五除二制服对手。翁建荣和队友将嫌疑人带到当地派出所，经查此人是一名惯偷，已经"光顾"几家店铺，得手一些现金。经此一战，翁建荣在装饰城打出名气，他向装饰城建议，查漏补缺，筑起安保防线，偷盗现象越来越少。

在丽水同心大楼当保安班长时，一名30多岁的男子爬到三楼阳台，以死相逼讨要欠薪。人命关天，翁建荣第一时间赶到现场，发现讨薪男子已将一只脚悬在空中，随时有跳下去的危险。看到男子与自己年龄差不多，翁建荣估计他应该上有老下有小，不应该干傻事啊！

翁建荣劝慰他："兄弟，你是家里顶梁柱吧，你一了百了留下他们怎么办？"接着又说，"你的工资可以坐下来好好协商，包工头欠薪的事情交给政府处理。相信政府、依靠政府绝对没有错！"男子被说动心，情绪渐渐平静。派出所民警及时赶到，翁建荣见跳楼男子分心，快速冲上阳台将跳楼男子一把抱住，挽救于悬崖之边。底下看热闹的过路群众，纷纷为他的义举鼓掌欢呼。

翁建荣和妻子在同一家公司当保安。夫妻俩生活在一起、工作在一起，像一对比翼双飞的鸟儿，有福同享有难同当。每次看到翁建荣受伤，妻子心里无比难过，丈夫安慰妻子："我练过功夫，这点小伤无大碍。"他怕妻子担心，受伤或生病总是尽量掩饰和保密。

目前，翁建荣将自己20多年当保安的经历进行系统回顾和总结，并将经验编成课程传授给新来的年轻人。他始终相信：干一行、爱一行、专一行、精一行，行行出状元！

翁建荣、楼雪军是这么想的，也是这么做的。

保安保佑大家平平安安，同时也为社会默默奉献。保安业、保安员已经得到大家尊重，也应该得到大家尊重！

后 记

出小区门，保安员向您点头；送小孩上学，保安员在校门口迎接您的孩子；坐地铁、乘火车，保安员为您安检；去单位上班，保安员为您站岗；上医院看病，保安员为您测体温查绿码；到银行办事，保安员为您服务……他们为您提供相对安全的环境和细致周全的服务，您的每一天都离不开这群付出多于获得的保安员。

在公安机关与保安企业脱钩时，有战友问我："去不去？"我不置可否。此后，我一直关注他所在的保安公司。每每他取得一点点成绩都会告诉我，日积月累让我知道保安员的点点滴滴，知道他们的平凡与伟大、安危与责任、冷暖与担当。退休之际，我萌生要为保安员写一本书的愿望，找战友商量。战友为人低调，他不想用报告文学的形式让其扬名，我说写小说，但又觉得不过瘾，小说不可能把保安员的姓名真实化。于是，我找到浙江省保安协会，取材范围从战友所在的国企扩大到全省保安企业，写浙江比较先进的保安服务公司和优秀保安员，战友应该不会不同意吧！

在此，一要感谢浙江省保安协会鼎力支持，会长何建军为我出主意、审稿；副秘书长夏国锋和王晓蕾为我想办法，提供资料和全程服务。二要感谢各市（地）保安协会，有的联络联系，有的引路带路，有的关心关怀，全程细致入微。三要感谢所到的保安服务公司和采访的保安员，他们的事迹生动感人、丰富多彩，书中肯定挂一漏万，没把真实故事写清楚，只能真诚道一声"对不起"。四要感谢为本书无偿提供照片的集体和个人，让这部纪实作品生动活泼。五要感谢杭州市安保集团的孙盈慧、孙剑华、邱来顺，有的一路陪同，有的开车服务。

没有你们的帮助，我的梦想实现不了！

徐亚明

2021 年 7 月 4 日于日悦阁

图书在版编目（CIP）数据

平安使者 / 徐亚明著 . —北京：作家出版社，2022.10
ISBN 978-7-5212-1986-9

Ⅰ. ①平… Ⅱ. ①徐… Ⅲ. ①纪实文学—中国—当代
Ⅳ. ① I25

中国版本图书馆 CIP 数据核字（2022）第 154264 号

平安使者

作　　者：徐亚明
责任编辑：翟婧婧
装帧设计：百丰艺术
出版发行：作家出版社有限公司
社　　址：北京农展馆南里 10 号　　　邮　编：100125
电话传真：86-10-65067186（发行中心及邮购部）
　　　　　86-10-65004079（总编室）
E-mail:zuojia @ zuojia.net.cn
http://www.zuojiachubanshe.com
印　　刷：唐山嘉德印刷有限公司
成品尺寸：152×230
字　　数：270 千
印　　张：19
版　　次：2022 年 10 月第 1 版
印　　次：2022 年 10 月第 1 次印刷
ISBN 978-7-5212-1986-9
定　　价：85.00 元